全国高校出版社主题出版

黄会林　主编

中国文化与传统美学

北京师范大学出版集团
BEIJING NORMAL UNIVERSITY PUBLISHING GROUP
北京师范大学出版社

本书编委会

主　　　编：黄会林

编委会成员：（按姓名首字母排序）

[美]安乐哲　　[法]白乐桑　　过常宝

郭英德　　黄会林　　康　震　　李青春

李瑞卿　　李　山　　刘成纪　　马东瑶

王则灵　　向云驹　　张培锋　　张　涛

序言

随着中国改革开放的深入，取得的成就日益丰富，社会文化结构也发生着深刻的变革。现代化的中国，正昂首迈入一个崭新的、拥有广阔天地和光明前景的新时代。中国由于政治、经济、军事等综合实力的提升，文化的自觉意识、主体意识也日渐凸显。物态、制度和行为三个层面的文化，为心态层面的文化提供了良好的发展机遇和条件。

然而，目前中国崛起更多体现为经济高速发展、政治地位攀升、国际影响力扩大，但我们不得不承认，中国文化的对外传播与中国经济的发展很不相称，中国文化走出去相对落后，中外文化传播不对等，中国文化要成为被广泛接纳的世界主流文化，还需要经过漫长的努力过程。在这样一个关键的质的发展点上，如果忽视了文化的力量，必将面临着文明传统缺乏继承的危险，阻碍国家文化的进一步提升。

改革开放以来，以欧洲文化、美国文化为代表的外来文化大量涌入，加之报纸、广播、电影、电视、互联网等大众传媒推波助澜，社会各界及普通民众对外来文化的向往、模仿趋势日益明显。具有五千年悠久历史和深厚积淀的中国文化，正在遭遇外来文化的强烈冲击。在对光怪陆离、眼花缭乱的外来文化追捧中，人们与中国优秀传统文化的核心价值渐行渐远。有学者指出："我们的社会的确创造了经济奇迹，人们的财富和生活的确有了大幅度的提高，文化、娱乐、消遣方式的确丰富多彩极了。但是，在这些物质的背后，心灵深处却是虚无的。这种虚无蔓延到人们精神的各个层面，个人的信仰、个体的私德与公德、怜悯之心、公民精神等都受到了浸染。人们找不到心灵的归宿，整个社会因此弥漫着一种普遍的焦虑症。因精神空虚而导致焦虑，因焦虑而精神越发空虚。人的精神无所依托，心灵无所慰藉。"缺乏文化自信，必将导致民族精神不振，而一个精神乏力的民族，注定是没有希望的民族。

面对强势文化的包围，我们不能忽视中国文化的优良传统和自我更新能力，而应在全球意识的观照下加强文化自信，从容不迫、沉着冷静地应对文化浪潮的冲击，以深厚的历史积淀和鲜明的文化底蕴，展示中华文明无可替代的文化魅力，争取文化交流的话语权，赢得世界的尊重和认可。

在这样的时代背景下，众多学者群策群力，集思广益，共同完成《中国文化与传统美学》一书，希望能够助力中国文化精神与时代要求的接轨。本书为北京师范大学艺术与传媒学院博士研究生"中国文化与传统美学"课程实录，以博大的中国优秀传统文化为主要论述对象，汇集国内外学术名家，内容涵盖易、儒、道、释、唐诗、宋词、宋明理学、古代戏曲等国学经典，帮助读者树立对中国优秀传统文化全面、深入的认知。在书中，每位名师都对某个领域或某个命题给出了自己的见解，深入浅出，富有哲思，并且趣味盎然。

这是一本博士研究生的课堂实录书籍，可作为学生温故与收藏之用，亦可作为其他专业、课程参考书目，其影响力不仅仅局限于大学校园与课堂，还可以以名家讲座、讲坛实录的方式面向大众，从而打破学术刻板思维，提供一种增强人文知识基础的新路径与新模式。期待本书能够如春风化雨般让更多的社会读者体验到名校名师的风采，让优秀传统文化走向街头巷尾、走进人们心中，为当今社会寻求文化自觉、树立文化自信的进程奉献自己的力量。

黄会林

目录

CONTENTS

中国传统美学述要

中国传统美学主要分为七个时期，分别是春秋战国、魏晋南北朝、唐五代、宋代、明代、明清①、近现代。

一、春秋战国美学

春秋战国时期是中国美学史上的第一个黄金时代，这是一个开创性的时代。这是一个从奴隶社会向封建社会过渡的时期，社会发生了巨大的变动，在学术思想方面呈现出诸子百家争鸣的盛况。春秋战国美学有六位代表人物，还包括在美学史上有重大影响的《易传》美学和汉代美学。

第一位是老子（姓李，名耳，字聃，约前571—约前470），代表作为《道德经》，全文大约五千字。他最主要的美学思想是辩证思维，如《道德经》第五十八章所云："祸兮，福之所倚，福兮，祸之所伏。"又如"天下皆知美之为美，斯恶已；皆知善之为善，斯不善已。故有无相生，难易相成，长短相形，高下相倾，音声相和，前后相随"。他的辩证观，都是两两相对的，可以相互转化，突出了相对性、互动性。早在3000年前，就能够有这样的哲学思考，是非常可贵的。

"道"是老子哲学最核心的部分，《道德经》中，"道"字出现了73次。老子曰：

---

① 明末至清代晚期。

"道可道，非常道；名可名，非常名。"还有"道生一，一生二，二生三，三生万物"等。老子关于道的说法，是他整个思想集中的关键。"道常无为，而无不为。"

第二位是孔子（子姓，孔氏，名丘，字仲尼，前551—前479），儒家学派创始者。《论语》是记载孔子及其弟子言行的语录，由其弟子及其再传弟子编写。孔子重视仁的价值，他的核心理念是"仁"，"仁者人也"是他最重要的思想之一。"仁"是一种可以扩展到全人类的思想，今天依然具有指导性。孔子还有很多重要的语句。例如，"质胜文则野，文胜质则史，文质彬彬，然后君子。""知者乐水，仁者乐山；知者动，仁者静；知者乐，仁者寿。""《诗》可以兴，可以观，可以群，可以怨，迩之事父，远之事君，多识于鸟兽草木之名。"

第三位是孟子（姬姓，孟氏，名轲，前372—前289），他受业子思（孔子之孙）之门人，是儒家代表人物，代表作为《孟子》。他关于美学的独特命题是"充实之谓美""人格美""美感共同性"。

第四位是庄子（姓庄，名周，约前369—约前286），代表作为《庄子》（内篇7、外篇15、杂篇11，共计33篇）。庄子是老子之后最重要的美学家、文学家之一，他和老子最早抓住了美的本质。老子的"无为而无不为"，继之为庄子的"天地有大美而不言"。庄子第一个从美学的高度来讲美与真的统一，"真者，精诚之至也"。他的作品对人的审美心理进行了描绘，并有关于精神美、审美境界的表达。"庄周梦蝶"这个经典故事是他的一种审美观，一种审美感受。

第五位是荀子（姓荀，名况，字卿，约前313—前238），代表作为《荀子》。其核心理念为："不全不粹，不足以为美。"荀子强调美的完整性、纯粹性，也强调审美的心理。"心忧恐，则口衔刍豢而不知其味，耳听钟鼓而不知其声"（如果心中忧愁恐惧，即使嘴里吃着肉，也不知道是什么滋味，即使耳朵听着悦耳的钟鼓之声，也不了解音乐的含义），这是荀子重要的美学观。

第六位是公孙尼子（生卒年不详），代表作为《乐记》，是中国最古老的音乐美学著作。"凡音之起，由人心生也，人心之动，物使之然也，感于物而动，故形于声。"声音音乐的由来，在于人性。

《易传》美学是中国美学史上的重要著作，共十篇，突出了"象"的范畴，提出了"立象以尽意""观物取象"两个命题，构成了中国古代美学思想发展的重要环节。《易传》的辩证法思想，对于中国古典美学的发展产生了多方面的、深刻的影响。[①]

汉代美学是从先秦发展到魏晋南北朝美学的过渡环节。汉代哲学中的"元气自然论"和"形神论"，对魏晋南北朝美学产生了重大影响。西汉《淮南子》关于美和美感的论述，东汉王充《论衡》关于真善美统一、文化发展观的思想，在美学史上都有重要的地位。

二、魏晋南北朝美学

魏晋南北朝时期是中国美学史上的第二个黄金时代，出现了一大批美学专著，是艺术自觉时代的产物。如果说先秦两汉的美学思想是"重善轻美"，魏晋南北朝则变为"重美轻善"。此时期出现了许多美学概念、美学命题，并形成了体系，这与春秋战国时期有着根本的区别，代表人物有八位。

第一位是曹丕（187—226），他继承了曹操的事业，还给我们留下了他的文艺思想及美学观念。他的代表作为《典论·论文》，强调了审美和艺术创作，强调以气为主，即个性的气质和艺术的独特价值，是一种艺术的自觉觉醒。

第二位是嵇康（字叔夜，约224—约263），他的代表作《声无哀乐论》不仅讨论了音乐有无哀乐、音乐能否移风易俗，还涉及音乐美学等系列重大问题，如音乐

---

① 叶朗：《中国美学史大纲》，64页，上海，上海人民出版社，1985。

的本体与本质、音乐鉴赏中声与情的关系、音乐的功能等。他认为"声无哀乐"，即音乐是客观存在的音响，哀乐是人们的精神被触动后产生的感情，两者并无因果关系，"心之与声，明为二物"。

第三位是陆机（261—303），他的代表作为《文赋》。他的观点涉及艺术本身规律、艺术创造过程（构思领域、构思特点）、艺术想象等。他提出"诗缘情而绮靡"，强调文学艺术表现情感，即艺术和情感的关系。

第四位是顾恺之（字长康，348—409），著名画家，代表作为《论画》。"顾长康画人，或数年不点目精。人问其故。顾曰：'四体妍蚩，本无关于妙处；传神写照，正在阿堵中。'"（《世说新语·巧艺》）他强调"传神写照"，此命题在美学史上影响很大。"传神"处主要在于眼睛，而不在于"四体妍蚩"。"神"是指一个人的风神、个性和生活情调。①

顾恺之提出的另一个命题是"迁想妙得"。《魏晋胜流画赞》中曰："凡画，人最难，次山水，次狗马；台榭一定器耳，难成而易好，不待迁想妙得也。""迁想"是发挥艺术想象。"妙得"即得"妙"。把握了神韵，突破了有限的形体，通向无限的"道"（"气"）即"妙得"。②"迁想妙得"是说在客观现实基础上观察、体会，进行想象，可以得到对于艺术的一种自觉的感受、自觉的感悟。

第五位是宗炳（375—443），他的代表作《画山水序》中最主要的体验是"澄怀味象"，这是一个重要的美学命题，在评点艺术，特别是绘画、诗歌、书法这些方面经常使用。对于审美保持一种清净自由的心态，可以去体味其中美妙变化，非"食"之味，乃精神审美之味。

第六位是刘勰（字彦和，约465—约520），他的代表作《文心雕龙》是中国美学史上的重要著作，其中包括艺术本体论、艺术本质特征论、艺术创作论、艺术发

---

① 叶朗：《中国美学史大纲》，200页，上海，上海人民出版社，1985。
② 同上书，206页。

展论、艺术作品构成论、艺术风格论、艺术批评论、艺术鉴赏论等基本问题。叶朗评其"笼罩群言",并引清代史学家章学诚《文史通义·诗话》之评语"体大而虑周"。论著提出几个有时代特色之美学概念。其一:风骨,"风"即文意,"骨"即言辞。宗白华评:"情"的因素表现为"风","理"的因素表现为"骨"。叶朗评:"风"指情感力量,"骨"指逻辑力量。其二:隐秀,"情在词外曰隐,状溢目前曰秀"。二者旨意之一为作品不直接说出来的多重情意,之二为作品生动形象。其三:意象,"独照之匠,窥意象而运斤",艺术创作核心之点得以概括。

第七位是钟嵘(约468—约518),代表作为《诗品》。他最重要的美学观念是"滋味说","指事造形,穷情写物,最为详切",即从内容和形式的统一去创造鲜明的艺术形象。如果"理过其词",缺乏形象性,就会"淡乎寡味"。

第八位是谢赫(479—502),代表作《古画品录》中"六法"是关于绘画的六种法则。谢赫曰:"六法者何?一,气韵生动是也;二,骨法用笔是也;三,应物象形是也;四,随类赋彩是也;五,经营位置是也;六,传移模写是也。"这六个方面是审美艺术的一种标准。

三、唐五代美学

唐五代美学最重要的有书法美学、绘画美学、诗歌美学。其中包含审美意象、审美创造、审美欣赏等宝贵的美学思想。代表人物有七位。

第一位是孙过庭(646—691),他是唐代重要的书法家、书论家。代表作《书谱》在中国美学史上有重要地位,其中对书法的本质作了表现与再现统一,但侧重于再现的概括。主要观点有书法欣赏之美在"意象创造","同自然之妙有,非力运之能成"。

第二位是王昌龄(698—757),代表作为《诗格》。他首先提出"意境"概念。

强调"意境"分三种，即"物境"（自然山水）、"情境"（人生经历）、"意境"（内心意识）。"意境说"之后，审美的概念越来越多。

第三位是皎然和尚（本名谢清昼，730—799），被称作江东诗僧，代表作为《诗式》。他强调"取境"概念，探讨艺术创作中"意"与"境"的关系。认为生活当中客观的物象，通过艺术家的主体审美创造，便具有了创作者的审美品格。

第四位是白居易（字乐天，自号香山居士，772—846），是著名诗人、诗论家和唐代新乐府运动的发起者。他以现实主义诗歌行于世，作品辑为《白氏长庆集》。他提出的诗者"根情、苗言、华声、实义"八字，体现了诗的审美特征，可以分辨出美学的美丑。

第五位是张彦远（815—907），是唐五代时期著名的诗画家，代表作《历代名画记》在中国美学史上有重大意义，重点是阐释绘画欣赏心理。其中，"凝神遐想，妙悟自然，物我两忘，离形去智"十六字是关于艺术的审美心理特征，现在依然可以被直接使用。

第六位是司空图（837—908）。代表作为《二十四诗品》，揭示了"意境"的美学本质。主张艺术的"神韵说"，提出"长于思与境偕，乃诗家之所尚者"，是诗人理想中主客体审美的融合。

第七位是张璪（生卒年不详）。代表作《绘境》已失传，但"外师造化，中得心源"八个字流传至今。"师造化"就是在世界本相之中去体会，是创造艺术的根本。

四、宋代美学

宋代美学主要包括书画美学和诗歌美学。宋代书画美学比较注意审美创造的规律性。宋代诗歌美学则比较注意对审美意象本身的分析，主要在于两个方面。第一，对于"情"与"景"关系的分析，探讨结构、类型。强调单有"情"或单有"景"，均不能构成审美意象，只有二者融合，才能构成审美意象。第二，对于"诗"与"画"关系的分析，探讨了不同门类艺术审美意象的共同性和差异性。①宋代美学中"韵"范畴十分突出。诗论家将其作为评价艺术作品最高的审美标准。此范畴是把握宋代诗歌美学，特别是把握苏轼美学思想的关键。宋代美学代表人物有五位。

第一位是郭熙（约1000—约1090）。其子郭思为父编纂的《林泉高致》，是宋代最有价值的画论。其中提出"身即山川而取之"命题，以及提出"三远"之说："自山下而仰山巅，谓之高远；自山前而窥山后，谓之深远；自近山而望远山，谓之平远。"对山水画的意境作了概括。

第二位是苏轼（字子瞻，号东坡居士，1037—1101）。他提出的重要命题"竹论"——"成竹在胸"和"身与竹化"，着重点在画家如何通过笔墨把审美意象表现出来。"成竹在胸"是作者将全部注意力集中于胸中而产生的审美意象；"身与竹化"是审美创造的精神状态。其《文与可画筼筜谷偃竹记》是为文与可画竹所作的题记，论述了"成竹在胸"的美学命题。

苏轼还提出了"诗中有画、画中有诗"的著名命题，主张"诗"与"画"的互相渗透。"味摩诘之诗，诗中有画；观摩诘之画，画中有诗。"（《东坡题跋》下卷《书摩诘蓝田烟雨图》）

第三位是范温（北宋，生卒年不详），代表作为《潜溪诗眼》（已亡佚）。其主论"韵"，是宋代诗话中最详尽的表述，提出"韵者，美之极"，强调"韵"是美的最高境态、美的极致，要求审美意象"有余意之谓韵"。

第四位是严羽（1192—？　），南宋诗论家，代表作为《沧浪诗话》，是宋代诗歌理论重要著作。他提出主要范畴"兴趣""妙悟"。"夫诗有别材，非关书也；诗有

---

① 叶朗：《中国美学史大纲》，295页，上海，上海人民出版社，1985。

别趣，非关理也。然非多读书，多穷理，则不能极其至。"强调"兴趣"乃诗的生命。阐述了诗的趣味不是直接关乎道理，但要多读书，多穷理，多探究。诗歌意象应在感兴中产生，称为"妙悟"。此二说在美学史上有贡献。他的"言有尽而意无穷"成为诗论名句，指含蓄之诗境。

第五位是范晞文（南宋，生卒年不详），代表作为《对床夜语》，提出"景无情不发，情无景不生""化景物为情思"，强调情景的关系。在诗歌意象中，"情景相融而莫分"，即"情"与"景"不可分离，所引杜诗上下联之对应——上与下、景与情、前与后等也说明了这一点。

五、明代美学

清代前期是中国古典美学的总结时期，明代则是总结的准备时期。明代美学的主要内容有两个方面：（1）对审美意象进一步探讨；（2）对教条主义美学和复古主义美学的冲击。[1]代表人物为李贽和汤显祖两人加"公安派"。

第一位是李贽（1527—1602），代表作为《焚书》。他提出"童心说"，"真心""赤子之心"："夫童心者，绝假存真，最初一念之本心也。"强调不要被礼教污染，要坦率地表露内心的情感和人生的欲望，挣脱世俗传统观念的束缚，敢于把自己对于社会生活的真实感受和真实见解写出来，即"童心说"的实质。

李贽的观点反映了明代中叶以后出现的思想解放、人文主义潮流，对于明清美学特别是明清小说美学的发展，产生了极为深刻的影响。[2]

第二位是汤显祖（1550—1616），明代大戏剧家，与莎士比亚同一时期，代表作为《牡丹亭》。他著有《玉茗堂文集》，创作了"临川四梦"（《牡丹亭》《紫

---

① 叶朗：《中国美学史大纲》，321页，上海，上海人民出版社，1985。
② 同上书，338~339页。

钗记》《邯郸记》《南柯记》），还提出了"唯情说"，"世总为情，情生诗歌，而行于神"。汤显祖认为人生而有情，"情"是他作品的主导思想，对后代影响很大，如曹雪芹。①

第三是"公安派"，世称"三袁"，即袁宗道、袁宏道、袁中道兄弟三人，为湖北公安县人。他们提出"性灵说"，认为诗歌表达应该直抒心灵，诗歌是人的感情的自然流露，强调"真人""真声""真文"。"灵"即慧，"慧黠之气"（即才气，天生的）。②

六、明清美学

明清时期可以被认为是中国美学史上第三个黄金时期。该时期在小说、戏剧、文论等方面建立了美学体系，有的方面甚至到达了巅峰。其中，小说美学、戏剧美学的发展，为中国古典美学开拓了新的领域，提出了一系列新的美学范畴和美学命题，极大地丰富了中国古典美学的宝库。关于小说真实性，提出艺术的生命力就在于真实性。③还提出"因文生事"之匠心，即创造性的想象。也在塑造典型人物方面作了多角度探讨，内容丰富，有不少精彩的、深刻的见解，至今还有参考价值。④文论的美学在本时期的标志，是王夫之的美学体系和叶燮的美学体系。⑤他们把中国古典美学的发展推上灿烂高峰，被称为中国美学史上的"双子星座"。明清美学代表人物有九位。

第一位是金圣叹（1608—1661），他主张"典型说"，他的主要成就为文学批

① 叶朗：《中国美学史大纲》，345页，上海，上海人民出版社，1985。
② 同上书，317页。
③ 同上书，365页。
④ 同上书，410页。
⑤ 同上书，451页。

评，曾评点的《庄子》《离骚》《史记》《杜工部集》《水浒传》《西厢记》，被称为"六才子书"。中国古典的小说美学，到金圣叹才真正被建立起来，他评"水浒所叙，叙一百八人，人有其性情，人有其气质，人有其形状，人有其声口"，突出了《水浒传》一百零八人，每个人的形象与性格。

第二位是脂砚斋（生卒年不详），代表作为《脂砚斋重评石头记》，他与曹雪芹关系密切，认为《红楼梦》的最大优点是真实，主张"人物摹写"。他指出"典型"的《红楼梦》人物摹写语言准确而生动地传达出了人物个性，并对《红楼梦》的艺术成就与经验进行了理论概括。

第三位是李渔（字笠鸿，号笠翁，1611—1680），代表作为《闲情偶寄》，是一部关于戏曲美学的书，其中有：词曲部（创作理论），结构第一、词采第二、音律第三、宾白第四、科诨第五、格局第六；演习部（导演理论），选剧第一、变调第二、授曲第三、教白第四、脱套第五。其阐述了创作需要把握的结构，关于导演的理论讲解是最有价值的部分。叶朗评价："不仅是中国戏剧史上第一部真正的导演学著作，也是世界戏剧史上第一部真正的导演学著作。"

第四位是王夫之（字而农，号姜斋，1619—1692），世称船山先生，代表作为《姜斋诗话》。他著书100多种，其中见于著录的有88种。其美学体系以诗歌审美意象为中心。他认为诗歌要带有感情，不能无病呻吟。叶朗评论他建构了一个以审美意象为中心、情景统一为基本线索的美学体系。敏泽评论他是从天人合一的角度演绎出的美学体系。

第五位是叶燮（1627—1703），代表作《原诗》是中国美学史上最重要的美学著作之一，建构了"理、事、情、才、胆、识、力"美学体系。他强调美的客观性，美的变动不居的流动性。"凡物之美者，盈天地间皆是也。"

第六位是石涛（1642—1708），代表作《画语录》是清代绘画美学最重要的著作，把宇宙观和绘画理论、绘画技法相联系，建立了绘画美学体系，是郭熙《林泉高致》之后最有价值的绘画美学著作。他认为"一画"是世界万物形象和绘画形象结构之最基本因素与最根本法则。其体系继承并发展前人相关命题（如张璪"外师造化，中得心源"命题、郭熙"身即山川而取之"命题），使之更哲理化又更具体化了。①强调绘画造型的基本线条是"一"，为众有之本，万象之根。"一"是宇宙万物的起源。石涛美学在美学史上的独特贡献即"一画论"②。

第七位是郑燮（字克柔，号板桥，1693—1765），清代著名画家，代表作品辑为《郑板桥集》四卷，其中提出了反传统之"美丑俱容论"。他认为美与丑都应该包容在审美之中，用对立的辩证关系分辨，肯定了丑也是一种审美形态，"瘦、皱、漏、透""丑而雄，丑而秀""宁乱勿整"。他主张现实主义与浪漫主义的结合，具有以我为主的浪漫主义特色及师法自然的形式主义特色，强调高度自由的主体性，"笔墨之间自有我"；强调师法自然，深入生活，观察体验。

郑燮的"竹论"把画竹分为"眼中之竹""胸中之竹""手中之竹"三个阶段：第一阶段是眼里看到的；第二阶段是体会的、感受的；第三阶段是变成手中之竹画出来。他概括艺术创造全过程：从眼到胸—从胸到手，合之乃审美创造全过程。眼，对"境"（审美之自然）直接观照；胸，审美意识熔铸加工（情、景契合）产生之审美意象；手，用艺术技巧将脑中意象以物化（意境）。其中包含二次飞跃。

第八位是袁枚（1716—1798），世称随园先生，代表作为《随园诗话》，正编16卷，补遗10卷，是诗歌美学理论著作。他倡导"性灵"说，有批评意识（如朴学），他的观点属于审美论。他还提出超实用的艺术审美观，强调艺术的审美不能以有用或无用作为标准；反对狭隘的功利，"味欲其鲜，趣欲其真"，认为人的审美和生理感受有密切关系，诗文的创作要有真实的生命，不能掺假，重"真、活、新"。"性灵"说在当时影响很大，为清代诗坛带来清新的空气。

---

① 叶朗：《中国美学史大纲》，529页，上海，上海人民出版社，1985。
② 同上书，531页。

第九位是刘熙载（1813—1881），代表作《艺概》的主要内容是对各类艺术进行概述，精练、深刻，表明其修养深厚。《艺概》对艺术创作中的各种矛盾关系作了考察，排出美学范畴系列，并以辩证方法进行论述。他提出艺术美学中的"举此以概乎彼，举少以概乎多"，是一种辩证思维。

七、近现代美学

在中国近现代美学史上，最引人注目的是梁启超和王国维。他俩皆热心学习并介绍西方美学，尝试将西方美学和中国美学结合，但都未能建立自己的美学理论体系。近现代美学代表人物有四位。

第一位是梁启超（字卓如，号任公，1873—1929），代表作为《饮冰室诗话》。他还著有《饮冰室合集》，约1400万字。其学术研究包含古今中外（政、经、历、哲、文、法、宗教等）各个领域，呈现"百科全书"式宏大气派。涉及美学广泛，时有新思想，但缺乏系统化。突出观点为"美"在人类社会生活中具有很高地位，"各种要素中之最要者"，乃美学史之新观点。[1]《论小说与群治之关系》是最早介绍西方美学思想入中国的作品。他还高度重视艺术教育与审美教育，强调为艺术而艺术与为人生而艺术的统一，强调真美合一，这些观点对于今天深入认识艺术和科学不可分离的关系都很有启发。

梁启超主张"诗界革命""小说界革命"，提倡文体改革。1902年4月黄遵宪致梁启超信，高度称赞其"惊心动魄，一字千金，人人笔下所无，却为人人意中所有，虽铁石人亦应感动。从古至今，文字之力之大，无过于此者矣"。

第二位是王国维（字静安，1877—1927），代表作有《红楼梦评论》《人间词话》

---

[1]　叶朗：《中国美学史大纲》，578页，上海，上海人民出版社，1985。

《宋元戏曲考》《古雅之在美学上之位置》。他由《红楼梦》研究引入西方悲剧概念，由"古雅"引入西方形式美概念，由"造境""写境"引入西方浪漫主义和现实主义概念，主张"境界说"，为其美学思想核心。他还提出三个审美层次："昨夜西风凋碧树，独上高楼，望尽天涯路。""衣带渐宽终不悔，为伊消得人憔悴。""众里寻他千百度，蓦然回首，那人却在，灯火阑珊处。"（《人间词话》）

史学家陈寅恪评价王国维："取外来之观念与固有之材料互相参证，凡属于文艺批评及小说戏曲之作，如《红楼梦评论》及《宋元戏曲考》《唐宋大曲考》等是也。"

第三位是蔡元培（字鹤卿，号子民，1868—1940），我国近代著名思想家、美学家、美育家。他曾长期担任北京大学校长，著有《蔡元培全集》300万字。他的主要著作《对于教育方针之意见》，首次将美育列入教育方针。他在写于1930年的《以美育代宗教》中首次提出"美育代宗教"理念："一、美育是自由的，而宗教是强制的；二、美育是进步的，而宗教是保守的；三、美育是普及的，而宗教是有界的。"一直被沿用到今天。

最后一位是鲁迅（原名周树人，字豫才，1881—1936），中国现代伟大的文学家，代表作《摩罗诗力说》（留日时期写的美学论文）的主要内容有：（1）对摩罗诗派的介绍，以及对中国儒家传统美学的批判。（2）关于艺术的社会作用，提出艺术两方面的功能，即社会功能和审美功能，"涵养人之神思"即怡情悦性，艺术有"不用之用"。鲁迅大力肯定西方反抗诗人，一位是19世纪英国浪漫主义抒情诗人雪莱："冬天已经到来，春天还会远吗？"（《西风颂》）。另一位是拜伦，他们俩都强调"改革之新精神"。

北京师范大学资深教授　黄会林

《周易》的智慧

　　《周易》为群经之首，是我国现存最古老的文化经典，是中华文化重要的源头活水，是中华民族精神和智慧的集中体现，易学思想是中国传统思想文化的主旋律之一。数千年来，《周易》以其丰富的内容、精深的思想传承不绝，历久弥新，始终受到人们的特别推崇和高度重视。作为中国最古老的文化经典、智慧经典，《周易》有着悠久的成书史、传播史，也形成了众多的学术流派和浩瀚的研究论著，在中华优秀传统文化的演变和发展进程中影响深远，作用巨大，特别是其中蕴含的丰富的和谐理念和强烈的创新意识，至今还在为人们所广泛传承和大力弘扬，值得我们认真考察和深度研究。

一、《周易》的概况

　　几千年来，《周易》和易学文化的研究从未间断，至今依然热度不减、高潮频起，并且已成为全球性、国际性的学术研究课题。但由于《周易》素以深秘玄奥、晦涩难懂著称，为了方便学习和研究，现有必要对《周易》的基本概况作简单介绍。

　　（一）《周易》释名

　　《周易》最早见于《周礼·春官·大卜》："大卜……掌三《易》之法，一曰《连山》，二曰《归藏》，三曰《周易》。其经卦皆八，其别皆六十有四。"前人多认为

《连山》为夏《易》,《归藏》为殷《易》,《周易》则是周代之《易》。在周代,三《易》可能同时并存,一起流传。

关于"周"字的含义,前人有不同的说法。据宋代王应麟辑《周易郑康成注》,东汉郑玄曰"《易》之道广矣大矣"①,他认为"周"为"周普""周备"之义。唐代孔颖达则认为"周"乃"周代"之义,其于《周易正义》卷首曰:"《周易》称'周',取岐阳地名,《毛诗》云'周原膴膴'是也。又文王作《易》之时,正在羑里,周德未兴,犹是殷世也,故题'周',别于殷。以此文王所演,故谓之《周易》,其犹《周书》《周礼》,题'周'以别馀代。"孔氏这个观点,后为宋代朱熹等人所继承。另外,唐代贾公彦在为《周礼·春官·大卜》作疏时,提出"周"乃"周匝"之义,近人钱基博先生予以高度肯定:"周"之言"周匝"也,"周而复始"也。钱先生还认为,此解并非起于贾公彦,而是自孔子以来易学授受之微言大义,"胥以明易道之屡迁,象昼夜、四时之周而必复其始焉"②。

对于"易"字含义的解释,前人也是众说纷纭。郑玄依据《易纬·乾凿度》,认为"《易》之为名也,一言而含三义:易简一也,变易二也,不易三也"③,即"易"有简易、变易、不易三种意思。孔颖达《周易正义》沿袭此说。另有东汉许慎《说文解字》解"易"为:"蜥易,蝘蜓,守宫也,象形。《祕书》说曰'日月为易,象阴阳也'。"④此处表达了"易"的两种含义:其一,"易"代表蜥蜴一类的动物,它们能够随周围环境的改变而随时变换自己身体的颜色,"易"即是取象于这种改变、变换的属性,后假借为"变易"之"易";其二,"易"由日、月组成,日为阳,月为阴,阴阳二气合之为"易"。清初学者毛奇龄更是综合前儒诸说,在

① (宋)王应麟:《周易郑康成注·易赞》,65页,北京,中华书局,2012。
② 钱基博:《〈周易〉解题及其读法》,见《无求备斋易经集成》第126册,13页,台北,成文出版社,1976。
③ (宋)王应麟:《周易郑康成注·易赞》,64页,北京,中华书局,2012。
④ (清)段玉裁:《说文解字注》,463~464页,北京,中华书局,2013。

《仲氏易》中提出"易"有"变易""交易""反易""对易""移易"五义。①至20世纪，高亨先生认为，"易"为筮书之通名，又为官名，其本字疑当为"覡"②。在当代，学者黄振华上溯至殷商甲骨文，提出"日出为易"或"日落为易"③，也对我们有一定的启发意义。

《周易》主要阐释阴阳变化、推移及其消长盈虚，从而揭示天地、自然造化、人类社会存在的永恒规律，所以"易"的基本含义就是易简、变易、不易三义。

（二）《周易》的结构和体例

《周易》包括"经""传"两大部分。"经"由六十四个卦象和起解说作用的卦、爻辞组成，一共分为上、下两经，上经三十卦，下经三十四卦。六十四卦又是由八经卦上下两两相重而成，每卦由阳爻（—）、阴爻（- -）两类符号组成，画卦顺序为由下而上。八经卦即乾（☰）、坤（☷）、震（☳）、艮（☶）、坎（☵）、离（☲）、巽（☴）、兑（☱），其基本象征分别为天、地、雷、山、水、火、风、泽。阳爻（—）与阴爻（- -）的属性相反："—"为阳爻，又称刚爻，代表阳刚、男性、奇数等事物；"- -"为阴爻，又称柔爻，代表阴柔、女性、偶数等事物。六十四卦由八经卦上下两两相重而成，故每卦由六爻组成，自下而上分别称为初爻、二爻、三爻、四爻、五爻、上爻，阳爻称"九"，阴爻称"六"。上卦又称外卦或上体，下卦又称内卦或下体。六十四卦卦形之后为卦名，卦名之后为卦辞，即解释每卦要义的文辞。又有解释各爻要义的文辞，称为"爻辞"。除六爻爻辞外，《乾卦》还附有用九，《坤卦》还附有用六。

《易经》的基本元素为阳爻和阴爻，长期以来一直是学界共识，但近年来随着

---

① （清）毛奇龄：《仲氏易》，见《无求备斋易经集成》第77册，1～2页，台北，成文出版社，1976。
② 高亨：《周易古经注》，见《高亨著作集林》第一卷，26～27页，北京，清华大学出版社，2004。
③ 黄振华：《论"日落为易"》，见黄振华《论中国哲学与文化》，1～12页，台北，时英出版社，2008。

出土文物的逐渐增多，对《易经》符号的来源和形成问题又出现了许多新的观点，其中尤以"数字卦"的讨论最为突出。"数字卦"的研究源于甲骨文、金文、陶文中由数字组成的奇字。1978年，张政烺先生在古文字学会的第一届年会上将"奇字"与《周易》卦象联系起来，"论证这种仅由五、六、七、八这四个特定数字所构成的复合符号，就是由老阴、少阴、老阳、少阳四个爻所构成的'卦'"[①]。数字卦问题自张先生提出后逐步发展成为学界共识。

《易传》是解说《易经》的部分，共有十篇，又被称为"十翼"。"翼"为辅助羽翼之义，"十翼"的作用就是辅助阐释经文部分，包括《彖传》上下、《象传》上下、《系辞传》上下、《文言传》《说卦传》《序卦传》《杂卦传》。《彖传》又称《彖辞》，用来说明各卦的基本观念，裁断卦名、卦辞所含的义蕴，"《彖辞》统论一卦之义，或说其卦之德，或说其卦之义，或说其卦之名"（《周易正义》）。《象传》亦称《象辞》，重在解说卦名、卦义及爻辞，分为《大象》《小象》，《大象》解说六十四卦，《小象》解说三百八十四爻。《象传》上下两篇分别解说上下经。《系辞传》（上下）是通论性质的著作，从义理方面对经文作了比较全面的辨析和阐发，包括《易》的来源、卦爻的象征意义、《易》中包含的道理、占筮方法、卦爻的分析方法等，还对某些卦爻作了选择性的解释。《文言传》专门解释乾、坤两卦的篇名，孔颖达《周易正义》引庄氏云："文谓文饰，以乾、坤德大，故特文饰，以为《文言》。"《说卦传》主要解释八卦性质和象征，即孔颖达所说"《说卦》者，陈说八卦之德业变化及法象所为也"（《周易正义》）。《序卦传》说明六十四卦的排列顺序与意义。《杂卦传》则是将卦德属性相反的两卦为一对，说明各卦之间的错综关系。韩康伯注曰："《杂卦》者，杂糅众卦，错综其义，或以同相类，或以异相明也。"（《周易正义》）

作为传的《易传》（"十翼"），汉唐学者普遍认为是孔子所作。司马迁《史

[①] 《吉林大学古文字学术讨论会纪要》，载《古文字研究》第一辑，3页，北京，中华书局，1979。

记·孔子世家》曰："孔子晚而喜《易》，序《彖》《系》《象》《说卦》《文言》。"[1]
班固《汉书·艺文志》承袭此说。自北宋欧阳修作《易童子问》，此说开始受到质
疑。多数学者认为"十翼"非孔子手订，亦非一时一地一人所作，其形成经历了漫
长而复杂的过程，大抵形成于战国中后期。经过我们的研究，《易传》不仅与儒家、
道家有一定的关联，而且与阴阳家、墨家、法家、兵家等有一定的关系。故而《易
传》是综合百家、超越百家的产物。

（三）《周易》的形成和流传

班固《汉书·艺文志》中说："《易》道深矣，人更三圣，世历三古。"[2]这就是说，
《易》之成书，经历了伏羲、文王、孔子三位圣人的先后创作、推演、加工和阐述，
涵盖了上古、中古、下古三个阶段。颜师古注《汉书》引孟康曰："《易·系辞》曰
'《易》之兴，其于中古乎'？然则伏羲为上古，文王为中古，孔子为下古。"[3]春秋
时期，诸子蜂起，理性文化逐渐与卜筮文化分离，易学也开始丢掉卜筮的外衣，逐
渐理性化、哲理化、抽象化，《易经》开始被赋予各种思想内涵和价值意义。

需要说明的是，关于《周易》的成书及学派归属等问题，长期以来学术界分歧
严重，尤其是《易传》的学派属性，更是天水违行，立场迥异。经过长时期的考察
和研究，对于《易传》的学派归属，我们提出了这样的观点：《易传》诸篇乃儒道
互补，以儒为主，综合百家，超越百家的产物，其问世与孔子和儒家、与老庄和道
家等有着密切的关系。可以说，儒家和道家都从《易经》(《周易》六十四卦卦爻
辞）得到了某种启示和沾溉，获得了诸多资源和养料，同时又将自己的思想意识、
价值取向融入治《易》成果之中，融入《易传》诸篇之中，促使《易传》成为秦汉

---

① 《史记·孔子世家第十七》，2334页，北京，中华书局，2013。

② 《汉书·艺文志第十》，1704页，北京，中华书局，1962。

③ 同上书，1705页。

以后中国思想文化的重要源头和内在灵魂。与此同时，正是基于《周易》特别是《易传》儒道互补、以儒为主、综合百家、超越百家的学术品格和文化风范，在数千年的历史发展过程中，《周易》和易学思想始终与儒释道三教保持着密切关联和深刻互动，它们相向而行，彼此调和，相互取鉴，相互补益，相互融通，其中《周易》和易学思想长期发挥着重要的津梁和平台作用，展现出易学融通三教、促进儒释道文化融合发展的学术理论。

当然，孔子及儒家学派作为诸子百家的一支，在《易经》性质转变的过程中起到了重要作用，他们最大限度地发掘了其中的伦理政治内涵。但由于战国时期百家争鸣，出现了多家治《易》的局面，其授受源流已难以究考。《史记·仲尼弟子列传》仅对孔子之后《易》的传授作了记载，其先后次序分别为：孔子—商瞿（子木）—楚人馯臂（子弘）—江东人矫疵（子庸）—燕人周竖（子家）—淳于人光羽（子乘）—齐人田何（子庄）—东武人王同（子中）—菑川人杨何①。《汉书·儒林传》与此略有不同。《史记》《汉书》所记可能未尽属实，但至少能够说明，《易》在儒家内部的传授是赓续不绝的。

除了通行的传世本《周易》，战国秦汉之时，尚有其他版本的系统《周易》在各地特别是南方楚地流传。长沙马王堆汉墓帛书《周易》经传、上海博物馆藏战国楚竹书《周易》及阜阳汉简《周易》等，可为其代表。这些重要的出土文献及其相关的整理研究成果，对于我们今天校读、研习《周易》和相关易学著作是颇有助益的。

二、《周易》的和谐思想

作为群经之首、大道之源，《周易》不仅是中华文化重要的经典，其所蕴含的

---

① 《史记·仲尼弟子列传》，2212页，北京，中华书局，2013。

思想同时又是中华民族精神和智慧的集中体现。和谐是《周易》的根本精神，《周易》以变为本，倡导变革，呼唤创新，但这种变革和创新是要变无序为有序，化冲突为和谐，实现人际关系、社会秩序的和谐，进而实现包括自然与社会在内的天人和谐。《周易》所蕴含的丰富的和谐理念，可以说是中华民族和谐精神、和谐理念的重要渊薮，对中国经济社会、思想文化的演进和发展产生了极其深远的影响。

《周易》倡导的和谐包含三层含义：第一层是人与自然的和谐；第二层是人际关系（人与人、人与社会）的和谐；第三层是人自身的心灵和谐。也就是说，《周易》的和谐理念是要通过人的发展来协调和沟通社会发展的诸要素，最终使人与自然、人与社会获得更高层次、更高水准、更加全面的发展。

第一层是人与自然的和谐。我们知道，人与自然的关系在中国传统社会被概括为天人关系，名曰天人之际。在中国历史上，天人关系一直是一个重要的理论焦点，而其中一种贯穿始终的见解是天人合一，即人是自然界的一部分，人与天地万物是有机统一的整体。《周易》是这个思想的重要源头，"《易》之为书也，广大悉备，有天道焉，有人道焉，有地道焉。兼三才而两之，故六"（《系辞传下》）。在《周易》中，通过对万事万物等自然现象的体察，把天尊地卑作为世界运动变化的根本原则，把天道规律奉为人道的圭臬。人必须通过"仰以观于天文，俯以察于地理"的观象过程，才能预见吉凶悔吝，察往知来，顺天而行。而且，《系辞传上》认为"天生神物，圣人则之。天地变化，圣人效之。天垂象，见吉凶，圣人象之"，天对人类社会是有神喻作用的，只有顺应天道规律的"圣人"才能与天地感应。

第二层是人际关系的和谐，其中既包括人与人的和谐，又包括人与社会的和谐。人与人关系的和谐是指个人之间相互理解、相互调适的最佳行为状态。《周易》强调，要想保持群体的协调就要学会求同存异。如《同人卦·象传》中的"君子以类族辨物"与《睽卦·象传》中的"君子以同而异"就表达了这样的思想：区分辨别群体及各种事物，要审异求同；在事物处理上，要重视大同，不可计较小异。可以看出，无论是《同人卦》强调从异中求同的"和同"，还是《睽卦》强调同中存异的"合睽"，都意在表明：在社会生活中，人与人的交往只有求同存异才能促进人际关系的和谐。这些都与孔子"和而不同"的思想相一致。

不容忽视的是，这种和谐是在人际关系的矛盾中不断调节出来的，是一个动态的过程，而不是现有、即成的状态。对于《易》象内部所隐含的阴阳相对的特点，宋代学者张载在《正蒙·太和篇》中曾作了精到解释："有象斯有对，对必反其为。有反斯有仇，仇必和而解。"①也就是说，只要有象就必定有一个东西与它相对，凡是相对的事物，它们的行为方式必然是相反的，免不了有矛盾、冲突、斗争。如果出现了这种情况，最后解决的方法一定要和，不能让矛盾冲突扩大。在张载看来，也只有用和谐的方法来消除矛盾、解决矛盾，才能使事物向一个更新的方面发展。

《周易》也十分重视人与社会关系的和谐。在人类社会诸结构中，家庭结构可谓根本；在家庭的诸多关系中，夫妇关系是根本。《家人卦·象传》："女正位乎内，男正位乎外。"男子正，需有齐家治国平天下的品德；女子正，需有柔顺之德而正内。要想保持家庭的和谐，就必须建立一个合理正常的家庭秩序。《家人卦·象传》说："家人有严君焉，父母之谓也。父父，子子，兄兄，弟弟，夫夫，妇妇，而家道正。"在一家人中，上有严君父母，下有兄弟姐妹，一家人各尽其道，这样就会使家道得正。如果社会上家家咸正，那么整个天下必然太平安定。正如程颐所强调的"家内之道"："父子之亲，夫妇之义，尊卑长幼之序，正伦理，笃恩义，家人之道也。"②

值得注意的是，《周易》历来为统治阶级所重视，重要的原因在于它是能够为历代王朝之政道与治道提供借鉴的一部重要典籍。《周易》要求当政者与民众形成一种和谐的政治关系，以创造社会良性运转和协调发展的最佳政治环境，而这无疑

① （宋）张载：《张载集》，章锡琛点校，10页，北京，中华书局，1978。
② （宋）程颐：《周易程氏传》，王孝鱼点校，207页，北京，中华书局，2011。

也是人与社会关系和谐的应有之义。

为营造稳定、和谐的社会局面，当政者首先必须以诚信的态度对待下属，"四处近君之地，众阴顺附，则当开诚心、布公道，待以广大之度，然后有以致人心之皆服"①。《益卦·象传》也认为："'有孚惠心'，勿问之矣；惠我德，大得志也。"当政者只有"有孚惠心"，广泛地深入民众，才能做到《剥卦·象传》的"上以厚下安宅"。

当然，真正地创造社会和谐局面，当政者只有诚信的态度是不够的，还必须担负起教化人民的义务。《系辞传下》就此提出了"三陈九德"的问题："履，德之基也；谦，德之柄也；复，德之本也；恒，德之固也；损，德之修也；益，德之裕也；困，德之辨也；井，德之地也；巽，德之制也。"在《周易》看来，凡君子都应依据此"九德"修善德行，做到"履以和行，谦以制礼，复以自知，恒以一德，损以远害，益以兴利，困以寡怨，井以辨义，巽以行权"。唯"九德"兼具的君子才能以道辅济君父，创造社会和谐局面。

《周易》强调，为了教化百姓，达到社会和谐，为政者还要采用"神道设教"的手段，"观天之神道，而四时不忒，圣人以神道设教，而天下服矣"(《观卦·象传》)。天道运行，四时不忒，带有一定的神秘性质，如果圣人利用天之神秘性以设教，天下人民莫不服从。很明显，圣人巧妙地利用阴阳变化不测之道维护统治秩序，也会有助于达到构建社会和谐的目的。与此同时，为政者还认识到感化人心在教化百姓时的重要性。《咸卦·象传》说："天地感而万物化生，圣人感人心而天下和平。"天地感是阴阳相感。《周易》强调圣人在上位，是阳；人民在下位，是阴。圣人以至诚之心感化天下人民，也是阴阳相感，所以能达到"天下和平"。

第三层是人自身的心灵和谐。人是社会中的人，自我必须努力与他人、与社会乃至自然环境建立一种正常、有序的联系，使自我与日益扩大的人际关系网络保持

---

① 马振彪:《周易学说》，174页，广州，花城出版社，2002。

和谐畅通。但是实现这个目的需要有基本前提，即个人通过加强自我修养，做到厚德载物、谦虚礼敬、纯诚信实，使心灵努力保持和谐的状态。否则，人与自然、人际关系的和谐根本无从谈起。

《周易》重视个人的道德修养，重视养心，就个人如何保持和谐健康的心理状态，也多有所论及。《乾卦·象传》："天行健，君子以自强不息。"《坤卦·象传》："地势坤，君子以厚德载物。"这就告诫人们要像上天一样自强不息，修养德才，具备无穷的德行；又要像大地那样广阔深厚，负载万物，培养宽容敦厚的德行。在儒家看来，"君子欲观仁义之道，礼其本也""忠信，礼之本也"（《礼记·礼器》），视礼为仁义之道的外在表现，又特别重视是否具备忠信的素质。毕竟，忠信是人内在的纯朴真诚，具备这种品质，才能不断提高修德层次。修辞立其诚，则是忠信之德的外在表现，具备这种才干方能真正居业，进而真正能做到"知至至之，可与言几也；知终终之，可与存义也"（《乾卦·文言》）。

"我们要想懂得中华民族的精神，懂得中华民族五千多年文明史的核心价值观，离开了《周易》是不行的。而且，懂了《周易》才可以懂得儒家，才可以懂得道家，才可以懂得中国传统文化的精髓。而《周易》，其智慧，其核心价值观，就是和谐，就是阳刚阴柔的辩证统一，就是自强不息，厚德载物。"[①]《周易》的和谐思想是中国传统文化的精髓之所在，集中了我国古代先哲的人生智慧，不仅是具有中华民族特色的人格理论和行为的准则，还是中华民族传统文化的基石，对中华民族五千多年文明的发展曾产生过极其重要的作用。

2020年9月30日，习近平总书记在联合国生物多样性峰会上的讲话中首次提出"共建万物和谐的美丽世界"的重大倡议。自古以来，中国人就通过观察自然现象思考世界运行的规律，体悟其中蕴含的人生哲理。习近平总书记在联合国讲坛上阐

---

① 余敦康：《中国智慧在〈周易〉〈周易〉智慧在和谐》，载《光明日报》，2006-08-24。

述"万物和谐"理念，体现的不仅是对生物多样性的观照，更传递出对人类社会未来走向的深邃思考。事实上，借鉴《周易》相关的和谐理念，合理调适、协同人与自然的关系，达到人类与生存环境的良性互动，从而使生态文明建设步入良性发展的轨道，最终达到人与自然的高度统一，不失为有益的尝试。不仅如此，《周易》的和谐理念还为我们提供了一种提升人类生命境界和精神修养的资鉴。由于过分关注物质享受而缺乏精神层面的追求，当今社会出现了一些不和谐的现象，人与人关系紧张，人与社会的矛盾加剧。如果任其发展，整个社会将陷入混乱的局面，人类的身心健康也无从谈起。所以，为了促进人与自然、人与社会、人与人及人自身心灵的和谐，促进我国的生态文明建设、和谐社会建设、精神文明建设和经济社会发展，有力推动构建人类命运共同体，进一步充分汲取《周易》的和谐思想、和谐智慧，也就势所必然了。

三、《周易》的创新精神

创新是一个民族的灵魂，是一个国家兴旺发达的不竭动力。中华民族是勤劳智慧、富有创新精神的民族，是勇于创新、善于创新的民族。千百年来，中华民族生生不息，日益强大，靠的就是这种创新精神。值得注意的是，中华民族创新精神在代代相承、逐渐丰富、不断发展的历史进程中，与易学结下了深深的不解之缘，形成了广泛的互动关系。

《周易》是中华文化重要的源头活水。《周易》以变化"日新"为根本，易学主张"天行健，君子以自强不息"（《乾卦·象传》），颂赞"刚健笃实，辉光日新"（《大畜卦·象传》），要求"去故""取新"（《杂卦传》），强调"日新之谓盛德，生生之谓易"（《系辞传上》）。刚健有为，自强不息，是贯穿于《周易》全书和整个易学发展史的基本思想线索。《周易》和易学的辩证思维、科学内涵、包容精神、与时俱进思想等，也是与变革、创新联系在一起的。从一定意义上说，一方面，《周易》就是讲创新的书，易学就是研究创新的学问。更为重要的是，易学中倡导变革、鼓励创新的丰富内涵，对中华民族创新精神的形成和发展产生了至深至巨的影响，中华民族的无数杰出人士在其启迪和激励下，积极投身理论创新、科技创新、制度创新等创新实践，推动着人类文明不断向前发展。另一方面，易学自身的演变和发展也得到了中华民族创新精神的滋养和濡染。不论是象数之学、义理之学的形成，还是图书易学、近代易学的产生，都可以看作中华民族创新精神在易学领域的具体体现。

综观易学与中华民族创新精神之间的不解之缘和互动关系，大体上可以得出以下六点认识。

第一，中华民族创新精神是基于一种忧患意识和刚健有为、自强不息的精神，而这种精神主要源于易学。《易》为忧患之作。兴于殷衰周盛之时的《易经》卦象和卦、爻辞即隐含有自我反思的忧患意识，而经过战国时代《易传》的阐发，这种忧患意识更加深广、更加浓重，逐步形成为一种社会责任感、历史责任感，形成为一种理智的、富于远见的精神状态。①正是为了消除忧患，易学呼吁人们以戒惧而沉毅的态度看待个人、家族、国家的前途和命运问题，"明于忧患与故"（《系辞传下》），遇到艰难困顿时不气馁、不屈服，自信自尊，刚健有为，自强不息，及时进行各个领域、各种方式的变革和创新，从而趋利避害，逢凶化吉，求得新的更大发展。中华民族创新精神深受易学此论的影响。

第二，中华民族创新精神是在包容、吸纳、融摄外来文化的有益成果的基础上形成的，这与易学的影响不无关系。在人类文明史上，任何思想学说，如果没有包容、吸纳、融摄其他思想学说的态度和能力，就不能长期生存并发展壮大。那些真

---

① 张涛：《易学研究新视野：从综合百家到融通三教》，115页，北京，社会科学文献出版社，2019。

正有生命力的思想学说，都是适应时代发展和社会政治的需要，在保持自我、自信的基础上，对其他学说采取宽容和开放的态度，从中汲取各种养料，来丰富和发展自己。以《易传》为代表的战国易学以"天下同归而殊途，一致而百虑"（《系辞传下》）为宗旨，把儒、道、墨、名、法、阴阳等诸家思想的有益成分统统吸收、融会进来，终于形成了综合百家、超越百家的具有独特风格的思想体系。受其影响，中华民族对外来文化的有益成果采取了兼容并蓄的态度，其创新精神表现出明显的包容性、融合性。佛教在中国的传播及其中国化，明清时期西学与中国传统学术、传统科技的会通等，就是突出的例证。实际上，这种包容精神本身就是一种创新。

第三，中华民族创新精神是以科学思想、科学方法为重要前提的，而这种科学思想和方法与易学密切相关。作为中国传统科技发展的一种文化条件和背景，易学有着一定的科学内涵，其中强调制器尚象，"备物致用，立成器以为天下利"（《系辞传上》）。中国传统社会的物质文明成就和科学技术上的创新发明，多受易学此论启发。易学的阴阳思想、辩证思维、整体观念、符号系统、感应观念、周期循环思想等，对科技创新、科技发展更是颇有启示和影响。这也说明，中华民族历来是重视科学思想、科学方法且拥有很强的科技创新能力的。

第四，中华民族创新精神不仅表现在理论创新、文化创新、科技创新等方面，而且表现在制度创新方面，这与易学也有某种内在联系。《周易》不是对客观世界的纯粹理性的、抽象的认识，易学也始终与人们的社会实践紧密相关。在易学看来，任何变革和创新都应落实到社会政治领域中来，一切变革和创新成果都应广泛推行于天下，反映社会和广大人民的利益，"化而裁之谓之变，推而行之谓之通，举而措之天下之民，谓之事业"（《系辞传上》）。唐代柳宗元、刘禹锡等人的永贞革新，宋代范仲淹的庆历新政、王安石的熙宁变法，明代嘉靖新政、张居正改革，晚清维新变法等事业，都有易学革故鼎新、拨乱反正之论在其中发挥或隐或显的重要作用，都是"《易》穷则变，变则通，通则久"（《系辞传下》）理念在社会政治领域的具体实践，都反映了易学的"涉世妙用"①和实践功能。

第五，中华民族创新精神要求遵循事物发展的特有规律，强调变革和创新活动应考虑各种具体的客观条件，既要抢抓机遇，莫失良机，又不能过于标新立异、盲目妄动走极端。易学可谓这个思想的主要源泉。易学在提倡"见几而作"（《系辞传下》）、"极深而研几"（《系辞传上》）的同时，强调"与时偕行"（《乾卦·文言》），"时止则止，时行则行，动静不失其时，其道光明"（《艮卦·象传》）。人们的变革和创新活动应该始终正确地把握时机，否则就会适得其反。历史上王莽改制的失败，即是一个典型的反面例证。由于易学的启迪和教益，中华民族的许多杰出人士在创新之时，往往能够审时度势，及时抓住各种难得的机遇，使变革和创新活动取得成效。

第六，中华民族创新精神是同和谐理念密切相连的，它将实现社会和谐乃至自然与社会的整体和谐视为变革和创新的终极目标，易学则是这个理念的重要渊薮。《周易》每卦六爻，各有其位，初、三、五为阳位，二、四、上为阴位，若阳爻居阳位，阴爻居阴位，即为得位或当位，象征阴阳各就其位，合于其应然的秩序。每卦有上体、下体之分，二为下体之中，五为上体之中，若爻居中位，即为"中"，或曰"得中"，象征守持中道，行为适中，合于阴阳和合的法则，也是易学的中正思想。在此基础上，易学又提出了"太和"思想：一阴一阳相互交感，相互配合，刚柔相济，彼此推移，相反相成，协调一致，当达到最佳的结合、最高的和谐状态时，就称为"太和"。按照这种文化价值理想，人类的社会政治伦理的实践活动都应以"太和"这种最高境界、最理想状态的和谐作为终极目标，实现社会和谐、天人整体和谐，各种变革和创新活动自然也不例外。

---

① （明）张居正：《答胡剑西太史》，见《张太岳集》（中），354页，北京，中国书店，2019。

由以上所述可以发现，在中华民族创新精神的形成和发展中，始终闪动着易学的影子，两者是相伴而行、相互促动的。当然，毋庸讳言，《周易》和易学讲变革、讲创新，但讲变革、讲创新的却并非仅有《周易》和易学。除了《周易》和易学，其他传统经典和学术文化也曾在中华民族创新精神形成和发展的过程中发挥过一定作用，只是不如《周易》和易学表现得突出、显著而已。

如今，我国正在动员全党全社会的力量，坚持走中国特色自主创新道路，努力建设创新型国家。2020年9月11日，习近平总书记在京主持召开科学家座谈会并发表重要讲话，强调"我国经济社会发展和民生改善比过去任何时候都更加需要科学技术解决方案，都更加需要增强创新这个第一动力"。为此，我们应该通过深入研究易学中的创新思想，通过全面考察易学与中华民族创新精神的不解之缘和互动关系，来为这一盛德大业提供某种历史资鉴。

总之，作为最重要的文化经典，《周易》对中国传统的政治、经济、军事、法律、教育等制度建设，天文、历法、地理、数学、化学、农林、医药、建筑、史学、文学、艺术等学科发展，都产生了极其深远的影响。《周易》天人合一、太和中正的和谐思想，自强不息、与时俱进的创新精神，厚德载物、海纳百川的包容态度，居安思危、慎终敬始的忧患意识等，都已融入中华民族的人文心理和价值观念之中，成为民族精神的重要组成部分。目前，我们国家正在和平崛起，经济社会飞速发展，综合国力不断提升，中华民族传统的思想文化也越来越受到人们的关注。若想深入了解、真正认识传统思想文化本身及其演变、发展的规律，《周易》和易学的广泛考察和深度研究便是一条光明大道，《周易》中所蕴含的和谐思想和创新精神等智慧势必能够为我们提供有益哲思。

北京师范大学中国易学研究院院长、教授　张　涛

礼乐大权旁落与"采诗观风"的高涨

——"王官采诗"说

"诗经学"中有一个古老的说法，叫作"王官采诗"或曰"采诗观风"，大意是自西周始，王朝就有派人到各地采集民间歌唱之制，以便当政者观察民情、反思政治得失。对此说法，古人是相信的，然而至近现代，学者则大多表示怀疑。到近年，情况有所转变。因为"上博简"《孔子诗论》表明，"王官采诗"之说源于先秦。笔者下面要做的是在现有条件下对"王官采诗"进行一点新探讨。实际上，即便有"上博简"《孔子诗论》的新发现，"采诗观风"之说，仍然可以怀疑。理由是：其一，《孔子诗论》毕竟是战国文献；其二，就算它真是《论语》那样可信的记载孔子言论的文献，也不可就断言那时候一定有"王官采诗"。因为孔子这位《诗经》最早的文献整理者，他生活的年代距"国风"大部分作品问世时间，也有百多年的间隔了。无征不信是学术研究应有的态度。假如"王官采诗"在西周就是有的，那么它又是怎样的"有"法？还有，它的"有"又究竟出于何等原因？其文学史乃至思想史的价值又如何？这些都需要仔细追究。

这真正是此文试着要做的。基本思路是：若《诗经》的一些篇章真是由一批专业人员采集的话，相关作品必定留下相应的"胎记"。若能找到足够的"胎记"证据，"采诗"说就可以成立。不仅如此，这样做还可以解决王官采诗从何时开始、何时达到高潮的问题。如此，关于"采诗"的意义的讨论也就有了基础。如上所说，"王官采诗"

或"采诗观风"是古老的说法。那古人又是怎么说的呢？就让我们从这一点开始。

一、"王官采诗"的各种说法

"王官采诗"之说，主要见于以下材料记载。（1）《左传·襄公十四年》载师旷之言曰："《夏书》曰：'遒人以木铎徇于路，官师相规，工执艺事以谏。'正月孟春，于是乎有之，谏失常也。"师旷所言《夏书》今已不见，若师旷所说有据，那么，夏代就有政府派专门人员在一定时节到民间采集意见的做法。①（2）《礼记·王制》曰："天子五年一巡守，岁二月……觐诸侯，问百年者就见之，命大师陈诗以观民风。"（3）《孔丛子·巡守篇》曰："古者天子命史采诗谣，以观民风。"（4）《汉书·食货志》曰："孟春之月，群居者将散，行人振木铎徇于路以采诗，献之大师，比其音律，以闻于天子。故曰王者不窥牖户而知天下。"（5）《汉书·艺文志》曰："故古有采诗之官，王者所以观风俗，知得失，自考正也。"（6）东汉何休《公羊传解诂·宣公十五年》曰："男女有所怨恨，相从而歌。饥者歌其食，劳者歌其事。男年六十，女年五十无子者，官衣食之，使之民间求诗。乡移于邑，邑移于国，国以闻于天子。故王者不出户牖尽知天下所苦，不下堂而知四方。"

以上六条材料传世文献，有先秦的，也有汉代的，说法之间还颇存分歧。如有说是周天子巡守时"太师陈诗观风"，就是太师演奏天子所巡之地的诗篇乐章，以便天子知晓当地民风。有的文献特别是汉代的那几条文献，则说采诗是专职官员层层上传以达上听。但有一点相同，即都承认"诗"可以"观民风"，即显示民风民情。至于这些"诗"是专职人员"采"的，还是专业音乐官员"陈"的，其实也

---

① 关于这段文字中的"遒人"，杜预注以为"行令之官"并兼"求歌谣之言"的职责。有学者据孔安国注《尚书·夏书·胤征》"遒人"为宣令之官员，否定其为采诗官。其实，从此段文字的上下文即"官师相规，工执艺事以谏"看，杜预注并没有错，班固说"行人振木铎徇于路以采诗"，也是从这段文字的上下文推出来的。

未尝不可以两者并存。周天子既然可派人去"采",那么诸侯也可以"采",诸侯"采"的"诗"要让天子了解,"陈"就可以是一种途径。至于"采诗"的人,有的说是"行人",有的说是男年六十、女年五十的"无子者",即一些无依靠的人,政府派他们做点事来换取度日的衣食。其实两者只是称谓不同而已,何休所说是这些人的身份及境况,《汉书·食货志》所说则是这些人的职责。不过,其中何休对采诗者社会境况的说法很值得注意,因为它与《孔子诗论》中有关"采诗"的说法颇为一致。上海博物馆收藏的"战国楚竹书"《孔子诗论》关于"采诗观风",有如下说法:"诗,其犹广闻也……邦风(即国风——引者),其纳物也溥,观人俗焉,大敛材焉。其言隐,其声善。"此段文字,马承源解释为:"敛材指'收集'邦风佳作,实为采风。"关于其中的"敛材"一语,庞朴先生认为就是《周礼·大宰》中记载的"臣妾……敛材"之事。据《周礼》的注释,敛材者是"收集百草根实可食者"[1]。而且竹简又明确说采诗者的构成是"举贱民而蠲之"[2],即选一些身份不高的人去采诗,与上引何休《解诂》的说法是相吻合的。

以上是关于"王官采诗"的正面说法。如上所说,在出土文献问世以前,近现代学者对"王官采诗"说多表示怀疑。原因有多方面,首先是明确记载这个制度的文字多出自汉代。因而有人怀疑,只是由于有汉武帝设乐府之事,汉儒才附会地认为两周就有这样的制度。再有一点,是信从了前代学者对采诗说所提出的质疑。说到前代学者的质疑,当以清代崔述《读风偶识》为最力。在该书卷二"太史采风之说不可信"条中,崔述提出了如下否定看法:其一,时间分布不均。崔述说,若真有采诗制度,"何以前三百年所采殊少,后二百年所采甚多?"其二,地域分布不均。崔述说:"周之诸侯千八百国,何以独此九国有风可采,而其余皆无之。"其

---

① 庞朴:《上博简零笺》,见朱渊清、廖名春主编:《上博馆藏战国楚竹书研究》,234～235页,上海,上海书店出版社,2003。

② 李山:《举贱民而蠲之——〈战国楚竹书·孔子诗论〉札记之一》,载《人民政协报·文化副刊》,2002-04-03。

三，删盛存衰。崔述说，两周数百年，"民岂无称功颂德之词，何为尽删其盛而独存其衰？"其四，《春秋》未见王官采风的记载。崔述说："凡十二国风中，东迁以后之诗居其大半，而《春秋》之策，王人至鲁虽卑贱无不书者，何以绝不见有采风之使？乃至《左传》之广搜博采而亦无之。"①崔述的质疑不能说没力量，一、二条看上去还很有道理。可是，若是相信崔述及其他疑者的说法，《诗经》十五国风中的一些现象就实在难以理解。所以，现代学者也对崔述的说法作了一些反驳。②如崔述第二条，即关于地域小的怀疑就禁不住推敲，他所想象的周"诸侯千八百国"实际与上古时"国"的概念相差甚远。

不过，仅仅如此这般地在"王官采诗"文献记录层面与崔述隔着时空"讲道理"，还是不能彻底解决问题。如上所说，大多数对崔述的反驳还缺一个重要的环节，就是对《诗经》"国风"作品实际的征验。另外，崔述某些质疑，如"何以前三百年所采殊少，后二百年所采甚多"，也应该联系西周历史的具体情况来回答。

二、调整"采诗"理解的思路

在征验之前，先要做一件事：那就是调整一下理解"王官采诗"说的思路。一说到"采诗"，习惯反应就是民间有了现成的歌唱，采诗官员加以采集，做些伴奏、歌唱上的加工，就可以上达了。实际的情形可能要复杂得多。试想当然会有这样的情况，世间有民间流传的歌唱，采集者加以采集（亦即发现），配上乐就可以演唱了。这最符合"采诗"两字的意思了，当然也最方便，就《诗经》作品而言，如此手到擒来的"采诗"，也不是没有。如《诗经·郑风》的《褰裳》："子惠思我，褰

---

① （清）崔述：《读风偶识》，见《崔东壁遗书》，543页，上海，上海古籍出版社，1983。
② 台湾学者文幸福在其《诗经周南召南发微》（台北，学海出版社，1986）中，对崔述的四种理由——辩驳，颇有道理，可参看。

裳涉溱；子不我思，岂无他人！"简洁明快的篇章，怕是坐在家里的人想不出来的，很可能是采自郑地男女相会时打情骂俏的歌唱。又如《召南·甘棠》篇"蔽芾甘棠，勿翦勿伐，召伯所茇"的爱屋及乌的巧思，也是凭空创作难有的风调。然而，大多数情况可能就没有这样便宜了，征诸《诗经》作品，这样的篇章，即清晰地显出自身为民间歌唱的作品，数量也实在有限。更多的作品是受了某些民间歌唱甚至是民间一些生活现象的启发后"加工"而成的结果。这不难理解。举一个现代的例子说，安徽有一首情歌《摘石榴》是来自民间的，称"安徽民歌"。可是，了解这首民歌形成到现在的模样的过程的人知道，与原生态歌曲相比，这首采自民间的情歌内容上已经被进行了一番改编，曲调也被丰富加工过。又如有"西部歌王"美誉的王洛宾那首《在那遥远的地方》，多么富于青海一带的风味！可据说那是歌王在当地采风时，被飘过来的一段美妙旋律触动后创作出来的歌曲，当地本没有这首民歌。说这些，是强调理解古代的"采诗"要灵活些。有现成或大体现成的歌谣可采叫作"采诗"；没有现成的，民间流传的一两句好言辞、好旋律，新鲜而又表现风情的，将这些加工、提升，制作成歌曲，也是"采"；更有甚者，民间有一种社会现象引起了采诗者的注意，责任促使他们以自己的专长用诗篇、乐章的形式加以表现，意在提醒在位者注意某些民情，这也叫"采"。后面情况谱出的篇章，实际是古典的"报告文学"。这可以举一个古代例子即西汉乐府《战城南》。诗言："战城南，死郭北。野死不葬乌可食。为我谓乌：且为客嚎……"这些，描述将士的出战必死及死后无人收尸横陈荒野的惨状，可以理解为民间的歌唱，但结尾部分即"梁筑室，何以南，何以北？禾黍不获君何食？愿为忠臣安可得？思子良臣，良臣诚可思：朝行出攻，莫（暮）不夜归"一段歌唱，说良臣都战死了谁还伺候皇帝。正是这段颇似"奏折"的议论，透露出这首"乐府"是一篇加工而成的"报告文学"。

这里，须加注意的是采诗官的出身，竹简称他们是"贱民"，何休说他们是"官衣食"的孤苦无靠的老年人，因而他们不是"官"，只是官府属员而已。也就是说，这批人出身低贱。这决定了他们易于贴近下层民众，同情社会弱者。这又与十五国风不少作品显示出高度的"现实精神"相吻合。还有一点也需要特别注意，"采诗"的制度是需要将采集的材料"乡移于邑，邑移于国，国以闻于天子"，亦即步步上交的。步步上移过程，实际未尝不可以理解为步步加工的过程，其中最重要的环节应该是"比其音律"了。民间一些关乎风俗、政治美恶的原始歌谣、俚语乃至故事，在采诗官员那里可能就有初步的加工，之后还要向上一级的专业人员移交，最后是落在太师手里，进行最后的加工即"比其音律"。太师是些什么人？首先他们有保存歌谣的职责，《春秋左传·昭公二十五年》载："有鸲鹆来巢。"《左传》同年载，师己诵"文、成之世"即从鲁宣公到成公时流行的一首"鸲之鹆之，公出辱之"的"童谣"，该童谣预言了鲁昭公的被逐。师己即鲁国的乐官，亦即"太师"之类的人物。《左传》有此记载，而崔述却说文献没有"采风使者"的记录，只表明他对"采诗"程序的理解有误，其论证之不可信自不待言。其次，他们都是当时在音乐歌舞艺术上顶级的人物。这只消看看师旷、师涓及教过孔子的师襄在这方面的表现，就可以领略其造诣了。下级的采诗官员将采集到的材料步步上移，步步加工，一首首表现民间生活情感状况的诗篇就有序地出炉了。

三、"采诗"的证明

采诗的思路既经"调整"，有些作品就好理解了。如在《邶》《鄘》《卫》三风中，有几首艺术上特别成功的"弃妇诗"，即《邶风》的《柏舟》《谷风》及《卫风》的《氓》，都是很成熟的抒情兼叙述的佳作。社会风俗不纯，一个地区弃妇多，可以理解，弃妇中有这样多的才艺超高的女抒情诗人，就不易理解了。特别是《氓》，诗篇中的诉说者是一位被抛弃的蚕妇，在当时应属"野人"身份，诗中人生活地位的低下与诗篇技艺之高的反差实在太大，不能不让人怀疑诗篇的成功是有专业人员参与创作的。几首诗篇的共同特点，都是以第一人称形态述说，夹叙夹议。这正是笔者认为"报告文学"的文学性所在。遭受婚姻背叛离弃的痛苦，只有当事人心中最清楚，她们的如泣如诉也最令人为之动容。于是，古老的采诗官采取了让女苦主自道其事的述说方式。也恰是因为这样的诗艺，施了障眼法，使得后人不易看出这不过是"采诗"者"报告文学"的叙述方略。十五国风反映家庭生活特别是婚变、弃妇现象的篇章实在不少。这也是有原因的，采诗既然是官方行为，采诗者的眼光的焦点自然较多地集中在王政的安危一线上。反映婚恋现象的风诗多，其实有一个"一正一反"的关联。周代实行封建制，婚姻本有"合二姓之好"的缔结周贵族与其他族姓贵族政治关系的大义，这样的缔结若牢固，良好的夫妻及家庭关系至关重要。婚姻，实关政治安危。这就有《关雎》等"二南"篇章的歌唱，也就是这里所说的"正"。周人特重婚姻关系的稳定，所以对不符合礼法的婚俗风尚，特别是在男女关系上男性贵族诸多败道现象，才特别加以关注。如此出现的婚恋篇章即"反"。既然关注，就有关注的"主体"，这"主体"是哪些人？最合理的解释，就是负责"采诗观风"的专员，"采诗"对他们来说，本就有维系王朝政治和谐稳定的职责。

以上所说是推论。采诗制度的存在，必须从《诗经》作品本身，也就是从它的语言句法甚至篇章结构方面得到证明。在这方面，前辈学者的研究成果可以拿来用。如在顾颉刚先生的《从诗经中整理出歌谣的意见》的文章中就指出过："《诗经》里的歌谣都是已经成为乐章的歌谣，不是歌谣的本相。"[1]而且，顾先生认为对歌谣进行加工的，就是周代的乐官。这篇文章虽然不是讨论采诗问题的，但《诗经》国风的"乐章……不是歌谣本相"的说法，却完全可以移用于此作为证据。前面说过，采诗官员必然要对采集的原料作或深或浅的加工，顾颉刚先生的说法实

---

[1]　顾颉刚：《从诗经中整理出歌谣的意见》，见《古史辨》第三册，591页，上海，上海书店，1992。

际证明了国风篇章循环往复、重章叠调，正是一种加工的结果。同时，他说加工者是乐官，也是十分可信的。顾颉刚先生的说法得到了不少学者的应和，如屈万里在《论国风非民间歌谣的本来面目》一文中的"国风篇章的形式不类民间歌谣的本来面目"一节里，就援用了顾颉刚的说法并加以引申。同时，屈先生的文章还提出了另外的论证：（1）从文辞用雅言看国风不是歌谣的本来面目；（2）从用韵的情形看国风不是歌谣的本来面目；（3）从语助词的用法看国风不是歌谣的本来面目；（4）从代词的用法看国风不是歌谣的本来面目。第（1）条"雅言"首见《论语·述而》："子所雅言，《诗》《书》、执礼，皆雅言也。"缪钺先生《周代之雅言》综合古代《论语》注释，认为"当时于方言之外，必有一种共同之语言，如今日所谓'官话'或'国语'者，绝国之人，殊乡之士，可借以通情达意，虽远无阻也"[①]。周代有"标准语"为当代研究所承认。屈先生引用缪钺先生的说法，并且引申说，《诗经》的语言从《周颂》到"国风"，其语言的变化只有时代的早晚，而非方言的不同。十五国风所涉及的地域广大，黄河流域之外，还有江汉一带的作品；后者是"南蛮鴂舌"的方言流行之地。据刘向《说苑》所载，"榜枻"的越人用本地方言对鄂君唱的歌曲，鄂君等楚国人是听不懂的，说明当时因地域的广大而导致的隔阂是多么严重。实际上，不但是黄河流域与江汉地区有方言的区别，就是在当时的黄河流域，周人的故地的方言，与黄河下游的殷商人、再下游的东夷人，恐怕分别也一定不小。可是，读十五国风，基本感受不到方言的差别。这种情况的出现，与其解释为周人推行"雅言"的结果，不如解释为王朝采诗制度下采诗官绝多来自"雅言"即周人方言区，他们采集加工诗篇不自觉地使用了当时"普通话"的结果，更有说服力。因为，即使是现代，"普通话"都需要"推广"，在上古时代"雅言"能被一位蚕妇掌握得那样好，不是太有点匪夷所思了？

---

① 缪钺：《周代之雅言》，见《古典文学论丛》，9页，杭州，浙江大学出版社，2011。

第（2）条"用韵"其实也属于用"雅言"的问题。国风诗篇在押韵上用的是作为雅言组成部分的"雅音"。屈万里先生的文章也引用了缪钺《周代之"雅言"》的研究结果。缪文说，《诗经》三百篇除《周颂》（一些篇章不押韵）30篇，尚有274篇，这些篇总计其押韵的韵脚一共1654处。在这些"用韵之中"，除"异部合韵仅九十条"之外，"其余均在同部"。缪先生由此得出结论说："可见当时必有一种标准语，即所谓'雅言'，为诗人所据。"①这一条证据是非常有力的。但是，它所证明的应该是采诗官的加工乃至创作的事实，是乐官最后"比其音律"的事实。

第（3）条"语助词"一致的现象，屈先生的文章主要举了"有""其"和"言"字等，带有这几个字的句子，在"国风"和"雅颂"中高度一致。

第（4）条即代词的使用，屈先生的文章举了"曷""胡""何以""谁""伊"及"此"等。其实在"雅颂"和"国风"两者语词使用的相同上，还不仅限于屈先生文章所举。如"薄言"，既见于《周颂》的《时迈》《有客》、《小雅》的《采芑》《出车》及《周南》的《芣苢》和《召南》的《采蘩》，又见于《邶风·柏舟》，显然是使用了宗周地区的常用语。这样的情况还有"琴瑟"，既见于《周南·关雎》，又见于《郑风·女曰鸡鸣》。该语词以琴瑟和谐比喻夫妻和睦，其出现于东方风诗，该也是采诗者或"比其音律"者的加工痕迹。又如以"伐薪""析薪"比喻合乎礼法的婚姻结合，既见于《小雅》的《车舝》《白华》和《周南·汉广》，又见于《齐风·南山》《唐风·绸缪》诸篇。

不仅是语词，一些句子的使用更能说明问题。《邶风·谷风》有如下句子："泾以渭浊，湜湜其沚。宴尔新婚，不我屑以。"前两句是说泾水本来并不浑浊，只是引渭水加入才变得浑浊不堪了。诗以此比喻男人的喜新厌旧。比喻固然精彩无比，却有一个令人疑惑的问题，诗篇写的是一位卫地弃妇，身份大概只是一般贵族家

---

① 缪钺：《周代之"雅言"》，见《古典文学论丛》，11页，杭州，浙江大学出版社，2011。

庭，就是说其生活的地域，与泾、渭所在之今陕西地区有近千里之遥，居然脱口而出这样一个比喻，是否有点太不切合生活的实际了？这只能说明，诗篇中不幸的女主人是卫地的，可表现她生活不幸的语言，却用的是泾渭汇合之所的宗周地区的。①还有，在这四句之后，接着的就是如下四句："毋逝我梁，毋发我笱。我躬不阅，遑恤我后。"居然一字不差地见于《小雅》的《小弁》篇的结尾处！《小雅》，宗周的诗篇。因此，与"泾以渭浊"四句一样，这也是使用了宗周的语言。而采诗官既然是"王官"，就应该来自或主要来自宗周之地。还有一些类似"套语"似的语句，如"扬之水"，见于王、郑、唐三地风诗；又如"彼其之子"一语，见于郑、卫、唐、曹四地之诗。语言表现上的风雅颂相类的现象，还有许多，限于篇幅不赘述。

除了语言层次的证据外，有些诗篇的表述方式，也透露出"采诗"的消息。典型的一例是《郑风·溱洧》。诗篇是以对话体写的，记录了一位女士热情地邀请一位男士到溱洧水畔去游观，游观的内容自然是男女自由相会。看如下的句子："溱与洧，方涣涣兮。士与女，方秉蕳兮。"如此交代场景和光景的句子，无意中含着对异地风俗的新奇之感。更重要的是在对溱、洧之畔奇特的男女相约相会的描绘中，把一双观察者的眼睛透露出来了。不仅有一双眼睛在看，还有观察者的耳朵在听："女曰：'观乎？'士曰：'既且。''且往观乎？洧之外，洵訏且乐！'"记录对话的语句，正显示诗篇的叙述是一种"报告文学"的体式。就是说，这首诗篇很可能是采诗官员对一种仍然活跃于郑地河水之畔古老的"会男女"的婚俗的报道。同类的情形亦见于《陈风》的篇章。如《陈风·宛丘》，诗篇对"值其鹭

---

① 俞平伯《读诗札记》(见《俞平伯全集》第三卷，54页，石家庄，花山文艺出版社，1997) 也注意到了这几句的问题，他说："如郑玄说此两句，以为'绝去所经见'，固属想当然之谈。即我悬测为当时有此谣谚，亦觉勉强。因邶去泾、渭，地约千里，邶人作诗当言淇水、河水，何得远及泾、渭。说为实叙固远情理，即说为譬喻，亦觉其取喻之迂远；且出之民间弃妇之口，则尤觉其不伦。诗中之比兴往往因所见而启发，是为通例；而今独不然，何耶？"俞先生这里真是疑所当疑。不过，这等让人觉得奇怪的语言现象，视为王朝采诗官或王朝乐工加工所致，就易于理解了。

羽""鹭翿"的带有强烈巫风色彩的舞蹈用"无冬无夏"来表述，明显含有批评、不以为然的意思，说诗篇是采诗官员带有主观倾向性的"报告"，当然是可以的。另外《东门之枌》"不绩其麻，市也婆娑"也应该是对当地女子热衷婆娑起舞而不纺织的冷言冷语。《陈风》中的《株林》篇，据《左传》相关记载，则明确是从陈国采集而入三百篇的。以上这些，都可能是采诗官或太师采集一种社会风俗加工而成的篇章。这是在作品中留了痕迹的情况，没有留下明显的可以让人看出痕迹的，恐怕也还不少。

还有在篇章层次上透露了采诗消息的作品，对于王官采诗的证明同样有价值。《小雅》中有一首《谷风》篇：

习习谷风，维风及雨。将恐将惧，维予与女。将安将乐，女转弃予。

习习谷风，维风及颓。将恐将惧，置予于怀。将安将乐，弃予如遗。

习习谷风，维山崔嵬。无草不死，无木不萎。忘我大德，思我小怨。

其总体的格调与十五国风的许多篇章都没有任何分别。诗篇内容大体也是控诉男子"二三其德"的诗篇。巧的是《邶风》中也有一首同名的篇章。此篇开头两句是"习习谷风，维风及雨"，《邶风·谷风》的头两句则是"习习谷风，以阴以雨"，两者比兴手法十分相近。《小雅·谷风》对男子的控诉主要在"将恐将惧，维予与女。将安将乐，女转弃予"几句，揭露负心男子前后不一、"得志便猖狂"的中山狼品性。《邶风·谷风》篇幅虽长，但"昔育恐育鞠，及尔颠覆。既生既育，比予于毒"的句子，仍是女子对男子控诉的核心部分。《小雅·谷风》说"弃予如遗"，《邶风·谷风》的"不远伊迩，薄送我畿"似乎是对《小雅》"弃予如遗"的申说和补充。两者之间很像是一篇作品的"草稿"与"定稿"的关系。《小雅·谷风》在写作上，还只是一个思路粗具的大要，到《邶风》中的《谷风》篇，则不仅思路周详，并且笔法也细致入微，完全是成熟的作品了。在宗周之地的诗篇与东方卫地的风诗中存在两篇如此相似的作品，表明的应是这样的事实：采诗官员在表现东方的婚变弃妇的哀怨时，沿用了宗周之地表现同样社会内容篇章的固定思路。说一些表现弃妇、怨妇现象的诗篇是报告文学，两首思路相近的《谷风》是一个重要的证据。至于两首诗篇艺术上的高下，就可能是艺术上精益求精的结果了。此外，在《小雅》的《隰桑》篇和《桧风》的《隰有苌楚》之间的相似性也是颇高的。

四、"采诗"高潮何以在西周晚期

以上，以前人的研究为基础，从语言、语音到语词、句子即篇章各层面，证明了"雅""颂"与国风一些篇章的一致。由此说明，"采诗"制度应该是存在的，而且其专业人员就来自宗周地区。同时，由上述的探究还可以发现以下两点。

第一，"采诗"不仅限于十五国风，《小雅》中就有因"采诗"而成的篇章。

第二，"采诗"可能在西周早期就有，然而其高潮却出现在西周后期社会矛盾激化的时期。弄清这一点，前述崔述所提第一个疑问，也就不成问题了。

关于第一点，即《小雅》已有一定数量诗篇，应系"王官采诗"的结果。这样的篇章中，又尤以见诸《小雅》的《蓼莪》《大东》两篇最能说明问题。前一篇表现的是一位孝子因为服劳役，无法侍奉双亲，以致父母双亡的悲惨之事。《毛序》说"孝子不得终养也"是可信的。后一篇是东方诸侯国（据说是谭国）大夫对西周王室经济上对"大东小东"各邦"杼柚其空"的经济压榨的控诉。两诗均属西周后期无疑。《大东》篇表现的是受王朝压迫的异姓诸侯的心声，无人采集、传达，是难以上达朝廷的。特别是像《蓼莪》这样表现下层悲惨情况的篇章，它能够进入"雅""颂"篇章之中，不是更需要一种诗篇之外的力量护佑吗？《诗经》"雅""颂"的篇章，绝多为仪式歌唱，或庆功，或祭祖，或宴饮，或农耕，或战事，等等，都有歌唱。而且，一种典礼往往有多篇歌唱相伴，如祭祖的隆重典礼，有的诗篇是献给神灵的，有的诗篇则是讲述祖先业绩的。又如宴饮，也往往使用几首诗篇。正是繁多的礼仪和繁复的歌唱，构成了"雅""颂"作品的主体。然而，这种基本情况到西周后期起了大的变化，诗篇歌唱与典礼的密切关联开始松动甚至脱轨了。这主要表现为两个方面。其一，一些出自各级臣僚的政治抗议篇章，如《小雅》之《节南山》《雨无正》，《大雅》之《板》《荡》《召旻》等，纷纷问世。这些篇章有的有主名，有的没有。就写作而言，也许是臣僚自作，也许是假借他手，总之他们是有对现实极不满的情绪要宣泄，有主张、想法要提出。这些抗议诗篇的歌唱，可能也要借助一定场合，却无论如何再也不是西周以来固有典礼的情形了。其二，还有一些篇章与王公大臣自发主动的抗议不同，属于"被表现"的文学书写。政治昏暗、风衰俗怨的时代，必定是小民普遍境遇的悲惨。现有的一些《小雅》篇章中对小民悲惨不幸的表现，成了当时诗篇写作的题材。典型之作，就是上面所谈到的《小雅·蓼莪》。一位因无休止服劳役的孝子，面对父母死亡的巨大悲伤，或许碰巧是一位有诗才的人，就是说诗篇大体是他创作的，可是，即便如此，他的文学的哀哀呼告，何以能被朝廷关注，成为《小雅》的篇章，难道不是一个大问题？所以，合理的思路是，胼手胝足的小民的哀伤能被披诸管弦，见存于《小雅》，其实是一批专业人员所为。此外，诗篇也不是为着任何的典礼写制的。试想，《小雅·蓼莪》这样的歌唱，王朝有哪个典礼可以适用？不过，若说是一批原本出身下层、有现实责任感的"贱民"采诗官，将孝子的不幸故事敷衍成篇，上奏朝廷，以警示当政者，却是最合理的解释。而且，《蓼莪》的情调、篇章乃至语言，与"雅""颂"各种典礼的篇章不协调，但放到一些哀怨的国风作品群落中去，却分不出彼此。因此，合理的解释，只能是那些关注民间的采诗官员有意的"报告"写作。这样的篇章，在《小雅》中还有几篇，如《黄鸟》和《我行其野》，旧说是宣王时作品，西周后期厉王以来社会动荡，百姓离散、投亲靠友，然而社会亲情已经浇薄，诗篇表达的正是那些投奔亲戚却遭冷遇甚至恶待的人的哀叹。又如《青蝇》以苍蝇点物比喻"谗言"，应该是流传于世的歌谣或格言的采集加工。还有如《采绿》《白华》

《谷风》等，是对婚姻中不幸妇女情感的歌唱，主题与卫地一些风诗颇为雷同。另外，《苕之华》表达生不如死的嗟叹，《何草不黄》抒发那些"匪兕匪虎，率彼旷野"的"征夫"之哀，等等。其数量在"雅""颂"中还不多，但涓涓细流已然聚而成溪，并且马上就要衍为川流不息的"国风"大河了。

如此说来，采诗的高涨并非西周崩溃后的事，而是从西周衰落时兴起。这又涉及"采诗"制度从什么时候开始的问题。以现有国风篇章而言，采诗可能从周初就有，如《甘棠》篇，结合其内容及《孔子诗论》的论述，应该就是周初召康公去世后不久的篇章。[①]但是，可以肯定为早期采集加工而成的篇章，国风中实在少之又少，远没有后期这样多。于是，新问题就来了：何以西周后期"采诗"呈现高涨之势？

要回答这个问题，首先应了解这样一点：在一个"礼乐"社会，有迹象显示，到西周后期，上层人物对诗篇的喜爱、以能诗为荣耀的风尚业已形成。其证据就是有主名的诗篇出现。早中期都有配合礼乐的诗篇创制，但诗篇中明确作者的做法，很明显是晚期才有的新风。如《大雅》的《崧高》《烝民》两篇，前者结尾唱："吉甫作诵，其诗孔硕。其风肆好，以赠申伯。"后者结尾处："吉甫作诵，穆如清风。仲山甫永怀，以慰其心。"都是证据。此外像一些悲愤抒情之作，如《小雅》中《节南山》的"家父作诵"，《巷伯》的"寺人孟子，作为此诗"，也都在篇章中自道了主名。这既表明社会喜爱诗篇的风尚日益显著，也表明贵族诗人的出现。后者其实构成了对"礼乐"活动之下诗歌演唱的一种突破：诗篇写作不再以典礼为主要指向了，创作诗篇变成获得社会荣誉的一个手法。在这样的风尚下，采诗官用歌唱的方式表现社会现实，就有了社会背景。不过，这还不是主要原因，主要原因在贵族阶层与王权之间的政治较量。就是说，策动采诗官员表现社会不幸现象的正是贵族阶层，特别是它的上层人物。

---

① 关于此诗的年代，有西周早期和晚期两说。季旭升《诗经古义新证》（1～23页，台北，文史哲出版社，1995年增订本）使用金文文献，证明了诗篇系西周早期之作。

　　何以这样说？从周厉王时"国人暴动"可以看出一些端倪。有人曾谓，西周晚期国人暴动是"奴隶起义"，非也。国人暴动，只赶跑周厉王，却不去推翻王朝。若真是奴隶起义，能够是这样的吗？参考《国语》等记载，国人驱逐周王暴动的背后，其实是有贵族大家势力阶层的操纵因素的。也就是说，周厉王时的国人暴动是与贵族家族势力合作的行为。西周封建，实际形成的是贵族分权制的政体，含有原始的民主色彩。①两百多年间，不断地赏赐土地，是贵族势力的不断发育。到了后期，贵族阶层势力与王权之间的斗争越发激烈。厉王时期的斗争，据《国语》，围绕王室"专利"展开，国人驱逐周王是斗争高潮。王室之所以要"专利"，合理的解释是财政困难，而财政困难的深远的原因与封建制度下王室不断对那些勋贵之家包括土地等各种权益的割让、赏赐密切相关。历史记载是厉王"专利"，危害了"国人"利益。但"国人"固然包括王朝直属之地的贫下小民，也未尝不含着那里的大小贵族之家。②两百多年的历史变化，是一个实力强大的贵族既得利益者阶层的养成。③厉王"专利"貌似财政变革，实际意味的是王室为应付各种危机的集权，势必伤及势力已经十分强盛的贵族阶层势力。他们自然要反对。"国人"暴动貌似是生计无助的小民的造反，但历史记载的细节却明确告诉人们，"国人"只针对周王，并不触及大贵族家族势力，召穆公（可能还有周定公、芮良夫、凡伯、仍叔）等可以站出来收拾残局、辅佐宣王，这就是明证。历史往往就是这样吊诡，社会矛盾日益突出，最基本的因果关系，往往最不易为当时人所明知。王朝包括财政收入在内的各种问题的日益突出，深层的原因是封建制导致的贵族大家势力的无限膨胀。然而，在王权头痛医头、顾前不顾后地图谋摆脱日益严重的困境时，这个盘踞在王朝

---

① 对此前人早有研究，参见徐鸿修《周代贵族专制政体中的原始民主遗存》，载《中国社会科学》，1981（2）。

② 关于这一点，可参见拙作《前秦文化史讲义》（116~122页，北京，中华书局，2008）的讨论。

③ 这方面的传世文献主要记载了召公和周公及毛氏家族，金文资料对此有更全面的记载和显示，例如2003年出土的逨盘，记载了单氏家族八代人辅佐了十二位周王的情况。

肌体内的强大贵族势力，却可以在维护自己权益的目标下，装扮成与小民一样的受害者，假扮成小民反抗暴政的天然盟友。还会与小民一样，把日益恶化的社会问题的总账，算在周王头上。厉王驱逐前后，召穆公等一批贵族上层人物的表现，其实只意味着这样的事实：召穆公所代表的贵族势力，如果不是暴动的直接策划者，也一定是支持和策应的友军。

无独有偶，恰恰也是这位召穆公，说出了"防民之口，甚于防川"及"天子听政，使公卿至于列士献诗，瞽献曲，史献书，师箴，瞍赋，矇诵，百工谏，庶人传语"一番强调疏通民意的名言。召穆公这番话，可以理解为对周代现行制度的揭陈，也可以视为这位周王朝高级贵族的一个政治行为上的主张。以他及他所代表的贵族势力的政治权力有此主张，就可以有此行动。同时，如前所说，从《诗经》中《小雅》的《节南山》《雨无正》和《大雅》的《板》《荡》《召旻》等篇章看，这些贵族的上层人物，正是政治抗议的抒情诗篇的创作者。还有，如上所说，对诗篇的热爱到西周晚期即已颇成风尚。既然如此，为了抵御王权的扩张，策动一个"采诗观风"的高潮，在这个王朝的勋贵阶层实在是有实力去做的，而且他们也会从中获益。这应该就是采诗活动在西周后期呈现高涨之势的原因。

这意味着一个历史的重要变化。西周崇尚礼乐文明，晚期以前的诗篇创作，基本是为了王朝政教的礼乐仪式。诗篇的写制者多是一些与礼乐专业活动有关的职业人员。然而，西周末造诗篇写制与礼乐仪式脱轨相伴的是"吉甫作诵，穆如清风"及"家父作诵"的一些"署名"诗人的出现，是一批上层贵族对政治惨状的抨击。这实际意味着"礼乐"活动的质变及文化大权的下移。诗篇由原先的王朝政典的歌唱，变为王朝政治的抨击的声响，其实是"礼乐"的大权的太阿倒持及其被贵族阶层掌握在手的表征。说起来，西周的王纲解纽、权力下移，实在是不待王朝崩溃而始然。西周末造的诗篇创作、采集的高潮，已经是王朝大权旁落的征候了。此后十五国风的大量出现，不也同样伴随着王权的衰落吗？

五、"采诗观风"：文化的成功

然而，这仍是一种文化的成功。

何以这样说？因为"采诗观风"遵循的是一种特定的文化观念。什么样的文化观念？是殷周之际出现的新式的天命观。其基本的含义是指历史的王朝的兴衰其实是作为绝对的、有主宰历史兴替力量的上天予取予夺的结果。当上天决定把大权交给谁的时候，其标准只有一个，那就是谁对小民好。小民的哀哀呼告，上天不仅听得到，而且是它夺回权力移交新朝的依据。周王朝的建立，商王朝的兴衰，《尚书》和《诗经》均显示，成为周人证明天命观的范例。上天能听到小民呼声，在《尚书》中多有表达。如《尚书·酒诰》："弗惟德馨香，祀登闻于天，诞惟民怨……闻在上，故天降丧于殷，罔爱于殷。"意思是小民的呼声上天能听到。这样的观念的表达，莫过于《孟子》中所保存的《尚书》轶文："天听自我民听。"上天既然能听到小民呼声，那么人间当政者主动注意小民的情绪，就是很必要的。这就是《尚书·康诰》说到的："天畏棐忱，民情大可见。"意思是说，当政者不要只把两眼盯在上天的威严上，民情如何，更重要。因为它与"天威"的向背相统一。这就是民风的重要。这也就说到了"风"这个概念的神秘含义。《诗经》中表达民众声音的诗篇被叫作"风"。《孔子诗论》"邦风"云云表明先秦已经如此。对此，现代学者一般的回答是，"风"即《左传》所谓"土风"，亦即地方土调。这样解释不能说是错的，只是无视"风"这一称谓的内在灵魂。"地方土调"不含神秘天意的内容，"风"则不然。"风"字见于甲骨文。郭沫若《殷契粹编考释》说，"风"即"凤"，是"帝史"，是传达上天命令的中介者[1]。这样的信念，在周代还可以看到它变化了的延续。《国语·周语》有瞽者吹律以听"协风"记载，是从"风"中听出上天变

---

① 郭沫若：《殷契粹编考释》，562页，北京，科学出版社，1962。

化。不过这可能不再像殷商祭祀"四方风"那样神秘，更可能是"吹律"以判断时令。又《国语·晋语一》载郭偃之语言谓："且夫口，三五之门也。"韦昭注"三五"即"三星五辰"。即是说，"风"即民众的谣言传语中含有"天意"的征兆，这也与殷商的祭祀四方风有明显的分别，新出的是"民意"内涵。此外，"风听"云云，又可与《国语·晋语八》"师旷论乐"中"风物以听之，修诗以咏之"相联系，师旷将"风"与"诗"并举而谈，更表明了"风"与"诗"即歌咏之间的密切关系。归结地说，民怨可以上达天听，而上天的意志又可以经由民谣民谚来传达。这都可以看作西周天命新观念下所附丽的变奏性意涵，也正是"王官采诗"超越的神圣原理。

换言之，尽管贵族阶层策动"采诗观风"以对抗力图扩张的王权，但是，他们也仍是遵循了西周以来的一个文化观念。在这个意义上，"采诗观风"在西周末造的高涨，是一个文化的成功。之所以是"成功"，是因为这个高涨的文学活动，不仅一时间可能帮助贵族，还在于这样一个源于特定文化观念的现象，成就了中国文学在其发展中的一种伟大的特征，那就是：把文学感知的触角，早早地伸向广阔的胼手胝足的下层小民生活的世界中去，从而使《诗经》文学在表现小民、表现社会普通男女的情感上，表现出光芒四射的魅力。一种贵族的精神观念，导致的是对小民生活世界的体察和表现，不是一个非凡的成就吗？它又是如此成规模，如此高水准，在当时世界范围内，不也是举世无双的吗？

"采诗观风"现象，还可以启发我们对"文学史"有一个基本的认识。一个最简单的逻辑就是，假如没有"天听自我民听"的超越观念，也就没有"采诗观风"的行为。这已经表现出这样一个事实：文学的体制性现象是一种文化的结果。继而，假如没有"采诗观风"这种特殊观念下的行为，也就没有如下两种文学：第一种，民间像《郑风》"子惠思我，褰裳涉溱；子不我思，岂无他人"的天籁，就随风飘散了；第二种，一个特殊时代民间的小民生存及其情感样态，也就无以表现了。这又表明：一种特定的文学现象的发生，也是文化观念影响的后果。特殊的文学体制，源于特定的文化观念，又导致特定的文学现象。由此，可以这样说，文学是心外无物。小民生活的不幸，不仅西周后期有，就是夏商，又何尝没有？但是，只有周代的诗人才反映了小民的生存。这意味着什么？意味着"文学史"从来都是有两种：一种是作为本体论意义上的，一种是认识论意义上的。几件发现于甘青地区仰韶文化的彩陶盆上画有先民歌舞的图案告诉我们，十分遥远的远古先民就有歌舞。但是，这样告诉我们"有"，是"空有"。因为只是这样的图案虽然对"舞"是有所表现的，然而对他们的"歌"，却无所表述，因而后人无法做认识论意义上的研究。这不是"空有"吗？道理上说，每个时代民间都有天籁的歌唱，但这只是本体论意义上的"有"，不做记录，就会随风飘散，成为推论意义上的"空有"。反之，只有有所记录才能加以认识，认识论意义上的"有"才成立。这样，"文学史"研究最基本的工作，就是要审核是什么保证了一个时代的人们有意识地对本时代的各种文学活动及其成品加以保存，从而使之成为可认识的对象。"采诗观风"无疑在这方面提供了一个生动而具体的范例。国风对古代诗歌乃至整个古代文学的影响是无须多言的，简言之，"采诗观风"，不仅保证了人们"认识论地"研究那个时代的文学成为可能，也为后来诗歌等文学的发展确立了"现实精神"的大方向。这才是"采诗观风"这一古老现象的全部意义。

北京师范大学文学院教授　李　山

道家传统与中国艺术

为什么称"道家传统"而不称"老庄传统"？是因为我们想理解老庄，首先必须理解道家。讲清了道家，就能明白应该在一个什么样的框架内定位老子和庄子。按照这样一种从道家到老庄，然后从老庄到中国艺术的顺序，我将慢慢地往下梳理，把一个整体框架呈现出来。大家以后有相关的研究和阅读，就可以用这个理论和历史框架来规划老庄的美学和艺术理论，以及他们对中国艺术史的影响。

虽然我们现在都按照现代学科体系来规划自己的知识领域，但大家要非常清晰地了解一个事实，即在中国传统时代，文、史、哲向来是一体，是不分家的。哲学和艺术，包括社会政治生活，它们是个有机统一体。但这个有机统一体非常容易导致我们的知识专门化不够，反言之，如果我们过于注意知识的专门化和专精性，就会导致学术研究，包括我们的人生经验被置于一个非常狭隘的范围内，影响我们对世界的整体把握和理解。这样，为做艺术的补哲学，或者反过来，为做哲学的补艺术就显得非常重要。我们今天讲道家传统与中国艺术，就是要在相对综合的哲学和相对具体的艺术之间寻找互补和互动，主要涉及以下三个问题。

一、道家与老庄

道家是我国思想史上的重要流派，它以道论获得了无与伦比的哲学高度。如果说中国哲学有真正意义上的形而上学，那么这种形而上学就是道家给予的，它对中国人的美和艺术观念形成了主导性影响。当然，最近20年来，国内也有一些争论，有人认为中国艺术精神是以道家为主干的，也有人认为是以儒家为主干的。但是总体上来讲，认为道家为主干是主流。所以，我认为道家对中国艺术形成了主导性影响。

（一）道家溯源

道家这个学派，它到底有什么样的文化背景？根据我的看法，要了解道家的文化起源，首先要了解中国夏、商、周，即中国文化早期的基本状况。20世纪90年代，李学勤先生主持过一个"夏商周断代工程"，这是一个重大的中国早期文明史建构工程。其中，商和周的断代基本没有问题。但是夏代如何在它的前后断代，却在史学界长期存在争议。那么，在相对明晰的商代和周代到底留下了什么样的文化遗产，它和原始道家的关联是什么？

商文化是来自中国东部的文化。历史学者认为，商的源头甚至在今天俄罗斯的西伯利亚。这个部落从遥远的北方迁徙到蒙古高原，从蒙古高原迁徙到渤海流域，从渤海流域迁徙到今河南东部——商丘，从商丘迁徙到今天的郑州周围，最后从郑州迁徙到河南北部的安阳，是为殷商。商人喜欢迁徙，反映了早期游牧（或游农）部落的典型特征。关于这种生活方式对人的世界观的塑造，可以参照《诗经·商颂》，其中的《玄鸟》篇讲："天命玄鸟，降而生商，宅殷土芒芒。"也就是说，这个部族在关于自身起源的神话中，认为它的第一个祖先是一位名叫契的男性。契的妈妈简狄有一天在旷野上走，天上突然有一只黑色的鸟下了一只鸟蛋，简狄就把鸟蛋吃掉了，之后怀孕生子。这个部族神话说明，商人认为自己部族的生命来自天的给予，它关联的是人和天的关系。他更多关注的是天象及气候变化对养殖业或者农牧业的影响，即将人天关系作为部族立命的根本问题。

周文化产生于我国西部内陆。周是以农耕起家的部族，它的传统是农耕传统。

这个部族的第一个祖先叫后稷。我们一看"稷"字就明白，他是种地的。那么这个部落如何讲自己起源的神话？按《诗经·大雅·生民》："厥初生民，时维姜嫄。生民如何？克禋克祀，以弗无子。履帝武敏歆，攸介攸止。载震载夙，载生载育，时维后稷。"这是讲后稷的母亲姜嫄，一天在旷野上看到一个巨人的脚印，就踩踏了一下，然后怀孕生子。这个神话说明周部族将土地视为自己的生命起源，或者人地关系具有本源性。显然，这是因为周部落是依靠种地起家的，土地给了他生存保障。正是因为土地给了他稳靠性，天命这一维度就相对弱化。我们读殷商甲骨文就知道，殷商部落做什么事情都要占卜。到西周时期，占卜的风潮就开始弱化，这说明商王朝关注的人天关系，到西周时期有一个向人地关系的转移。同时，在人地关系中，土地是一个恒量，只要人有劳力的投入，土地就会有相应的回馈。也就是说，除了土地的稳靠性，农耕劳动有助于培养人对自身能力的信任，也更重视社群的协作关系，这是我们今天一般认为周文化更具有人本和人道精神的原因。

在商与周之间，东方重游牧，西部重农耕；前者在人天关系中建构它的文明，重视天道；后者在人地关系中建构它的文明，更重视人道。在艺术表现上，游牧民族，有天然的浪漫气质，它的艺术表达往往是天马行空的；而农耕民族基于它的实用理性，更多采取的是一种现实主义的艺术立场，它的艺术表现更多是脚踏实地。与此一致，在哲学领域，商文化发展出了对超验性天空的关注，它生成了后来中国哲学的形而上取向。因而，哲学领域具有形而上气质的思想者大多来自东部地区，如东夷或宋陈之地。而农耕民族更多关注现实伦理实践及相关人间事务，即人和人怎么相处的问题，处于内陆的周文化是它的主要源头。

关于这种东西差异对艺术的影响，美国汉学家吉德炜有一个非常有意思的阐述，如其所言，在上古中国，"东岸型的杯、豆、鼎和鬶的长足及体轻的特点，给人一种活泼、轻盈、鸟状的质感，这里的玉石、骨头、器物上多鸟形图案……会让我们把东方文化解释为比西方文化更天马行空。而从西北文化半在地中的陶器、房屋，甚至磨子的构造都可以看出西北文化脚踏实地的性格"。

（二）"道家"概念的提出

基于如上背景，我认为中国传统的道家来自东部商文明的孕育，就像孔子的儒家来自西部周文化的孕育一样。道家文化的起点和起源应该在商这个背景下来看。

我还要给大家交代一下，今天我们一谈到中国传统哲学流派，就会谈到儒、道、墨、法、名、农、小说诸家。但需要注意的是，相关思想者真正获得学派分类是从西汉开始的。如司马迁在《史记·太史公自序》中录有他父亲司马谈的《论六家要旨》，其中专门谈到了道家，他说："夫阴阳、儒、墨、名、法、道德，此务为治者也，直所从言之异路，有省不省耳……道家使人精神专一，动合无形，赡足万物。其为术也，因阴阳之大顺，采儒墨之善，撮名法之要，与时迁移，应物变化，立俗施事，无所不宜，指约而易操，事少而功多。"

这是中国历史上第一次给先秦思想正式分类，这也意味着道家的名称，来自司马谈。但这还是不够。第二个更复杂的分类来自西汉后期的刘歆，相关记述见于班固的《汉书·艺文志》。刘歆把先秦思想分成了10家，其中，"道家者流，盖出于史官，历记成败存亡祸福古今之道"。这一学派"清虚以自守，卑弱以自持，此君人南面之术也"。

我们今天一说道家，都感觉它是自由主义的，给人自由解放的精神，尤其庄子更是如此。但是大家可以看到，中国社会早期思想者理解的道家跟今天不一样。比如刘歆将老子哲学作为帝王术来看待，主要是《老子》确实有非常阴谋的成分。比如我们看《韩非子》，这本书里面有《解老》《喻老》篇，这说明法家的哲学基础在老子这里，天道下贯人间，就成了人间法律。在中国思想史上，韩非子标榜严刑峻法，贵柔的老子哲学反而为这种哲学提供了基础，这也就意味着我们今天对道家的理解，必须要对历史现场进行还原。如果我们只是在现代文化背景下去理解道家，在很大程度就是对道家的想当然，或者说是关于道家的想象，而不是历史事实。

（三）完整的道家

基于我刚才的介绍可以看到，自由主义至多是道家思想的组成部分，是其精神取向之一。那么如何完整理解先秦时期的中国道家？

首先是道家的利己派。道家主张养生、保身、贵己，让自己能够活得长久，在现实中能够平安，这是它最基本的哲学旨趣。这一旨趣对应于战国时期道家的利己主义者，如杨朱、詹何、子华子等。其中，杨朱"拔一毛而利天下，不为也"，即拔掉自己的一根汗毛，如果对天下有好处的话，他是坚决不干的。从史料看，战国时期，杨朱是当时道家的真正代表。孟子曾讲："杨朱、墨翟之言盈天下，天下之言不归杨，则归墨。"（《孟子·滕文公下》）据此可见他的影响力。值得注意的是，孟子将杨朱和墨子并提，也可以看出战国思想潮流的两极化走向。其中，杨朱等是极端利己主义者，假如你接受乱世保命的思想，那么最好的选择就是杨朱。但是如果相反，你要在乱世以天下为己任，承担起对社会的使命和责任，这个维度墨家最具示范性。像墨子主张的"兼爱""非攻"，跑遍天下劝别人不要打仗，去给别人帮各种各样的忙，连自己的父母也顾不上，这明显是一种和极端利己主义截然对立的极端利他主义。

其次是道家的用世派。一般而言，道家主张清净无为，但这并不妨碍它对现实政治的参与，甚至成为一种国家哲学。从这一派别的发展看，它的源头应该来自齐国。春秋时期，齐国有我们一般所说的管晏学派，即管子和晏子。到战国时期则发展出稷下之学，其中就包括道家。它的早期文本有《黄帝四经》，然后从《黄帝四经》到《吕氏春秋》，从《吕氏春秋》到《淮南子》，这是道家用世派从先秦到汉代的大致延续。西汉时期，这一用世派的道家又被称为黄老之学。"黄"指黄帝，从黄帝的身份就可以看出，这是一种治国术或政治术。西汉初是道家作为显学的时代，主要指的就是黄老道家，即从稷下道家衍生出来的黄老之术。刘邦做了帝王之后开始搞清净无为，与民休息，也出现了很多相关的思想者。清净无为、与民休息就是黄老道家的主张。

最后是道家逍遥派。逍遥派既不像杨朱那样极端利己，也不像黄老道家那样积极用世，它是在利己和用世之间保持了来回晃荡的人生态度。这一派的代表人物是庄子，他主要关注人在世间如何自由生活，如何快乐生活，如何以达观态度看待世界。需要注意的是，这一派在中国先秦两汉时期都没有太大的影响。在先秦诸子文献中，《荀子·解蔽》中讲过一句"庄子蔽于天而不知人"，汉代司马迁在《史记》里也给庄子立了一个小传，但总体上是被忽视的。到魏晋时期，庄子的时代真正到来了。魏晋士人要"越名教而任自然"，要打破儒家礼义纲常的束缚，要追求个人的自由和解放，长期沉睡在中国历史中的《庄子》文本重新苏醒，重新被激活。也就是说，虽然庄子是一个先秦时期的思想家，但他真正对中国文化、中国思想形成影响则是魏晋以后的事情。到那时，它才成为显学。

以上是对道家的较完整理解，它包括极端利己派、积极用世派和自由逍遥派。其中和美学、艺术最密切相关的是第三派，即以庄子为代表的逍遥派。

（四）道家与道教

最后一个问题是道家和道教的关系。现代以来，研究中国哲学史的学者都试图把道家和道教撇清。认为哲学讲智慧，讲理性，如果把哲学化的道家和宗教化的道教相关联，似乎有拉低哲学的嫌疑。但是，过分强化这种区别是有违历史真实的，其实两者之间的关联性远大于差异性。刚才我讲道家思想起于先秦，而道教思想则起于汉代。西汉初年首先是黄老之道，但是到汉武帝时期"罢黜百家，表彰六经"，就把道家从国家治理领域驱逐出去了。但大家注意，此后，黄老道家并没有消失，它的活动方式从天下治理问题收缩到了帝王或贵族的后宫和内室，变成了养生术，变成了如何让人长生不老的学问。也就是说，道家转换了轨道，从关注人如何征服世界转化为如何保全自身，或者更哲学地讲，从对世界的空间性观照转化为一种时间性观照。空间性观照是帝王开疆拓土的问题，时间性观照是关于帝王如何活得更长的问题。

除了这种"空—时"转换，道家和道教的关系，也可以将后者视为对前者的实践化。比较言之，道家哲学在它的文本里面仅仅提出了关于世界和自身的理想。也就是谈谈而已，让自己在精神层面能够自由、逍遥、愉悦一下，并不一定把自己描述的理想世界当真。但是道教却把道家的理想当成真实，要在现实中寻求兑现。如庄子在《逍遥游》里讲："藐姑射之山，有神人居焉。肌肤若冰雪，淖约若处子；不食五谷，吸风饮露；乘云气，御飞龙，而游乎四海之外。"这本来是庄子的审美理想，但到汉代，道教徒就信以为真了。相信之后干什么？就到海上去寻找神仙。"肌肤若冰雪，淖约若处子"成了修道的典范，"不食五谷，吸风饮露"成了道教的辟谷、服气问题，"乘云气，御飞龙"则成了升仙问题。另外，"大浸稽天而不溺""大旱金石流、土山焦而不热"也有类似的性质。

二、道论的提出

在先秦诸子中，只有道家哲学是真正的形而上学。尤其老庄一系，真正在哲学思维层面触及超验，对这个超验的指称就是道。可以认为，在中国哲学史上，"道"这个概念或范畴的提出是重大的事件。正是有了这个范畴，中国人对世界的认识，自此超越了经验的局限，有了从整体上把握世界的可能性，也就是说，它给我们提供了一种站在世界之外看世界的立足点。形而上学，按照亚里士多德的讲法，就是metaphysics，指物理学之后或后物理学。它要给世间一切存在的现实事物提供一个理论的支点，正是有了这个支点，人才能够站在世界之外反观世界，实现对世界的整体把握和观照。这是哲学给予世界的顶层设计，它给人提供了认识世界本源或本体的可能性，能够彻底把这个世界一览无余地看清。

（一）道的生成

那么这个支点或形而上的支点，它是如何获得的呢？我认为它依然是来自我们经验的演绎或一种经验的推理。一个经验的循环，就是在我们现实经验可知的一个世界转来转去。在打破这个循环的时候，我们就必须要考虑有一个关于一种本源或本体寻找的基本的理论判断。这个理论判断是什么？就是我们在同质的事物里边永远不可能给这个同类的事物找到本源。那么本源只能在哪里获得？只能和我们追问的对象，和这样一种形而上的支点，和它异质的东西里面去寻找，必须找到它的异质性。

以这个为背景，我们要看中国古典哲学是如何一步一步地获得这个本源的。我给大家还是要叙述一个历史过程。首先就是我们对日常经验的观察，它被表述在中国《周易》的《易传·系辞》下面。

中国社会早期的人或者最先导的人怎么认识世界？"古者包牺氏之王天下也"，"包牺氏"就是伏羲，他怎么统领天下呢？"仰则观象于天，俯则观法于地。观鸟兽之文与地之宜，近取诸身，远取诸物，于是始作八卦，以通神明之德，以类万物之情。"就是我们一般所讲的观物取象，我们观察这个世界有万千物象，无限杂多，无限繁丰，面对这样一种世界，我们就要寻找它的存在的类型性，或者它的秩序性和它的规律性，最后寻找秩序性、规律性，要把各种各样的物件归纳整理综合，归纳整理综合之后再抽象，抽象出来之后是个什么？就是个八卦。八卦是什么？其实就是指的无限杂多的自然世界，最后被归纳整理成了八种图示，认为八种图示可以指代世界。你比如现在很多做艺术研究的人做中国传统的图像学研究，如果不研究八卦则是不行的。八卦对世界的简洁化的处理，主要还是对世界的形式把握。中国人由对世界的形式把握，然后开始追问形式内部的支撑性的内容。支撑性的内容就是五行。《尚书·洪范》讲五行，认为这个世界的内部的构成是由五种元素相互作用的结果，就是我们一般讲的金、木、水、火、土，从形式到内容五种元素。进一步这五种元素形成了一种螺旋形的相互作用，但是它依然有更简洁的本质，这个更简洁的本质就是五种元素进一步地被归纳成既对立又统一的两种元素或两种性质——阴、阳。

（二）道论

老子《道德经》的第一段意义非常深邃。老子说："道可道，非常道。名可名，非常名。"这意味着什么？道如果是可以用人的语言描述的，它就不再是恒常的道，或者说它就不再是超越性的道。为什么道一旦诉诸人的语言描述，它就不是终极的道，或者说那样一种超越性的道？因为人的语言它是被经验限定的，我们只能说我们眼前看到的事物，我们可以经验到的事物，我们可以把它说出来。当我们用语言去说道的时候，怎么样？这个道就同样被人类经验限定。所以在这里道不能用语言道说、描述，其实也就意味着道不能被语言，被经验限定。这是"道可道，非常道"。下边来讲"名可名，非常名"。这个名是给事物下概念或定义的问题。如果给事物所下的概念或所下的定义是可以诉诸语言的，它就不是那样一个本源意义上的名，也就是说它是被人的语言、人的概念限定的名，就是说它是一个经验性的名，是个现象世界的名，并不是一个超越意义上的名。这是老子对经验与超越世界作二重划分，讲了人的经验的有限性，讲了人的语言的有限性，讲了我们现实中概念和定义的有限性。

道不可道，我们可以分成有和无来讲道。在分成有和无来讲道的时候，"无名天地之始，有名万物之母"。无是天地的发端，而有是万物的母亲。始是个绝对性的概念，我们不能说始前面还有始，它一定是个终极性的概念，但是母是一个经验性的、相对性的概念，是一个没有进入绝对、没有进入终极的概念。无在这里被设定成天地的发端，发端之前不可能再有发端，所以它是本体。而有是母亲，母亲前面还有母亲，所以有是经验性、相对性的。

思维就在经验和超验之间来回晃，这个意味着什么？对老子的道论来讲，道如果用有无来讲的话，它就是一条从有走向无的道路。当然我们也可以反过来讲，它也是一条从无走向有的道路，就是说它是在有无之间来回穿梭，来回晃荡，在经验与超验之间往返晃荡。当然也正是道的不确定性，致使中国哲学在有和无之间来回晃荡。这个晃荡的状态就是老子所讲的恍惚，"恍兮惚兮，惚兮恍兮"，当然也是庄子所讲的混沌，也是庄子所讲的象罔。那么由此大家可以看，什么是道，我们只能说它是一个场域性的概念，用现代的哲学解释，其实就是可知与不可知，有都是可知的，无都是不可知的。就是超验，超越人的经验。

所以，有无的问题在这里被转换成这样的问题。那么，明暗的问题又进一步被转化为黑白的问题。光明状态就是白天，在色彩学意义上就是白，但是事物在暗在不可验的状态时怎么样？它就是黑。由明暗到黑白，这是整体上在经验与超验或在有无之间形成了一个连续性的概念的对峙或概念的互动。

当然由这个互动可以看到老子一方面提出了道论，另一方面又认为道从根本意义上是不可认识的，不可定义的。虽然道是不可认识、不可定义的，但我们为了把握这个世界，还不得不设定道的存在。所以，哲学的工作就成了一种无可奈何的工作，就成了虽然知道不行但还不得不做的工作。所以，老子对道的探讨的非彻底性，说明他有着清醒的认识，"吾不知其名，字之曰道，强为之名曰大。大曰逝，逝曰远，远曰反"。说它是大也好，说它是道也好，都是对这个世界本体勉强的命名。有了这种命名后，也不能充分地寻找超越，当这个终极的超越无法把握的时候，我们还必须返回自身，形成对道有无的验证，这就是"大曰逝，逝曰远，远曰反"，就是形成当下的对道的体证问题。

　　进一步来讲，中国道的非确定性，使中国哲学围绕着它的形而上学，摆荡在有与无、明与暗、白与黑、经验与超验之间。由此形成了道的体貌，这个体貌就是恍惚、浑沌、象罔。关于这个恍惚，它来自《道德经》的第二十一章，讲"道之为物，惟恍惟惚。惚兮恍兮，其中有象；恍兮惚兮，其中有物"。这个惚是指黑暗，恍是指光明，就是事物从黑暗的状态跃入光明的状态，事物就为我们显像。相反的怎么样，事物从光明的状态重新坠入黑暗的状态，事物回到它本身。无论是老子对道的认识或是对事物本体的认识，是在恍惚之间的，它是一个光明与黑暗的交际问题，也是一个有和无的交际问题。这是老子关于这个问题的表述。下面我们看庄子如何表述这样一个问题。庄子《天地》篇里面讲了一个寓言故事：

　　　　黄帝游乎赤水之北，登乎昆仑之丘而南望。还归，遗其玄珠。使知索之而不得，使离朱索之而不得，使喫诟索之而不得也。乃使象罔，象罔得之。黄帝曰："异哉，象罔乃可以得之乎？"

　　轩辕黄帝天下巡游，到了赤水之北。登上了昆仑山的山顶，向南眺望。但是回去的路上发现，自己把最珍贵的那个玄珠丢了。派知去寻找却找不到。知就是指人的认识能力，靠人的认识能力是无法把握道或者玄珠的。玄珠就是指道。离朱是中国古代的千里眼，即用人的视觉把握道，还是找不到。喫诟是嘴非常快的人，指辩论大师，即靠人的语言辩论能力最终也把握不了道，就是我们一般所讲的言不尽意的问题。派象罔去寻找玄珠，最后象罔找到了。黄帝曰："异哉，象罔乃可以得之乎？"象罔其实是一个悖反性的词，象就是有象，这个罔就是对象的否定。它就是无限。象罔是徘徊在有象和无象之间的一种形象，类似于前面讲的恍惚的问题或混沌的问题。为什么象罔能够最后找到这个道？显然是在中国哲学里面人们认为有象、无象的状态是最靠近道的，即"书不尽言，言不尽意，然则圣人之意，其不可见乎"。

（三）内在性

理解第一重内在这个概念，我们就必须要先把老子的道和庄子的道作个对比。老子的道是超越现实事物之上的一个独立的对象，但这种对象看不见摸不着，后面的哲学家就开始想让道这个概念从形而上的状态落到现实事物之中。庄子首先是把道作为外在的一个彼岸的实体，把它内置于事物之中，我把它称为第一重内在性。

第二重内在性我把它称为道与道心。除了内置为事物的属性之外，我们还必须认识到，万物皆有道性，但是人永远是认知世界的主体，也就是说我们对事物道性的发现也是来自人的发现，所以人如何形成对道的领悟就成了一个人的自我修养问题。所以，人的内心只有有了道心，才能够领悟到万物的道性，进一步才能够理解有一个向上的道存在。所以，庄子又把他的哲学基点从对万物的这样一种本性的认识，回到一个主体如何映显道性、如何理解这个世界的问题。

（四）道如何生成

道衍生出万事万物具有深不可测的纵深性，但纵深性表现为什么？表现为生生不息的自然生命，就是生命构成了万物的本质。第一，朝形象的申引；第二，朝世间万物的内在本质的延伸，这是从道到妙到生；第三，从道到性到心。如果形而上的道是不可知的，我们就可以通过观察万物来理解万物皆有道性。

三、作为道图的中国艺术

中国艺术是儒家主干说还是道家主干说，这是一个哲学的问题。它对中国艺术有一个逻辑的下贯，那么我们就要理解一些关于中国艺术的基本问题。第一个问题就是"画道之中，水墨最为上"的问题，即把水墨画看作中国艺术的巅峰形态，或者叫作最高的艺术。

（一）水墨艺术

为什么中国画只重视黑、白这两种最简单的色彩？显然它的艺术追求并不是一般意义上的美学，或者说并不是一般意义上的审美，而在于哲学。黑、白被视为世界的原色，是最接近道的色彩，最接近宇宙原质的色彩。由此也就是说，中国绘画画的不是万事万物的表象，而是要通过黑、白这两种原色，来使人更接近世界的本质。

老子说"知其白，守其黑，为天下式"。之所以知其白，是因为只有白才是可知的，就是事物在光明之中它才能够显现形象，才能够被人感知，白就意味着有。而事物堕入黑暗或深不可测的虚无的状态，这个区域超出了我们的认知能力。超出了我们的认知能力，那么我们就用一种谦卑的态度去守护着它就可以了。而水墨画基本上是作为一种绘画领域的印象存在的，所以它被视为最高的艺术。

（二）艺术的任务——批评与批判

艺术的任务是什么？就是要将只可意会不可言传的天地自然的奥义或意义彰显出来。中国绘画的目标最终基本上是朝无靠近，它是以有限的有去暗示无限的无，绘画作为一种通达无限的手段，画面上一切有形的物象，只不过是媒介。通过画中的有形的物象，使我们体验大千世界无穷无尽的那样一种广远性，同时在广远性之中达到对宇宙奥秘的体验。这以有限的有，去暗示无限的无，这个无在中国绘画里面，被表述为无限的纵深和无限的广宇。

那么因为哲学的目标，是终极的无，或者是人只可意会不可言传的意，所以就要尽量地简化画面形象对人的吸引力。中国绘画让你欣赏，它从来不是让你的眼睛固着在画面之中，而是让人的目光不断从画面之中游离和发散出去，画面中的形象只不过是通向无限世界的一个媒介。

那么怎么才能够使人游离，就是画面不要太吸引人，绘画色彩要简化，画面中的风景和描绘的对象也要尽量简化。中国绘画简化画面的表现就是计白当黑，要留大量的空白。由此我们就可以看到，中国传统绘画的构图基本上是没有底线的构图。越是前景越鲜明，越往景深处越模糊，最终形成一个蜿蜒曲折、深不见底的远方。也就是说，它只有发端没有结尾，这个结尾要借助人对这个画面的想象，借助你的鉴赏力和你的想象力。

中国从五四新文化运动开始，就牵扯到对中国传统绘画的评论，尤其是批判的问题。由批判和评论，就生发了一个对中国传统文化，尤其是文人画进行改造的运动，这个改造的运动就是把西方绘画的方式借用到中国绘画里面去，用西方现代绘画的方法，形成对中国绘画的一个改造。

这样一种改造，我觉得还是有正面价值的，它增加了中国绘画的一种确定性。色彩、油彩本身非常浓，它们对事物的表现就有力量。中国传统文化那样一种飘逸感，那样一种空灵感，到这里被赋予了一种坚固的形式。但是，这样一种更坚固的形式显然限制了中国人从绘画里面追求哲学想象力。

（三）元气论

气韵生动的概念来自中国南北朝时期著名的画家，也是著名的画论家谢赫。谢赫的《古画品录》里面谈绘画六法。六法里面的第一法，或者说最重要的一法，就是气韵生动。唐代以后，无论是中国的写意山水，还是中国的书法，都是把气韵生动作为书法和绘画的统一首要原则。"道生一，一生二，二生三，三生万物。万物负阴而抱阳，冲气以为和。"首先道是一，一是最原初的有，最原初的有就是气，从道生成了气，无中生有，最原初的气。一生二，二是什么？

是阴阳二气。二生三是指阴阳二气生成了气的三种存在形态，即纯阳、纯阴和阴阳杂合。纯阳和纯阴构成了气化的世界的两极，而在两极的中间阴阳、杂合。由此阴阳之气通过杂合最终生成万物。这就是中国哲学的元气论，或者叫作气化论。

绘画如果想再现我们眼前的景观世界，首先就要画出这个世界作为气存在的元质。从气到韵就是气的流动变化问题。首先，宇宙的元质是气，气运动变化，就构成了宇宙的韵律。其次，我们生活的世界是一个有韵律的世界。再次，这样一种有韵律的世界给人一种生命感。最后，这样一种有生命的世界给我们最终呈现的是鸢飞鱼跃的活跃的自然景象。就是这个动，成了一个画面最终表现的落实形态，它的最深层的基础是无，但是在画面上，我们可以用气来表现，气构成了元质，气活跃起来就是韵，流动起来就是韵，韵体现的生命感，就是使画面富有生命，最终呈现一个活跃的生命形象，它是这样一种逻辑。

因此中国绘画其画的边界往往是不清晰的，画得扑朔迷离，烟雨朦胧。我们也可以把它称为气象氤氲。越是到一座山的边际地带，越是迷离朦胧的、模糊的，它是在模糊有和无之间的界限，是在讲每个边际地带都是一个事物从固态向气态生成的一个边界，或者说从气化的状态向固化的状态凝聚的一个过程，这个过程没有边界。所以，中国绘画真正的画眼在哪里？从道家哲学或老庄哲学看中国画的画眼，我认为它在有和无或固态和气态之间形成了一个画面的轴线。这个轴线决定了这个画面的活跃性，决定了两者之间川流不息的生成，是不是能够将它准确地表达出来才是绘画的灵魂所在。画实好办，画虚不好办。进一步来讲画虚也好办，画虚实之间不好办，虚实之间，就是我刚才讲的固态气态交互的这样一种阶段。

中国古典艺术其实是从艺术跨过美学直通哲学。它总体上是作为哲学的展开形式存在的，或者叫作道图存在的。一个画面的构型其实就是哲学观念的物态表达，涉及无形的空间世界和有形的山水之间的关系问题。以有和无的关系作为一个整体的背景，山是阳，水是阴，山是刚，水是柔，山是静，水是动，这些中国哲学，尤其是道家哲学的核心概念在这里都得到了展现。

北京师范大学美学与美育中心主任、教授　刘成纪

《般若波罗蜜多心经》与中华传统文化

一、《心经》的来源与核心

在汉传佛教中，《般若波罗蜜多心经》（以下简称《心经》）是一部影响深远的佛教经典。不但历代佛教信徒、崇佛人士特别是信仰禅宗者对这部经典推崇有加，一般文人士大夫乃至社会普通民众，对于这部佛教经典也非常熟悉，这部经典在古往今来中国社会的各个层面都有着重要影响。《心经》加上经题，只有短短268字，堪称篇幅最小的佛经之一，但其义理丰富，论证严密，涵盖了大乘佛教般若法门的基本要义。

从大乘佛教理论体系角度说，《心经》属于般若类经典。般若思想是贯穿于所有大乘经典的共同思想，但在大乘佛典当中，有一类专门阐发般若思想的经典，称为"般若经"。"般若"是梵文音译，意为"智慧"，又作"波若""般罗若""钵刺若"等。但这种智慧不同于世俗的聪辩，所以采取音译方式以示区别。在佛教中，它具体所指是：在认清包括自身和世间万事万物皆为"缘起法"而没有自性的认识基础上，破除对于世间一切假象的执着，而显现真实之智慧。佛教认为这才是认识世界的正确方式，称之为"如实观"。"波罗蜜"又称"波罗蜜多"，也是梵文的音译，意思是"到彼岸""既济""度无极"。彼岸，乃对此岸而言。烦恼是此岸，菩提是彼岸；生死是此岸，涅槃是彼岸；凡夫是此岸，诸佛是彼岸。"般若波罗蜜"，简单地说，即众生通过对般若法门的修习而获得觉悟，从烦恼和生死轮回中解脱出来，到达涅槃寂静的彼岸。

《心经》经题中的"心"字，通常认为有两种含义：一是说因般若为诸佛之母，此经是《大般若经》的心要，浓缩了六百卷《大般若经》的要义精髓，阐明了般若真空妙理，称得上是般若的核心，故称心。二是指真心。此真心，乃万法之源，人人本具，但众生因迷惑颠倒，不知此心，而佛教修行的根本目的，无非是证得此心。这部《心经》的要义就是指导众生舍妄归真，令智慧种子萌芽、开花、结果，最终觉悟无上正等正觉。

历史上《心经》有多种中译本，但影响最大的译本是唐代"法相宗"或称"唯识宗"的实际开创者玄奘法师（602—664）所译。玄奘于629年从长安出发，经凉州出玉门关西行赴印度。初在那烂陀寺受学，后又游学印度各地，精通佛教经、律、论三藏。645年回国后，先后译出经、论七十五部一千三百三十五卷；又将往复印度的途中见闻记录下来，撰成《大唐西域记》一书，至今此书仍是研究中印文化、西域文化的重要史料。玄奘法师此经的译笔以简略、准确、精湛著称，成为各种《心经》中译本中流传最广、影响最大的一部。

《心经》这样一部从印度佛教传入的佛教经典为何对中国传统文化产生重要影响呢？这仍然要说到"心"这个概念。上面说到《心经》中的"心"是指万法之源，人人本具的妙明真心，这样的"心"是超越种族、国度、时代的，具有永恒性，只要是众生就具有，也就有着鲜明的平等性。正因为如此，《心经》就绝不仅仅局限于佛教信仰范围内，可以说它就是对人类共同的心理的探求，这种探求又是超越时代和地域的。在佛教般若学说影响下，"心"这个概念成为中国传统哲学的重要概念之一，乃至在南宋之后形成"心学"这样一种哲学思想体系，而"心学"的出现，不仅仅受到儒家思想的影响，也深受佛禅思想影响，这是古今学人共同承认的事实。可以说，中国人宗教信仰的核心也是这个"心"，因为其永恒性，也就具有某种神圣意义和价值。比如南宋时，陆九渊的弟子、文人家铉翁在《尊教堂记》一文中发挥陆九渊的思想，指出：

> 陆象山先生，近世大儒也。尝有云："东方有圣人生焉，此心同也，此理同也；西方有圣人生焉，此心同也，此理同也；数千百载之上有圣人生焉，此心同也，此理同也；数千百载之下有圣人生焉，此心同也，此理同也。"语出，人或谓象山兼取二氏之学。余曰不然，此心此理，四方上下实无不同，岂惟圣人同之？智愚贤不肖得诸天而有诸己，莫不皆同，但圣人先得我心之所同然者耳。（家铉翁《则堂集》卷二）

这里揭示的是：真心具有同体性、永恒性，是不可能分出什么"东方""西方""古代""现代"的，正因为如此，它才能够成为信仰的主体。"心"是一切万法之根源，也是信仰的终极目标。"治心""修心"也就成为中国传统文化的一种宝贵传统，时至今日，其宝贵的思想价值和现实意义仍有不可忽视之处。

二、《心经》的分段解读

以下，按照《心经》的经文顺序，对这部经典的主要义理作出解说和阐释，从而揭示何以称这部经典包含了佛教的全部义理，也包含了中国传统文化的若干重要内涵。

佛教辨析"心"这个概念，在不同的语境下，"心"的所指是不同的。第一种"心"就是今日所谓"心脏"之意，是人体的一个器官，佛教称之为"肉团心"。它虽然是物质性的，却也是众生精神的依托、思维的依托。第二种"心"叫"缘虑心"，即心有所思、所虑等主观思维活动。第三种"心"叫"集起心"，指八识心王阿赖耶识。"集"指第八识种子，通过第七识、第六识和前五识的作用，不断将所接触的外界信息，反馈到八识田中，成为种子贮存起来。反馈进去的成为种子，输出来就变成行为现行。这种"心"，佛教称之为"集起心"。第四种"心"叫"真实心"，即一切众生固有的真如佛性。真如佛性通过甚深般若的熏习、开发、挖掘，能够产生无穷的妙用，所以也被称为"心"。《心经》之"心"，最重要的是指最后一种心，但也包含了前三种心。这部经系将内容庞大的般若经浓缩，举出五蕴、三科、十二因缘、四谛等法，以总述诸法皆空之理，是阐发大乘佛教"般若"理论最为简洁的经典。

《心经》的第一句又是全经的核心，具有极为重要的意义。

观自在菩萨，行深般若波罗蜜多时，照见五蕴皆空，度一切苦厄。

观自在菩萨，即人们熟悉的观世音菩萨，这个名称正是由玄奘法师确立的，后世也将观世音菩萨合称为"观世音自在菩萨"。当观自在菩萨运用深层次的般若智慧观察世间一切现象之时，他照见了五蕴皆空，从而度脱了一切苦厄。

"五蕴"是佛教理论的重要概念，是其对世间生命体的一种界定，认为任何生命体都是由五蕴和合而来，即因缘聚会。"五蕴"旧译为"五阴"，"蕴"为"集聚"义，具体说，五蕴包括色蕴、受蕴、想蕴、行蕴、识蕴，实际包括了物质现象和精神现象两个层面。色蕴，即色的总和，相当于物质，即一切看得见摸得着的物质现象，人们往往是从形状、颜色等色相来认识它。"四大皆空"是对"色蕴空"的分解，即一切物质现象本质上是空的。受，为领纳义，即面对顺境或逆境时产生的情绪，包括苦、乐、忧、喜、舍等。想，为取像义，当我们接触外境时，必然会摄取事物的影像，然后为之安立名称概念。行，为造作义，是对事物进行判断并诉诸行动。识，为分辨、分别义，是精神领域的统觉作用。一个个体生命是通过色身，再通过受、想、行、识的精神活动集合而成的，故称为五蕴和合，其结果就是产生对"妄有"的执着。

苦厄指世间一切痛苦、灾难。如何才能解脱人生痛苦呢？佛教认为，首先必须对苦有冷静而全面的认识。只有了解苦，方能对症下药。因而"四谛"的第一谛即为"苦谛"。苦大体可分为身苦与心苦两种。身苦，即色身之苦，如在严冬酷暑中，人们都会被寒冷和炎热折磨。心苦，则是由内在烦恼引起的痛苦，其表现千差万别，因人而异。佛教还将苦分为苦苦、坏苦、行苦三类。苦苦，又可分为八种，又称八苦，是一切众生都能切实感受到的痛苦，如出生之苦、衰老之苦、病痛之苦、死亡之苦。又如亲人天各一方，为爱别离苦；所求不能如愿，为求不得苦；怨家狭路相逢，为怨憎会苦；身心不得平衡，为五阴炽盛苦。坏苦为快乐过去的苦，行苦为迁流变化的苦。厄则指各种天灾人祸，如战乱等。佛教认为世间一切苦厄的彻底解脱必须依靠般若智慧。从本质上看，一切痛苦、灾难，都是对"有"的迷惑执着造成的。

世间几乎所有的人都希望离苦得乐，希望远离灾难，但为何这世间痛苦的人仍然很多，灾难频仍呢？佛教的回答很简明：是因为没有能够照见五蕴皆空。换句话说，也只有照见五蕴皆空，一切痛苦灾难才能得到彻底解脱。

首先需要认识到：佛教重视苦，对苦作出种种分析论述，绝不是让人们被动地接受苦或悲观厌世地逃避苦，而是为了积极地解脱苦。一般人往往将改善生存环境作为解决方法，比如认为经济繁荣了，物质条件改善了，人类就一定能由此获得幸福。事实上，在物质条件远远超过古代的今天，社会问题及人类面临的痛苦，并未比古代社会有所缓解，甚至还可能更多。原因何在？正是因为没能抓住问题核心。因为人类痛苦的根源在于心灵，试图仅仅通过改善外在环境来解除痛苦，只是扬汤止沸，无法从根本上解决问题。《心经》的意义正在这里：它鲜明地指出，人类的痛苦固然与外在环境有关，但究其根源，还是生命内在的问题。如果不从根源入手，只是从外部解决，就如同伐木不及根本，只从枝叶上下手，是永远也解决不了苦的。《心经》的"照见五蕴皆空"，正是为了扭转世人对"有"的错误认识。一般人皆执"有"为实在，其实世间一切生灭现象并非实有，皆是各种因缘和合的假象，其本质是空无自性的，只是大多数人不肯这样认知而已。倘能照见五蕴皆空，那么，由此而生的烦恼痛苦也就不存在了，从而度脱一切苦厄。可见《心经》的方法就是从根本入手，不去管枝叶。根除掉了，枝叶自然枯萎。

舍利子，色不异空，空不异色，色即是空，空即是色，受、想、行、识，亦复如是。

接下来，《心经》就开始对上述的结论作出论证，以下的经文可以视为一种论证的过程。舍利子为释迦牟尼佛的大弟子，本名为舍利弗。在佛陀的十大弟子中，舍利弗号称智慧第一，为这部《心经》的当机者，表明只有舍利弗这样的大智慧者，才能够理解《心经》阐发的甚深空义。

"色不异空，空不异色，色即是空，空即是色"，是就"色蕴"的空性作出阐发，指出色法与空是无二无别的。前面两句说"不异"是从感知角度说的，后面更进一步说"即"，在"色"和"空"之间画上等号，是从理体上说的。此外，前一句"色不异空"是针对凡夫说的，因为凡夫的主要问题是执着"色"为实有；后一句"空不异色"则是针对小乘行者说的，小乘行者证得了我空，但又会执着于"空"，如此空也就同于色。这几句合在一起，是将凡夫著有之见与小乘著空之见同时破斥，层次很分明。"受、想、行、识，亦复如是"一句，是就后四蕴的空性作出阐发。若每一句拆开，相当于说"受即是空，空即是受，受不异空，空不异受。……识即是空，空即是识，识不异空，空不异识"。"亦复如是"四字概括了很多文字，显示了《心经》译本语言上简洁明快的特征。

大乘佛教般若智慧的"空"，对于习惯于二元对待的众生而言，是一个非常难以理解的概念，原因在于这个"空"不是空有对立的空，也不是虚空的空，而是超越了有无，超越了一切对立的绝待之空，即真空。真空不是一，也不是二，它是一个整体，也是一切事物的实相。之所以称为真空，是因为它与妙有无二无别。虽然一切是空，但是一切事物又宛然存在。这种存在，是以空的形式和性质而存在，所以它是妙有，是在存在的当下即离一切分别、离一切执着、离一切言说相的。

佛教认为这样一种存在才是宇宙的真相,《心经》用十六个字对此作出最好的表述。就世界观来说,空有不二的思想,其要义在于同时遣除世间的有见、空见。世间大部分人因为不了解"有"的空性,便会对"有"产生执着不舍,导致种种烦恼。当从理性上深刻认识到"色即是空"时,就不会为物所累。还有一部分人,能够看破"有"的虚幻性,但因为认识不到空性的不生不灭本质,又认为世间一切既是虚幻的,终要归于毁灭,生存又有什么价值、意义可言呢?由此会导致悲观主义、虚无主义的观念。而《心经》是从这两面破斥的。事实也是如此,古往今来,那些信仰佛教的出家人,并没有因为出家而放弃一切,悲观度世。正如净慧法师在《心经要义》中所说:"'色不异空,色即是空',就是觉悟人生;'空不异色,空即是色',就是奉献人生。"这个解释突出体现了大乘佛教坚持空有不二的中道精神。否则我们就无法理解,玄奘法师十几年辛苦奔波于中国、印度两国,又以惊人的毅力翻译了数量如此巨大的经典的精神。

总之,大乘佛教的理念只是让人们破除因执着而引发的痛苦,其微妙在于:说"当下即空"时,并没有否定现象上的"假有",更没有否定有一个永恒的不生不灭的真如本性的存在。所以,接下来就转向对这个不生不灭的真如本性的体认。

舍利子,是诸法空相,不生不灭,不垢不净,不增不减。

这是说,因缘所生法没有自性,一切事物都是以空作为其自性而存在。在空性中是不存在生、灭、垢、净、增、减等对待法的,而是没有任何分别、任何妄想执着的境界。世间一切事物和现象随时在变,但真常理体却从来也没有变,所以空也就是真如本性,它蕴含一切生灭现象的万有而自身不生不灭,成佛也就是证得这个真常理体。

生灭是有为法的特征,佛教著名的"三法印"中"诸行无常",说的就是一切事物皆处于无常变化中,"生住异灭"和"新陈代谢"说的都是这个意思。为了揭示生灭现象的普遍存在,佛教还将生灭分为一期生灭、刹那生灭和大期生灭三类。

一期生灭即有情生命从出生到死亡的全部过程，这是人人能够目睹的生灭现象。刹那生灭指事物在最短时间内产生的生灭变化，更加微妙。由梵语音译而来的"刹那"一词指极短的时间，通常说一弹指间就有六十个刹那。一般人是感觉不到刹那生灭的。比如眼前这张桌子，从崭新到败坏是在不知不觉中发生的。如果这张桌子有片刻不在败坏之中，那么，它的前一刻和下一刻也不应该在败坏之中。而大期生灭是从整体的生命历程而言的。生命像一道洪流，从无穷的过去一直延续到无尽的未来，无始亦无终。在这漫长的生命洪流中，今生只是其中的一朵浪花。浪花虽然时起时灭，但生命洪流却在延续。这生生不已的生命洪流，便是大期生灭。通常人们会将生灭视为一种对待法，因此会喜生而厌灭。佛教正是从空性智慧上揭示了生灭现象背后本质上的不生不灭：空才是一切事物的本质，它不是新生的，所以不生；也不可破坏，所以不灭。譬如用金子造出一金杯，金没有变化，但金杯出生了。把金杯再熔化，金杯没有了，好像金杯有生有灭，可是金杯的本体是什么呢？只是金，并无别物。金即代表真空，所以"杯"当体即空。杯成时，金也没有生，杯灭时，金也没有灭。这个道理也与现代物理学中所谓"能量守恒定律"相通。

不垢不净是从事物的价值属性角度来说的。每种事物都有相对的净、垢，通常人们也会喜净厌垢。但事实上，垢净并非客观的真实存在，而是人为赋予、因人而异的。比如服装，有人以简洁为美，有人以华贵为美；有人以亮丽为美，有人以素净为美；有人以庄重为美，有人以怪异为美。形形色色，各不相同，不同的人也各有所需，各有所好。需要指出的是，佛教的视野不仅仅限于人类而是全体众生。如果以"众生"这个更大的视野来看这个问题就更清楚了。总之，净垢、美丑、好坏等价值属性并没有一个什么"客观标准"，而只是一种相对的存在，本质上是不垢不净。执着于此，同样是众生烦恼的根源。

不增不减是从事物的数量角度来说的。比如通常人们会认为，增是实实在在的增，减是实实在在的减，因而会喜增厌减。其实，增减也并非固定的。就像大海，每天潮涨潮落。当潮涨时，海水看起来似乎增加了；潮落时，海水看起来似乎减少了。从局部来看，海水确实有增有减，但从整体而言，并不存在增减。又譬如阴天看不到太阳，虽然一点儿也看不到，但太阳并非没有了，等到雨停了，太阳就出来了。正下雨时，太阳没有减少，天晴了，太阳也没有增加。"月有阴晴圆缺"也只是一种假象、错觉，就月之本体而言，并不存在什么圆缺。佛教的这种阐述也是对"平等"义最本质的揭示。

　　　是故空中无色，无受想行识，无眼耳鼻舌身意，无色声香味触法，无眼界
　　乃至无意识界。

眼耳鼻舌身意，指六种感觉器官，或认识能力，又称"六根""六入"，是一切众生精神活动产生的渠道，即眼根（视觉器官与视觉能力）、耳根（听觉器官及其能力）、鼻根（嗅觉器官及其能力）、舌根（味觉器官及其能力）、身根（触觉器官及其能力）、意根（思维器官及其能力）。

色声香味触法，是与六根相对应的外在世界的六种境界，故称为"六处""六境"。因其能造成迷惑、染污情识，使真性不能显发，故又称为"六尘"。色尘，指青黄赤白等色及男女形貌色等。声尘，指丝竹环佩等声及男女歌咏声等。香尘，指旃檀沉水饮食等香及男女身体气味等。味尘，指种种饮食肴膳美味等。触尘，指柔软细滑及纱衣上服等触觉。法尘，指意根对前五尘分别好丑，而起善恶诸法等。

眼界乃至意识界，是由六根缘六尘而生成的六种认识，即眼识、耳识、鼻识、舌识、身识、意识。具体指：（1）眼识，谓眼根对色境时，即产生眼识；但能见色，未起分别。（2）耳识，谓耳根对声境时，即产生耳识；但能闻声，未起分别。（3）鼻识，谓鼻根对香境时，即产生鼻识；但能闻香，未起分别。（4）舌识，谓舌根对味境时，即产生舌识；但能尝味，未起分别。（5）身识，谓身根对触境时，即产生身识；但能觉触，未起分别。（6）意识，谓意根对法境时，即产生意识。此意识与前五识之最大差别，在于能对五境分别善恶好丑。以上六根、六尘和六识，共

称为十八界，是佛教对宇宙人生一切现象所作出的归纳。

佛教认为，众生的身心世界，无非是这十八界在活动，是根、尘、识的十八件事的各种组合变化。众生的六根像六扇窗户，它是众生接触外界的窗口，但也会把心偷走，也就是使心向外驰走，生起眼识、耳识、鼻识、舌识、身识和意识，然后就生起贪、嗔、痴等种种烦恼。《心经》在每一个"界"前都加上一个"无"字，这就是观自在菩萨觉悟之所在。这里的"无"，正是对有情生命所作的透视。从本质上看，有情生命不外是五蕴和合的假相，不外是生理（六根）及心理（六识）的和合。常人执五蕴为我，但以般若智慧来看，无论在五蕴还是十八界，我是了不可得的。

在十八界中，六根和六识属于众生自我身心现象，是心法，而六尘则属于外在世界现象，是色法。对此，很多人认为，如果说自我身心产生的种种感受、认识等，称之为"空"尚可理解，但若说外在的世界一切现象也是"空"的，就很难理解。因为大多数人会认为，这些现象是"客观存在"，是"不以人的意志为转移的"，怎么能说是"空"呢？可见众生执着最深也最难破斥的仍然是"色法"部分。

实际上，六尘所涵盖的，佛教称之为"器世间"，它似乎外在于我们的身心，其实它恰恰是我们身心的一部分，只是众生习惯于按照"主客体对立"的二元对立思维方式，将"器世间"称为"客体"，视为外在于自我身心的一种存在，而不知道，器世间的存在是取决于有情的认识能力的，即眼识所见的色相世界、耳识所闻的音声世界、鼻识所嗅的气味世界、舌识所尝的味道世界、身识所感的触觉世界、意识所缘的法尘世界。唯有具足六根、六识者，始有六处世界。换句话说，根本不存在一个离开众生感知的"客观世界"，确切地说，根、尘、识三者的关系，从来都是同时的，世界是因主客体的交互而形成的，怎么会有离开"主观"的"客观"呢？佛教在这个重要的认识论问题上，既不取"主观的唯心"，也不取"客观的唯物"，而是坚持主客观统一的观点，而主客观统一形成的这个世界恰恰是由缘起法和合而成，因此本质上是空的。要言之，五蕴和十八界指的是众生境界。空掉五蕴和十八界，就可以度脱一切烦恼苦厄，超越生死轮回。

> 无无明，亦无无明尽，乃至无老死，亦无老死尽，无苦集灭道，无智亦无得。

"无无明，亦无无明尽，乃至无老死，亦无老死尽"，这里的"无"也是"空"的意思，即空掉无明乃至老死，"尽"即灭尽之意。"乃至"二字表示省略，略去了十二因缘中间十个名目，无明至老死，揭示了有情生命延续的十二个过程。这四句合在一起即空"十二因缘"。

十二因缘是佛教重要的基本理论，又称十二缘起、十二缘生等，包括无明、行、识、名色、六入、触、受、爱、取、有、生、老死。"无明"亦意译为"痴"，指众生暗昧事物，不通达真理与不能明白理解事相或道理之精神状态，是一切生死烦恼的根本。"缘痴有行，缘行有识，缘识有名色，缘名色有六入，缘六入有触，缘触有受，缘受有爱，缘爱有取，缘取有有，缘有有生，缘生有老、死、忧、悲、苦恼大患所集，是为此大苦阴缘。"（《长阿含》卷十《大缘方便经》）可见十二因缘中，前者为后者生起之因，前者若灭，后者亦灭，"此有故彼有，此生故彼生……此无故彼无，此灭故彼灭"，说明其相依相待的关系。简言之，要想灭除老死，须从根本无明断起，无明灭尽，老死自然也不存在了。

苦集灭道，即四谛，是佛教重要的基本理论。依次称为苦谛、集谛、灭谛、道谛。其中，苦与集表示迷妄世界之果与因，而灭与道表示觉悟世界之果与因；即世间有漏之果为苦谛，世间有漏之因为集谛，出世无漏之果为灭谛，出世无漏之因为道谛。具体来说，苦是受逼迫苦恼之意，主要指三界生死轮回的苦恼。有三苦、八苦的不同。三苦，一为苦苦，指正在受痛苦时的苦恼。二为坏苦，是享受快乐结束时的苦恼。三为行苦，谓不苦不乐时，为无常变化的自然规律所支配的苦恼，包括生、老、病、死在内。八苦即生苦、老苦、病苦、死苦、求不得苦、怨憎会苦、爱别离苦、五阴炽盛苦。集是积聚感招之意，指一切众生贪嗔愚痴的行动造成的善恶行为的业因，能感招将来的生死苦果。灭为息灭、灭尽之意，灭尽三界内之烦恼业因及生死果报，称为灭，也称了脱生死，达到涅槃寂灭境界，即为解脱。道为通达之意，也有道路的意思。这种道路是达到寂灭解脱的方法和手段。可以指早期佛教所说的八正道，也可以指能够达到解脱生死目的的其他途径。

五蕴和十八界是针对处于生死轮回中的众生而说的法门，属于世间法。这几句经文则是针对已经超越生死轮回的圣者而说的法门，属于出世间法。"十二因缘"是针对缘觉说的，"四谛"是针对声闻说的，"智"是针对菩萨说的，"得"是针对佛说的。短短二十八个字，概括了一切出世间法门。

比如十二因缘法是缘觉的生命境界，也是缘觉所修行的法门。但是，在空相之中，缘觉所修的法门也是空的。如果缘觉执着于他所得的修行成果，那他就有了一个包袱。凡夫有我执，缘觉、声闻破了我执以后，如果他以所得的成果为满足，那就成为法执。所以，既要破除凡夫在五蕴上的我执，也要破除缘觉在十二因缘法上的法执。同样的，四谛法也是如此。若以般若智慧观照，四谛法门也是无自性空，是了不可得的。在现象上，四谛法门虽存在染净之别，但从无自性空的本质上看，苦集灭道当下即是空性，在空性中并无染净之别。

如果说《心经》对于声闻、缘觉这些小乘法门采取一种超越的态度还比较容易理解的话，那么它对于菩萨、佛陀的大乘法门同样采取超越的态度，即"无智亦无得"，就更加难以理解了，而这正是《心经》和大乘佛法的不凡之处：它没有将自己视为一个不同于其他法门的"终极"，如果执着于有这样一种"智"和"终极"，那么已经从根本上违背了这个"智"和"终极"，当然也就达不到这个"智"和"终极"。这是佛教般若类经典一个极为重要的思想，其要义在于，没有将自身排除在外，也就是说，连般若和佛果也要超越，而超越了这个才是真正的般若和佛果。可见大乘佛教是承认在本质上有般若和佛果的，如果认为般若和佛果也无，属于断灭见，是地地道道的邪知邪见。《心经》接下来的文字就更能说明这一点：

　　以无所得故，菩提萨埵。依般若波罗蜜多故，心无挂碍；无挂碍故，无有恐怖，远离颠倒梦想，究竟涅槃。三世诸佛，依般若波罗蜜多故，得阿耨多罗三藐三菩提。

菩提萨埵：菩提为梵语音译，意译觉、智、知、道，指断绝世间烦恼而成就涅槃的智慧，即佛、缘觉、声闻各于其果所得的觉智。萨埵也是梵语音译，有存在、生等义，意译为"有情"，指一切处于生死轮回中的众生。菩提萨埵简称为菩萨，意译为"觉有情""自觉觉他"，在大乘佛教中指以智上求无上菩提，以悲下化众生，修诸波罗蜜行，在未来成就佛果的修行者。

涅槃也是梵语音译，又作泥洹等，意译为圆寂、寂灭、灭度、无生等，即一切众生本具的不生不灭的真如实相，证得涅槃，即指超越了生死（迷界）的悟界，为佛教修习的终极目的。涅槃又分为三类：小乘佛教最高果位的阿罗汉证得的是有余涅槃，虽已断除烦恼，但肉体仍残存。菩萨证得的是无余涅槃，指断烦恼障，灭异熟苦果五蕴所成之身，而完全无所依处之涅槃。佛陀证得的是究竟涅槃，又称大般涅槃，亦即后句的"阿耨多罗三藐三菩提"，即无上正等正觉。阿耨多罗三藐三菩提是音译，意译为无上正等正觉，乃佛陀所觉悟之智慧，是真正平等觉知一切真理的无上智慧。意味佛陀从一切邪见与迷执中解脱出来，圆满成就无上智慧，周遍证知最究极之真理，并平等开示一切众生，令其到达最高的、清净的涅槃。

这一节经文讲的正是菩萨和佛陀证得的境界。菩萨又称"觉有情"，觉的是什么呢？有情众生就是以情爱为中心，对世间一切都想占为己有，想在"我"和"我所"的无限扩大中实现"自我价值"，而不明白，其实世间的一切本质上皆为虚幻，有情众生为执着所缚，拥有什么就会牵挂什么，"我"所得到的越多，所受的牵制和障碍也越多。对于觉悟者来说，则能以般若观照人生，无我亦无我所，从而超越世间名利，心无牵挂。菩萨正因为证得这种空性，从而获得生命的大自在，因此对于那些尚未觉悟的众生油然生起慈悲同情之心，就会誓愿度化一切众生，而菩萨也正是在度化众生的过程中，圆满自己的觉悟，最终证得无上正觉、究竟涅槃。因此菩萨度生的过程是一个自利利他的过程，度人即是度己。这正是大乘佛教"我将无我"的精神的体现。

关于牵挂障碍，一般人会多从物质的层面去考虑，因为那是看得见摸得着的。其实，牵挂障碍根本上仍源于众生的妄心。心中的障碍最重要的就是众生关于生死、净垢、增减、上下、内外、佛魔等相对概念。一旦将这些二元对立的相对概念从心中清除掉，就能超越恐惧，将自己从虚妄中解脱出来，从而实现究竟涅槃。

> 故知般若波罗蜜多，是大神咒，是大明咒，是无上咒，是无等等咒，能除一切苦，真实不虚。故说般若波罗蜜多咒，即说咒曰：揭谛揭谛，波罗揭谛，波罗僧揭谛，菩提萨婆诃。

最后一句是赞誉般若的殊胜无上功德。咒，也作"祝"，指向神明祷告、祈求消灾或利益等。梵语叫作"陀罗尼"，意译为"总持"，又称"真言"。"总持"指其语言很精简，以少字秘密的方式摄持多义，总一切法，持一切义，故名"总持"。"揭谛揭谛"等四句即咒文。咒语具有秘密性质，通常只用音译而不意译，照此直念即可。济群法师在其《心经的人生智慧》中说："修习般若法门，通常是由闻思经教，从文字般若进入观照般若，进而成就实相般若。但对于根基驽钝者来说，这种常规方式是难以实践的。于是，佛陀又提出另一条成就般若的途径，那就是通过专心念诵咒语，达至心一境性，从而远离分别，进入禅定状态，再由定中引发般若。"揭示了《心经》在"显说般若"后，最后又以咒语的方式"密说般若"的意义所在。

三、《西游记》中的《心经》及其寓意

上面大体将《心经》的要义讲解一番，我们再看一个有趣的例子。在明代著

名长篇小说《西游记》中，玄奘取经的真实历史事件被演绎成一部带有魔幻色彩的故事。《心经》的翻译者玄奘这位"三藏法师"似乎并不懂这部《心经》。《西游记》明明白白地告诉我们：精通佛理的唐三藏不如那个"泼猴"孙悟空！这是为什么呢？仍要从大乘佛教的两派——大乘有宗和大乘空宗的关系来分析，才能得到理解。从理论上讲，大乘有宗以种子熏习为原理，认为被熏习的种子（生命之根），可展开迷界，同时亦可显现悟界，学佛的目的当然是要破迷开悟，其途径就是要通过对佛教经典的阅读、受持戒律等来净化自己的种子，从而获得最后的觉悟，这是一个非常漫长的过程。因此《西游记》称玄奘是"金蝉子化身，十世修行"，小说中他的一切所为也完全符合这个标准："出家人时时常要方便，念念不离善心，扫地恐伤蝼蚁命，爱惜飞蛾纱罩灯。"（《西游记》第二十七回）比较而言，孙悟空则是一个"云游海角，放荡天涯"的狂放不羁者，论学问更没有玄奘大，为什么他反而能超过玄奘呢？

在大乘空宗看来，一个人是否觉悟，与他能否读诵经典、是否拜佛烧香等并无关系，他只是明了自己的真心本来是"佛"，外在的一切境界不过如梦幻泡影，了不可得，也就是体悟到所谓"空性"，他当下就已经觉悟，所以"悟空"才是根本，不悟空，读再多的书也没有用，那些书反而可能成为障碍，也就是所谓"教条主义"；悟了空，一悟百悟，对万事万法都会了然于心，因此禅宗常讲："世尊说法四十九年，更无一字可得。达摩西来，不立文字，直指人心，见性成佛。"禅宗的六祖惠能就是一个一字不识的樵夫，却能向僧众说法，说得头头是道，何以故？因为这悟是从内心来的，不是外来的，外来的不是家珍。你看，孙悟空这个泼猴也时常"指点"他的师父呢：

> 师徒们正行赏间，又见一山挡路。唐僧道："徒弟们仔细，前遇山高，恐有虎狼阻挡。"行者道："师父，出家人莫说在家话。你记得那乌巢和尚的《心经》云'心无挂碍，无挂碍故，无有恐怖，远离颠倒梦想'之言？但只是扫除

心上垢，洗净耳边尘。不受苦中苦，难为人上人。你莫生忧虑，但有老孙，就是塌下天来，可保无事，怕甚么虎狼！"（《西游记》第三十二回）

玄奘为何前怕狼后怕虎？因为没有悟空，经典对于他来说，永远是外在的东西，他不明白那些虎狼不过都是自己"颠倒梦想"的幻影，一旦梦醒，哪里有什么虎狼？所以悟空这"扫除心上垢，洗净耳边尘"，真正说到佛法的根本了。在这种意义上讲，"悟空"（醒来）比"三藏"（仍在梦中）更为重要！说到这里，再问一个问题："波罗蜜多"就是"到彼岸"，到底如何"到彼岸"呢？原来，当一切众生内心消除了二元对立，明了根本没有什么"此岸""彼岸"，也就是真正到达了"彼岸"，"当下"就是"彼岸"，而一切与"此岸"相对的"彼岸"仍然还是"此岸"！从这个角度说，我认为《西游记》应该是晚明"狂禅"思潮影响下，以禅宗理念为根据，借助玄奘取经故事从而对历史上真实的玄奘取经给予重新解读、评判的一部小说。它对"悟空"的肯定和对"三藏"的否定，与"狂禅"思想何其相似。

抛开历史评价上的种种争执不说，《西游记》写到的《心经》还是有其独特的意义的：《心经》所阐述的不仅仅是一种文字，更不是一些教条，而是实实在在的人生感悟。玄奘能够翻译《心经》，说明他学问很大，但一旦他执着起来，陷入那个"颠倒梦想"中，《心经》也就不起作用。但玄奘的问题，并不代表《心经》说错了，恰恰证明《心经》的深刻性，而要彻底证得《心经》所阐述的境界，不是一件容易事，不是仅仅读些文字就能起作用的，最重要的就是在"实境"中历练自己，这也正是《西游记》这部小说最根本的主旨所在。从这个意义上说，诞生于印度的佛教，也正是在与中国传统文化融合后，经过一代代中国人的钻研、体悟而得到发扬光大的，它本身就是人类宝贵的文化遗产，值得我们特别珍惜！

南开大学文学院教授　张培锋

唐长安城建筑与唐诗的审美文化

唐长安城是唐代建筑艺术的美学典范。作为唐代诗歌的重要表现题材，长安城建筑对于唐诗审美与文化内涵的丰富发展有着重要影响。具体而言，关中地区的地理形胜，长安城的宫城、皇城、外郭城之建筑格局及内在的建筑语言，长安城与终南山的关系等，都是促使唐诗审美与文化内涵走向成熟的重要因素。同时，唐代诗歌对唐长安城及关中地区的抒写歌咏，也不断丰富、深化着长安城乃至长安文化的整体内涵，并因此成为唐长安城建筑文化不可分割的组成部分，推动长安城建筑美学走向延伸与发展。

一、长安城的文化地理内涵与唐诗审美理想的表达

杜甫诗云："秦中自古帝王州。"（《秋兴》之六，《全唐诗》卷二三〇）[1]隋唐以前，曾有十一个王朝先后在关中立都[2]，这里是所谓"世统屡更，累起相袭，神灵所储"的"帝王之宅"[3]。郑樵《通志略·都邑略第一·都邑序》称："建邦设都，皆凭险阻。山川者，天之险阻也。城池者，人之险阻也。城池必依山川以为固。"[4]关中地区南背秦岭，北对北山，又有潼关诸塞环绕周边，"潏、滈经其南，泾、渭

---

① 本文所引唐诗均出自：（清）彭定求等：《全唐诗》，北京，中华书局，1960。
② 关于长安建都朝代的数量，参看牛致功：《关于西安建都的朝代问题》，载《陕西师范大学学报》，1994（1）。
③ （宋）宋敏求：《长安志·原序》，《经训堂丛书》本。
④ （宋）郑樵：《通志二十略》，561页，北京，中华书局，1995。

绕其后，灞、浐界其左，沣、涝合其右"①；"其以下兵于诸侯，譬犹居高屋之上建瓴水也"（《史记·高祖本纪》）。这样的自然地理形势，在古代地缘政治角逐中具有明显的军事优势。

不仅如此，关中地区还便于繁衍民生，养殖五谷，具有突出的经济地理优势，所谓："左殽函，右陇蜀，沃野千里，南有巴蜀之饶，北有胡苑之利……河渭漕輓天下，西给京师；诸侯有变，顺流而下，足以委输。此所谓金城千里，天府之国也。"（《史记·留侯世家》）就微观地理环境而言，关中地区也非常适宜建造都城。关中平原由北而南大体分为三个地理单元：第一个地理单元从渭滨至龙首原，第二个地理单元从龙首原至少陵原，第三个地理单元从少陵原至秦岭。第一个地理单元与第三个地理单元均不利于建造都城。②第二个地理单元东西近20公里，南北10余公里，高坡洼地交错且略有起伏，呈现出波澜壮阔又回旋变换的地理风貌，都城设计者有可能在平塬坡谷间寻求最大限度的拓展与纵深——唐长安城广大的面积已充分地诠释了这一特点。③

可见唐长安城所处关中地区具有两个突出的地理特点：一是雄奇险峻，易守难攻；二是险峻中尚有开阔肥沃的平原地带。前者以军事地理优势呈现君临天下的雄健壮美，后者以经济地理优势呈现养育苍生的舒展优美。它们与关中建都历史构成唐长安城独特的文化地理内涵，对唐诗审美形态与审美境界的形成产生重要影响。

唐太宗写道："秦川雄帝宅，函谷壮皇居。绮殿千寻起，离宫百雉余。连甍遥接汉，飞观迥凌虚。云日隐层阙，风烟出绮疏。"（《帝京篇》十首其一，《全唐诗》

①　（清）毕沅：《关中胜迹图志》卷三《关中丛书》本。

②　第一单元为西汉长安建都故地，"经今将八百岁，水皆碱卤，不甚宜人"（（唐）魏征等：《隋书·外传·卷四十三·艺术》，766页，北京，中华书局，1973）。第三单元面积小而海拔提升过陡，亦不宜建都。

③　隋唐长安城总面积约84平方公里，是当时世界上面积最大的都城。参见马得志：《唐代长安与洛阳》，载《考古》，1982（6）；张永禄《唐都长安》，20页，西安，西北大学出版社，1987。

卷一）表面来看它似乎是南朝张正见《帝王所居篇》的余绪①。然而历仕梁、陈的张正见不可能见识京洛都城的现实景象与气象。《帝王所居篇》依靠传统的语汇、陈旧的意象组织京都诗赋题材，但其创作动力依然未脱宫体诗的窠臼。《帝京篇》则不同，统领它的不再是魏晋、南朝以来陈陈相因的宫廷咏物习气，而是新兴王朝崭新的政治观、历史观与文艺观："追踪百王之末，驰心千载之下，慷慨怀古，想彼哲人，庶以尧舜之风，荡秦汉之弊，用咸英之曲，变烂漫之音……故述帝京篇，以名雅志云尔。"（《帝京篇·序》，《全唐诗》卷一）

显然真正主宰、驱动《帝京篇》内在激情的并不是《帝王所居篇》这一类作品，而是漫游丰镐的慷慨情怀，驰心尧舜的哲思雅志。诗中的长安城不仅是太宗"万机之暇游息艺文""观列代之皇王考当时之行事"（《帝京篇·序》）的立足点、出发点，也是实践"观文教于六经，阅武功于七德"（《帝京篇·序》）的政治舞台。因此《帝京篇》所呈现的是秦川函谷的雄奇地貌、帝宅皇居的壮美景观与文治武功的理想情怀汇聚而成的英雄主义崇高感。这与其说是美的境界，倒不如说是善的光辉，是借助长安城的地理、建筑形胜对唐朝政教文治思想的阐发与表达。

与太宗诗中的雄奇壮美相比，唐玄宗与贺知章的诗作形成一种强烈的美学对照与和谐补充："太华见重岩，终南分叠嶂。郊原纷绮错，参差多异状。"（唐玄宗《春台望》，《全唐诗》卷三）"神皋类观赏，帝里如悬镜。缭绕八川浮，岩峣双阙映。"（贺知章《奉和御制春台望》，《全唐诗》卷一一二）它们无意表现山川田园的纯美意境，而是再现沃野良田的丰饶富足，唤起我们对关中平原辽远开阔的审美想象。但驱动想象的并不是孤芳自赏的隐士情怀，而是孕育苍生万物的生命力与创造力，是殷实丰厚的关中土地。可见关中平原之美的基础在于养育之善，它与太宗诗的政教之善相呼应，形成关中文化地理风貌的另一类审美形态。

---

① 逯钦立：《先秦汉魏晋南北朝诗》卷二，2475页，北京，中华书局，1983。

　　如果说唐太宗、唐玄宗、贺知章等人更多是借助长安表达政治家的德政、善政理想，那么，卢照邻与骆宾王的全景式描述则更加细致深入，也更富于文学与审美的气质："北堂夜夜人如月，南陌朝朝骑似云。南陌北堂连北里，五剧三条控三市。"（卢照邻《长安古意》，《全唐诗》卷四一）"皇居帝里殽函谷，鹑野龙山侯甸服。五纬连影集星躔，八水分流横地轴。"（骆宾王《帝京篇》，《全唐诗》卷七七）这两首诗最大的特点在于：以长安城地理环境及建筑格局为间架结构，以长安城的宫廷、市井风情为主要内容，以长安城的荣枯兴衰为基本格调，表现出有别于传统都城题材的新的审美态度与审美理想：它是一种活泼新鲜的生活，一种真实健朗的情感，一种盛衰无常的警觉与幻灭。诗中确实还有宫体诗的残影，但卢照邻和骆宾王的创作毕竟完成了"一个破天荒的大转变。一手挽住衰老了的颓废，教给他如何回到健全的欲望；一手又指给他欲望的幻灭"①。

　　长安城显然是表达这情感、欲望与幻灭的典型意象。在初唐人眼中，魏晋南北朝的漫长历史似乎都可透过长安城的古今兴衰表现出来。卢照邻和骆宾王诗中的长安城是见证历史文化命运的传统意象，它蓬勃的气象与格局也是唐士人突破门阀垄断、积极参与政治的美学象征。诗人一面沉醉于富艳景象，一面叹息贵贱无常；一面渴望融入贵戚行列，一面又要求人格的独立。这种两难的境地导致结尾转向对都城生活的质疑甚至否定。但全诗的主题并不是患得患失的隐忧，而是长安城的壮大、繁华及诗人对这一切的独立思考。它的本质是"一种丰满的、具有青春活力的热情和想象"。所以，"即使是享乐、颓废、忧郁、悲伤，也仍然闪灼着青春、自由和欢乐"②。他代表着上升中的世俗士人阶层的态度与理想。因此，卢照邻和骆宾王的诗作不仅是唐太宗《帝京篇》的延伸与扩展，也是唐朝时代精神的文学象征。而唐长安城建筑的新基址、新格局、新观念便是支撑这时代精神的文化地理因素。

---

① 闻一多：《唐诗杂论·宫体诗的自赎》，13页，上海，上海古籍出版社，1998。
② 李泽厚：《美的历程》，208页，天津，天津社会科学院出版社，2001。

二、长安城的整体布局与唐诗的多元审美形态

关中地理形胜的特点是高峻中有开阔的伸展，唐长安城也因此显示出不同于前代都城的布局特点。

《类编长安志》卷二《京城·城制度》载："（隋文帝）自开皇二年六月十八日，始诏规建制度。三年正月十五日，又诏用其月十八日移入新邑。所司依式先筑宫城，次筑皇城，亦曰子城，次筑外郭城。"《京城·再筑京兆城》载："诏宇文恺，则建大兴城，先修宫城，以安帝居，次筑子城，以安百官，置台、省、寺、卫，不与民同居，又筑外郭京城一百一十坊两市，以处百姓。"[①]长安城按照宫城—皇城—外郭城顺序依次建造，宫城位于全城正北，皇城在宫城之南，外郭城则以皇城为中心向东西南三面展开。

对于宫城居郭之西而市在郭北的传统都城制度而言，坐北朝南的格局是个重大突破。它使宫城雄踞龙首原高坡，造成独尊全城的气势。它符合天子据北而立，面南而治的儒家礼治思想[②]，也是朝廷举行元旦大朝会的实际需要。[③]长安城还一改"城""郭"混居的旧制[④]，在宫城之南专建皇城设置行政衙署，并大大扩展外郭城面积[⑤]，明确宫城、皇城、外郭城的界限与职能，形成北拥宫城，南临皇城，以南

---

① （元）骆天骧：《类编长安志》，40～44页，133页，北京，中华书局，1990。
② 《礼记·礼器第十》曰："是故圣人南面而立，而天下大治。"《孟子·万章上》曰："舜南面而立，尧帅诸侯北面而朝之。"
③ 杨宽：《中国古代都城制度史研究》，186～193页，上海，上海人民出版社，2003。
④ 《长安志》卷七《唐皇城》载："自两汉以后，至于晋齐梁陈，并有人家在宫阙之间，隋文帝以为不便于民。于是皇城之内，惟列府寺，不使杂人居止。公私有便，风俗齐肃，实隋文新意也。"
⑤ 长安外郭城面积74.6平方公里，占全城面积89%。隋唐统一后，各地士民移民京师，不得不扩展外郭城："陈叔宝与其王公百司发建康，诣长安，大小在路，五百里累累不绝。帝命权分长安士民宅以俟之，内外修整，遣使迎劳。"［（宋）司马光等：《资治通鉴》卷一七七，5516页，北京，中华书局，1956］本文所引长安城数据均采自中国科学院考古研究所西安城发掘队：《唐代长安考古纪略》，载《考古》，1963（11）；宿白：《唐长安城和洛阳城》，载《考古》，1978（6）；曹尔琴：《唐代长安城的里坊》，载《人文杂志》，1981（2）；马得志：《唐长安兴庆宫发掘记》，载《考古》，1959（10）。

北向中轴线为准东西对称的棋盘式整体格局。作为唐诗创作最重要的基地与人文环境之一，唐长安城的建筑布局影响着唐代诗歌的艺术结构与审美形态。如袁朗所作《和洗掾登城南坂望京邑》（以下简称《望京邑》）：

> 二华连陌塞，九陇统金方。奥区称富贵，重险擅雄强……
>
> 神皋多瑞迹，列代有兴王。我后膺灵命，爰求宅兹土……
>
> 帝城何郁郁，佳气乃葱葱……复道东西合，交衢南北通。
>
> 万国朝前殿，群公议宣室。鸣珮含早风，华蝉曜朝日……
>
> 端拱肃岩廊，思贤听琴瑟。逶迤万雉列，隐轸千闾布……
>
> 处处歌钟鸣，喧阗车马度。日落长楸间，含情两相顾……

（《全唐诗》卷三〇）

袁朗家族本为江左世胄，陈亡而徙居关中。《望京邑》开篇借关中的雄强形胜称誉此地帝业隆兴，进而形容宫城佳气葱葱。从"万国朝前殿"开始，全诗重心由宫城推向皇城，渲染君臣议政的端庄肃穆。从"逶迤万雉列"以下数句则从皇城推向外郭城，展开活跃的市井生活画卷。

与唐太宗、卢、骆的《帝京篇》相比，《望京邑》具有独特的审美与文化内涵：（1）它以宫城—皇城—外郭城建筑格局作为构思全诗的框架，呈现出逐层推进、渐次开阔、错落有致的艺术结构。如果说长安城是一首凝固的诗，那么《望京邑》则是由长安城的建筑语言建造的诗化长安。（2）作者依据宫城、皇城、外郭城的方位、功能，依次描绘其建筑风貌及人文内涵，从而在整首诗中营造出多层次的审美形态，呈现出丰富的审美境界。（3）它借助唐代真实之长安而非陈旧的都城题材，创造出一个新的审美空间，其语言、意象虽然还残留着宫体诗的气息，但它的艺术结构、审美趣味却代表着时代的美学理想。

类似艺术结构与审美境界的诗还有不少。如："四郊秦汉国，八水帝王都。阊阖雄里闬，城阙壮规模。"（李显《登骊山高顶寓目》，《全唐诗》卷二）"秦地平如掌，层城入云汉。楼阁九衢春，车马千门旦。"（沈佺期《长安道》，《全唐诗》卷九五）它们的共同特点在于：由宫城高峻的龙首地势起笔，接着渲染皇居帝宅的壮美，再由皇城推及辽远的外郭城与郊野，由此形成一个开阔而整饬的审美空间——雄阔的地貌、错落的层城、尊贵的君臣、欢乐的百姓，它们表现出政治的和谐秩序、长安的和谐建筑、诗歌的和谐美感，其核心则在于一种新的社会秩序的形成与和谐。[①]

宫城是长安城的核心，皇城则是仅次于宫城的第二重城。它北仰宫城，南俯外郭，是百官理政的中央衙署。其建筑格局不仅便于拱卫宫城，也便于君臣处理政务。

皇城与百官关系如此密切，自然也成为诗人歌咏的对象。岑参《和刑部成员外秋夜寓直寄台省知己》云："列宿光三署，仙郎直五霄……长乐钟应近，明光漏不遥……笔为题诗点，灯缘起草挑……微才喜同舍，何幸忽闻《韶》。"（《全唐诗》卷二〇一）按《唐两京城坊考》[②]，刑部署在皇城承天门街之东，第四横街之北，尚书省都堂西面第二行。岑诗首二句叙省中寓直，又二句言刑部迫近宫城。玩其诗意乃称誉圣上体恤礼遇郎官。"笔为"二句描述郎官的日常工作生活，最后二句表达幸蒙擢拔、忝列朝官的圆满心态。全诗语调平静，诗境祥和，透露出恭顺谨肃的生活气息。

再如苏颋《奉和崔尚书赠大理陆卿鸿胪刘卿见示之作》（《全唐诗》卷七四），诗云："省中何赫奕，庭际满芳菲。"指吏部所属之尚书省位于皇城第三横街南承天门街东。吏部官署位于尚书省都堂以东，大理寺官署位于皇城第四横街北，故次二句云："吏部端清鉴，丞郎肃紫机。"鸿胪寺位于皇城以南朱雀门内，绿槐葱茏，

① 唐朝结束了南北的分裂与战争。南北朝的门阀望族开始走向没落，科举出身的庶族士人不断突破贵族的垄断，"一条充满希望前景的新道路在向更广大的知识分子开放，等待着他们去开拓"（参见李泽厚《美的历程》，115页，天津，天津社会科学院出版社，2001）。
② （清）徐松：《唐两京城坊考》，12页，79页，北京，中华书局，1985。

故又二句云："北寺邻玄阙，南城写翠微。"全诗融吏部、大理、鸿胪三官署之功能、方位于典丽平和的诗情中，达到"参差交隐见，仿佛接光辉"的美学效果，并传达出"宾序尝柔德，刑孚已霁威"的德刑兼用之儒家治国理念。

这一类诗语言典雅精致，布局井然有序，情感平稳祥和。这与诗人的郎官府吏身份，与皇城的职能、环境，与其官舍整饬、外邻宫城的布局有关，同时又是规范的政治生活反映："朝日……御史大夫领属官至殿西庑，从官朱衣传呼，促百官就班，文武列于两观……百官班于殿庭左右，巡使二人分莅于钟鼓楼下，先一品班，次二品班，次三品班，次四品班，次五品班……朝罢，皇帝步入东序门，然后放仗。"①

繁缛隆重的早朝是政治生活的重要内容，也是政治情感的重要寄托："肃肃皆鵷鹭，济济盛簪绅。"（颜师古《奉和正日临朝》，《全唐诗》卷三〇）"逾沙纷在列，执玉俨相趋。"（岑文本《奉和正日临朝》，《全唐诗》卷三三）"辉辉睹明圣，济济行俊贤。"（韦应物《观早朝》，《全唐诗》卷一九二）这里展开了另一个美的天地，一种祥和、秩序的氛围，它传递出农业文明安宁、稳健的生活节奏与韵律，反映了唐士人饱满安谧的社会心态。它与皇城肃穆整饬的建筑语言相辅相成，形成一种端庄、典丽的诗美境界。

就是这同一类诗题，也会呈现出多元的美学风貌："万国仰宗周，衣冠拜冕旒……祖席倾三省，褰帷向九州。"（王维《奉和圣制暮春送朝集使归郡应制》，《全唐诗》卷一二七）"百灵侍轩后，万国会涂山……声教溢四海，朝宗引百川。"（魏征《奉和正日临朝应诏》，《全唐诗》卷三一）与刚才的祥和端庄不同，这里洋溢着万国朝宗的骄傲与壮美。其实，虔诚热烈的礼拜与谨肃恭顺的寓直本来就是唐长安政治生活的两个侧面，祥和精巧与恢宏洒脱本来也是皇城建筑美学的两种风貌，它们统一在丰富多元的长安文化中，成为支撑唐诗多元审美形态与情感个性的人文内涵。

---

① （宋）欧阳修等：《新唐书·仪卫上》，488～489页，北京，中华书局，1975。

　　需要指出的是，宫城、皇城建筑美学对唐诗的诸多影响，与唐长安城的建筑理念有直接关系。如前所述，关中地区高坡与洼地交错起伏，其中横亘着东西走向的六条高坡①。如何处置这六条高坡并突出宫城、皇城的位置，成为建造长安城的一大难题。宇文恺解决难题的理论工具便是《周易》乾卦理论。②《元和郡县图志》卷一《关内道》载："隋氏营都，宇文恺以朱雀街南北有六条高坡，为乾卦之象，故以九二置宫殿，以当帝王之居，九三立百司，以应君子之数，九五贵位，不欲常人居之，故置玄都观及兴善寺以镇之。"③宇文恺将六条高坡看作上天设在长安城基址的乾卦的六条爻，每条高坡上的建筑都能在乾卦中获得理论解释与归宿。

　　《周易·上经·乾卦》云："……九二：见龙在田，利见大人。九三：君子终日乾乾，夕惕若，厉，无咎。"④乾卦六爻的本质在于演示天道人事的盛衰规律。将六爻比作六条巨龙，象征乾卦在变化中孕育飞龙翔天的强健力量，而这正是隋初帝王君临天下的精神写照，也是隋文帝君臣营造大兴城的真实意图。宇文恺以乾卦作为隋大兴城营构的理论基点，用意可谓深远。

　　宫城是长安城的核心。既然"九二"是"'见龙在田，利见大人'，君德也"（《文言传·乾文言》），象征真龙天子的出现，宫城就该建在"九二"高坡即龙首原的最高处。政府衙署是行政中心，应建在紧邻"九二"高坡的"九三"高坡上："九三曰：'君子终日乾乾，夕惕若，厉，无咎。'何谓也？子曰：'君子进德修业……居上位而不骄，在下位而不忧，故乾乾因其时而惕，虽危无咎矣。'"（《文言传·乾文言》）这爻辞是对忠肃辅政之百官的最佳描述，而百官寓直皇城的恭顺

---

① 关于六条高坡的数据、方位，参见曹尔琴：《唐长安与黄土原的利用》，载《中国历史地理论丛》，1998年增刊。

② 宇文恺，字安乐。隋建大兴城，任营新都副监，"凡所规画，皆出于恺"。参见《隋书·宇文恺传》，1587页，北京，中华书局，1973。

③ （唐）李吉甫：《元和郡县图志》，1~2页，北京，中华书局，1983。

④ 《周易正义》，《十三经注疏本》，11~14页，上海，上海古籍出版社，1990。

氛围，早朝、寓直诗的秩序与规范之美，也正是通过"九三"爻辞的深层内涵获得了与长安城建筑文化内在的联系。

三、长安城的建筑美学与唐诗胜景的形成

宫城、皇城是唐长安城的核心，外郭城则是长安城的主体，是百姓的生活区域。它的建筑布局有两个特点：（1）由于处在开阔舒缓的小平原，得以建成宽敞整齐对称的街衢里坊，展现出宽阔和谐的审美景观；（2）由于坡地起伏造成局部地理环境不和谐，需要修整改造部分洼地、高坡，使长安外郭城的整体布局趋于和谐完善。

宋人吕大防说："隋氏设都，虽不能尽循先王之法，然畛分棋布，闾巷皆中绳墨……亦一代精制也。"①长安外郭城共有东西向十四条大街，南北向十一条大街，它们笔直宽敞，彼此平行又相互交错，将外郭城划分为一百余坊，呈现出"百千家似围棋局，十二街如种菜畦"（白居易《登观音台望城诗》，《全唐诗》卷四四八）的网状建筑布局。坊里则是封闭式方形布局，四周环筑坊墙，这固然有"逋亡奸伪，无所容足"的安全实用功能②；同时，环环套筑、往复相连的坊墙与平直如弦的宫墙、街衢，也营造出稳固简约、单纯明快的美感氛围。人们在方正如一的宫墙、城墙、坊墙、街衢中行走，整齐、反复的节奏、韵律传递着强烈的秩序感、归属感与崇高感。大一统王朝的政治意志，大唐长安的审美理想，都在外郭城这平整、开阔、简明的布局里得到了尽情的发挥："南陌北堂连百里，五剧三条控三市。弱柳青槐拂地垂，佳气红尘暗天起。"（卢照邻《长安古意》），《全唐诗》卷四一）"三条九陌丽城隈，万户千门平旦开。复道斜通鳷鹊观，交衢直指凤凰台。"（骆宾

---

① （元）李好文：《长安志图》卷上，《经训堂丛书》本。
② 同上。

王《帝京篇》,《全唐诗》卷七七)

　　除了坊里街衢,名胜景区也是外郭城的重要组成部分,对它们的设计更见出宇文恺的独运匠心,我们也更能体会长安外郭城地理风貌与唐诗审美意境的微妙关系。曲江池是唐长安城的风景名胜,造就了不少的名篇佳句。如:"桃花细逐杨花落,黄鸟时兼白鸟飞。"(杜甫《曲江对酒》,《全唐诗》卷二二五)"更到无花最深处,玉楼金殿影参差。"(卢纶《曲江春望》,《全唐诗》卷二七九)其实,曲江最初并非名胜,只是经由宇文恺的精心设计,始得大放异彩。前文曾述,宇文恺巧妙利用高坡地形,突出宫城、皇城位置,并使局部建筑之间和谐统一。高坡的设计如是,坡间洼地也需精心规划方能化丑为美。曲江本是少陵原上的洼地,好似高坡上的疤痕。宇文恺"以其地在京城东南隅,地高不便,故阙此地,不为居人坊巷,而凿之为池,以厌胜之"①,因地制宜开凿成人工湖供百姓游览。从玄宗开元年间起,朝廷不断扩建曲江池②,以至"四岸皆有行宫台殿,百司廨署"③,"曲江亭子,安史未乱前,诸司皆列于岸浒……进士关宴,常寄其间"④。

　　在洼地修筑楼阁固然有助于宴游观赏,同时对凹陷地区也是一种地理补偿,并借此达到长安城整体和谐的美学效果——这正是宇文恺设计长安城的一个重要建筑美学原则:"宇文恺以京城之西有昆明池,地势微下,乃奏于此寺建木浮图。"⑤屹立在长安西南低洼处的木塔,与周边的高大建筑竞丽争辉,弥补了地形上的缺陷,也给诗人俯瞰渭川南山提供了崭新的审美视角:"半空跻宝塔,晴望尽京华。竹绕渭川遍,山连上苑斜。"(孟浩然《登总持寺浮图》,《全唐诗》卷一六〇)"高阁逼诸天,登临近日边……槛外低秦岭,窗中小渭川。"(岑参《登总持阁》,《全唐诗》卷二〇〇)

---

① (宋)程大昌:《雍录》卷六《唐曲江》,132页,北京,中华书局,2002。
② 参见新、旧《唐书·玄宗本纪》《资治通鉴·唐纪》《唐摭言》有关记载。
③ (五代)刘昫等:《旧唐书·文宗纪》,561页,北京,中华书局,1975。
④ (五代)王定保:《唐摭言》卷三,32页,上海,上海古籍出版社,1978。
⑤ (元)骆天骧:《类编长安志》,40～44页,133页,北京,中华书局,1990。

其实，即便同样是高坡，设计的原则也不尽相同。"九五"高坡乐游原虽然高于"九二"高坡龙首原，却无缘成为宫城、皇城基址，只能化为长安城的一道风景。因为按照宇文恺的设计理论，乐游原这条高坡对应《周易》乾卦中"九五：飞龙在天"的爻辞："九五贵位，不欲常人居之"，故置玄都观及兴善寺以镇之。①于是，宇文恺索性因势利导，将其供给京城士女游乐之用："其地居京城之最高，四望宽敞，京城之内，俯视指掌。每正月晦日、三月三日、九月九日，京城士女咸就此登赏被禊。"②

登上乐游原，诗人目光驰骋开去，思接千载，神游万境，将繁华的长安生活，庄严的皇城宫掖同悠远深沉的秦汉故事融通一气，使本来就浑厚爽豁的乐游原更加雄伟、壮阔："高原出东城，郁郁见咸阳。上有千载事，乃自汉宣皇……歌吹喧万井，车马塞康庄。"（韦应物《登乐游庙作》，《全唐诗》卷一九二）这雄浑健举的诗风，固然得益于健朗的时代风会，而乐游原高屋建瓴的地理形胜也是催化诗心、诗风生成的重要因素。

乐游原还有另一番卓荦不群的气象。在《青龙寺昙璧上人兄院集》中，王维写道："眇眇孤烟起，芊芊远树齐……眼界今无染，心空安可迷。"（《全唐诗》卷一二七）与宏阔的《登乐游庙作》相比，这里弥漫着超然达观的散淡清妙。也许由于乐游原偏处东南一隅，远离宫苑且多有寺观③，此地的坊里宅院也便拥有了超逸清远的气质："不觅他人爱，惟将自性便。等闲栽树木，随分占风烟……迹慕青门隐，名惭紫禁仙。"（白居易《新昌新居书事四十韵，因寄元郎中、张博士》，《全唐诗》卷四四二）这是"穷则独善其身"的典型表白，其中不免有"省史嫌坊远""鬓发各苍然"的落寞无奈，但在远离宫苑、百司的新昌坊，这样的表白似乎

---

① （唐）李吉甫：《元和郡县图志》卷一《关内道》，2页，北京，中华书局，1983。乐游原地势过高不便于居住。如有人居住也不利于宫城与皇城的安全。

② （清）徐松：《唐两京城坊考》，12页，79页，北京，中华书局，1985。

③ 杨鸿年：《隋唐两京坊里谱》，157、175、349页，上海，上海古籍出版社，1999。

更凸显了中唐士人行藏出处的两难境遇。沉默的新昌新居不仅因此浸染了浓厚的人文情怀，也成为诗人表达思绪最适宜的地理语境，并进而促使这表达更具有思想的深度与审美的感染力。曲江池与乐游原，由长安城的地理缺陷而成为长安城与唐诗中的胜景，进而成为长安城自然地理、人文景观与诗美境界和谐交融的代表。在这一转化的历程中，曲江池与乐游原不断走向人文意义的纵深，唐诗清新健朗的美学风神便借由江山之助力逐渐得以形成。

四、唐诗的都城意象与长安城文化内涵的拓展

诗歌艺术与表现对象的关系不是单向度的。地理形胜与建筑格局影响着诗美境界的生成，而诗歌创作一经完成，作为具有独立审美价值的文学作品，唐诗也必将影响到长安城审美、文化内涵的拓展与深化。比如，唐诗对长安城历史文化的多元表现，就形成了多层次的诗歌美学风貌——这里有天人相应的宇宙境界："凭崖望咸阳，宫阙罗北极。"（李白《君子有所思行》，《全唐诗》卷一六四）有万方乐奏的神圣朝歌："鄗镐谁将敌，横汾未可方。"（宋若宪《奉和御制麟德殿宴百官》，《全唐诗》卷七）有天子蒙恩的傲然荣耀："归来入咸阳，谈笑皆王公。"（李白《东武吟》，《全唐诗》卷一六四）有旌旆逶迤的浩荡军威："陇路起丰镐，关云随旆旌。"（储光羲《哥舒大夫颂德》，《全唐诗》卷一三七）也有潇洒健朗的游侠气质："新丰美酒斗十千，咸阳游侠多少年。"（王维《少年行》其一，《全唐诗》卷一二八）

它们的共同特点是：交叉、并列甚至替代使用丰镐、咸阳、长安等都城意象。这些意象有时代表唐都长安，有时并不确指某一座具体的都城，而是借用这些历史跨度很大的都城意象表达一种帝都与帝王的气象。事实上，周之丰镐、秦之咸阳，汉唐长安四座都城及其周边区域，历经数千年的积淀，已经形成了一个以关中地域

文化为基础、以都城文化为核心的传统内涵深厚的古都文化圈。帝都与帝王气象其实就是这个文化圈所特有的文化个性。

但我们发现，精确的史学、地理学概念有时很难表达人们对帝都、帝王气象的细微体验，更难以替代诗歌艺术在情感深处引发的历史共鸣。这种共鸣也许很难再现历史的细节，却足以激发人们对帝都与帝王气象的历史情怀。的确，在唐诗的召唤下，人们更容易将关中长安雄浑的地貌、雄伟的建筑、深邃的历史与自己的人生、情感、命运联系在一起。这种联系并不强调人地关系的科学性，而更关注人与自然、建筑的思想共鸣与情感交流，它所点燃的恰恰是冷静的史学、地理学难以触及的审美空间，这也正是唐诗扮演的角色。在诗人的抒情歌咏中，长安城的历史传统被赋予浓厚的审美意味，宏伟坚实的建筑在诗美的创造中展现丰厚的人文内涵，这就是唐诗吟咏长安城的美学意义。

事实上唐代诗人正是借助"北阙""南山"等诗歌意象，在长安城与终南山之间构筑起一座更辽阔的"长安城"，并在这个更丰富的审美空间中完成对长安城的美学阐释。唐诗中的"北阙""南山"意象有多种内涵。在"北阙千门外，南山午谷西"（杜牧《朱坡》，《全唐诗》卷五二一）中，"北阙"指拱卫大明宫含元殿的翔鸾、栖凤二阙，南山指终南山脉。"北阙南山是故乡，两枝仙桂一时芳"（杜牧《赠终南兰若僧》，《全唐诗》卷五二四）则将这对意象组合成一个词组，作为长安乃至唐王朝的代名词。在多数诗中，"北阙""南山"用不同的意象形式象征君臣之间的复杂关系："北阙临仙槛，南山送寿杯。"（赵彦昭《安乐公主移入新宅侍宴应制同用开字》，《全唐诗》卷一〇三）"北阙休上书，南山归敝庐。"（孟浩然《岁暮归南山》，《全唐诗》卷一六〇）"丹殿据龙首，崔嵬对南山。寒生千门里，日照双阙间。"（韦应物《观早朝》，《全唐诗》卷一九二）在这里，翔鸾、栖凤双阙不再是拱卫含元殿的臣属建筑，而成为长安城的象征；终南山也不再是遥远的风景，而是化作拱卫长安城的"双阙"："南山奕奕通丹禁，北阙峨峨连翠云。"（沈佺期《从幸香山寺应制》，《全唐诗》卷九六）"飞阁极层台，终南此路回。山形朝阙去，河势抱关来。"（许浑《行次潼关题驿后轩》，《全唐诗》卷五二八）

　　这些诗篇以浪漫的想象、开阔的视野将龙首北阙与连绵终南联系在一起。它突破建筑构造的现实局限，将都城的外延一直扩展到终南山脉，使现实之长安城及其皇权意志从有限的人文建筑延伸向无限的自然时空，传递出"溥天之下，莫非王土。率土之滨，莫非王臣"的建筑文化意旨。[①]使人间皇权与自然天阙在诗歌的吟咏中声息相通，从而使这座宏伟的"大长安城"跃然纸上——这是一座唐诗造就的长安城，一个唐诗开拓的新的审美空间，是现实长安城建筑美学、艺术审美的延伸与拓展。

　　当然诗人们对"大长安城"的审美想象与创造并非空穴来风，而是根植于古代都城深厚的文化传统之中。在"大长安城"的文学创造中，"阙"的建筑文化内涵至为关键。作为一种拱卫宫门的建筑形态，阙本来源于帝王示礼布政的礼制[②]，也与北朝汉人的坞堡生活有关[③]。翔鸾、栖凤双阙因此具有礼教、军事的双重功能。[④]它们通过飞廊与含元殿组成"凹"字结构，连同东西两侧的系列建筑群，将含元殿拱卫在中心，造成一种高山仰止的瞻望视角，给拜谒者以强烈的心灵震撼："左翔鸾而右栖凤，翘两阙而为翼；环阿阁以周墀，象龙行之曲直。"（李华《含元殿赋》）[⑤]

　　这种阙楼拱卫向心正殿的建筑格局遍布整个大明宫乃至长安城：中书省、门下省等行政衙署拱卫朝向宣政殿；翰林院、学士院等议政衙署拱卫朝向紫宸殿等中轴线建筑群；而外郭城则拱卫朝向皇城，皇城拱卫朝向宫城……其实，拱卫向心的建

①　《春秋左传正义·昭公七年》，《十三经注疏本》，759页，上海，上海古籍出版社，1990。
②　（晋）崔豹：《古今注》卷上"都邑第二"，《四部丛刊》本。
③　万绳楠：《陈寅恪魏晋南北朝史讲演录》，130~145页，合肥，黄山书社，1987。
④　《资治通鉴》卷二〇二："上御翔鸾阁，观大酺，分音乐为东西朋。"（中华书局，1956年版，第6373页）《旧唐书·肃宗纪》："大阅诸军于含元殿庭，上御栖鸾阁观之。"（中华书局，1975年版，第251页）
⑤　（清）徐松等：《全唐文》卷三一四，3186页，北京，中华书局，1983。

筑语言也体现在整个关中地区。作为人文之阙内涵的延伸，"天成之阙"是古代都城建筑格局中不可或缺的部分。《史记·秦始皇本纪》载："（始皇）乃营作朝宫渭南上林苑中……自殿下直抵南山，表南山之巅以为阙。"《三辅黄图·秦宫》载："始皇广其宫，规恢三百余里……表南山之巅以为阙，络樊川以为池。"①这些环绕宫城的庞大山系是宫城的天设之阙。它体现了古代都城依山面水的传统格局，显示出大一统王朝治达天人的恢宏气魄。

这正是唐代诗人借助诗歌之美创造"大长安城"的文化基础，也是唐诗与长安城建筑相互默契的思想根源——通过"北阙""南山"意象，我们得以描述长安城及其地理环境的文化特征，得以揭示都城建筑与诗歌表现的象征意义；同时，唐代诗人的创作心态及其诗歌品质，又在与长安城建筑、地理格局互动、交流的过程中得以生成并不断走向成熟。

唐长安城建筑与唐代诗歌的关系，再次印证了一个古老而朴素的真理：艺术的审美与创造来源于对生活不断的发现、提升。生活之所以能持续保持创新的活力与持久的魅力，就在于我们不断给它注入新鲜的血液，这血液就是我们对生活、对未来的理想与希望。而文学创造及其审美意境不仅是滋养理想与希望的血液，也是我们所期待达到的永恒不朽的精神境界。②关中、长安的历史文化是丰富深化唐诗审美、文化内涵的重要因素，而唐诗对关中、长安历史文化的再现、表现与诗化，也使关中、长安焕发更多的人文光彩、思想光辉与情感光华。关中与长安的历史并不是从唐诗开始，但唐诗的介入，为关中、长安的历史增添了新的内容，塑造了关中、长安新的历史、新的形象。

其实，关中、长安的文学塑造也经历了一个漫长的历史过程。周秦以来的丰镐、咸阳早已成为历史陈迹。秦汉以后文学中的丰镐、咸阳，大多是建立在文献与

① 陈直：《三辅黄图校证》，14页，西安，陕西人民出版社，1980。
② 李泽厚：《美学四讲》第三部分"美感"，北京，生活·读书·新知三联书店，1989。

遗址基础上的文学想象，所抒发的也多是历史怀古的情绪。汉大赋对汉长安的描写与歌颂，象征着新文学形式对关中、长安的当代塑造。但东汉以后的长安屡经战乱，兴废无常，魏晋南北朝文学中的长安，早已退缩成陈陈相因的历史符号，汉长安的雄风不复再现。

　　唐诗中的长安则不同，如前所述，唐长安城在地理基址、建筑格局、设计思想等方面均表现出创新的理念与时代的精神。而长安文化发展到唐代，无论文化内涵的丰富与创新，文化传统的成熟与持久，都堪称这一时期中国文明乃至东亚文明的代表与象征。[①]唐诗在这一时期也逐渐走向成熟，成为《诗经》以来诗歌艺术最高的审美典范。唐诗与唐长安城，古代诗歌艺术与都城建筑艺术的集大成者，它们彼此交相辉映，相映成趣，相得益彰，共同表现唐朝蓬勃的时代气象，而文学艺术视野里的关中、长安，也就此开始了它全新的审美历程与审美境界。

北京师范大学文学院教授、北京师范大学副校长　康　震

---

① 参见向达《唐代长安与西域文明》（生活·读书·新知三联书店，1957年版），史念海《中国古都和文化》（中华书局，1998年版），武斌《中华文化海外传播史》（陕西人民出版社，1998年版），葛承雍《唐韵胡音与外来文明》（中华书局，2006年版）等著作。

宋词的流变

一、词的体制

李清照有一个著名的观点：词，别是一家（《词论》）。强调词是与诗不一样的文体，有其独立的文体特征。从广义上来讲，词也是诗的一种；但狭义来说，词又确实是一种独立的文体，有其自身的体制特征。我们不能仅仅把词当成句子长短不一的诗来读。所以在研读宋词之前，首先要了解词的体制特征。

词是随着隋唐燕乐的兴盛而出现的一种音乐文艺。词的原名是"曲子词"，后来简称为"词"。"曲子"是指音乐而言，从前也有叫词为"曲"或"子"的。现在词调里有"更漏子""南乡子"，就是"夜曲""南方曲"的意思。

词又叫"长短句"，长短句是词的形式特点之一，而这也是与音乐密切相关的。词所配合的音乐主要是当时的燕乐，"燕"就是"宴会"的"宴"，因为它最初流行于宴会，是隋唐时代的流行音乐。它由"胡夷""里巷"两种乐曲组成。"里巷之曲"是魏晋南北朝以来民间流行的乐曲；"胡夷之曲"是当时从新疆、中亚等边疆地区和其他国家传进来的。乐府诗也可以倚声歌唱，为什么它们是齐言的，唯有词是长短句呢？是因为这些外来音乐旋律复杂、声调变化多端，那种字数固定的五言诗、七言诗不容易与它们密切配合，于是配合着这些新的音乐，词就变成了长短句。

词在形式上的另一个特点是词有调名。有的词，只有调名没有题目，如苏轼的

《水调歌头》；有的词，调名下面另有题目，如苏轼的《念奴娇·赤壁怀古》。词调用来规定这首词的音，所以每个词调的字数、字声、用韵的位置都是固定的，不能随意改变。并且不同的词调形成相对固定的声情色彩。比如，《贺新郎》慷慨激昂，辛弃疾和辛派词人常用这个调子抒写家国情怀。《千秋岁》则适宜表达悲哀、忧郁的情感。秦观在贬谪途中填过这个调子，后来秦观死在贬所，他的师友苏轼、黄庭坚等就用这个悲哀的调子填次韵词来哀悼他。

　　这是在"倚声以填词"时要考虑的"声"，而考察那些已经存在的文本时，情况又很复杂。据陈世崇《随隐漫录》记载，宋理宗时代，太子请帝后听曲，宫廷乐工刚唱了一句"寻寻觅觅"，上曰："愁闷之词，非所宜听。"顾太子曰："可令陈藏一撰一即景快活《声声慢》。"陈藏一是这部笔记的作者陈世崇之父陈郁，字藏一。他当场就写了一首快活《声声慢》，词曰："澄空初霁，暑退银塘，冰壶雁程寥寞。天阙清芬，何事早飘岩壑。花神更裁丽质，涨红波、一奁梳掠。凉影里，算素娥仙队，似曾相约。　　闲把两花商略。开时候、羞趁观桃阶药。绿幕黄帝，好顿胆瓶儿著。年年粟金万斛，拒严霜、绵丝围幄。秋富贵，又何妨、与民同乐。"写完后让乐工"群唱"。皇帝听了高兴，龙颜大悦，厚厚地打赏了陈郁。这首词是典型的歌功颂德之作、应制之辞，与李清照的《声声慢》无论从思想内涵还是艺术表现来说，自有天壤之别，但这里要讨论的问题是，《声声慢》这个词调，一般情况下适宜于表现愁苦之情，但也要看具体的创作情境。所以我们说词本质上是音乐文学，不仅指创作上，也因为它与演唱情境密切相关。

　　尽管当词家把词作为案头文学来创作、不考虑其应歌要求时，题材内容和情感表达往往不受限制、十分多样，但词之所以形成颇具阴柔之美的婉约、彩绘的特色和一系列的体制特征，音乐和演唱始终是值得注意的因素。北宋文人李鼎有一首《品令》词，调侃一位擅长唱词的老翁："唱歌须是，玉人檀口，皓齿冰肤。意传心事，语娇身颤，字如贯珠。　　老翁虽是解歌，无奈雪鬓霜须。大家且道，是伊模样，怎如念奴？"虽是玩笑诙谐，却反映了一种普遍的观念。南宋刘克庄《翁应星乐府序》曰："长短句当使雪儿、啭春莺辈可歌，方是本色。"到南宋末年，吴自牧《梦粱录》记述杭州唱词风习仍是："但唱令曲小词，须是声音软美。"这种以软美的女声歌唱为本色的风气，对唐宋词的艺术风格产生了重要的影响。我们在解读词作时，不能完全脱离开这些文字以外的因素。

词根据篇幅的大小，分为"小令""中调""长调"，这是明代顾从敬《类编草堂诗余》的分法，至于按照字数区分，那更是到清代毛先舒《填词名解》中的说法。这是在音乐没有留存的状态下一种比较简便易行的办法，有它的道理，但又过于绝对，因为有字数很长的令，也有很短的慢。又如《雪狮子》，同一个词牌有89字的，也有92字的，那么该归于中调还是长调呢？事实上，令、慢的区别本质上还是在于音乐的不同。

宋词的曲调，按照音乐上的不同，大体分为令、引、近、慢。令词之称，出于唐人酒令，用短歌短舞来作为酒宴助兴，令就逐渐成了词曲中短章的一种泛称，所以令词一般调短字少。令词大部分出于时调小曲，但也有部分出于大曲。小曲和大曲的区别在于，大曲是唐宋时期的大型歌舞曲，由同一宫调的若干曲子组成，而小曲是单支的曲子。当令词出于大曲时，往往就调长字多，如《花草粹编》所载郑意娘《胜州令》，多达215字。如果单从字数来说，显然应当归于长调，但它仍然是令词而非慢曲，因为它的音乐是令曲。令曲的特点是节奏较快，与节奏散缓的慢曲子不同。许多令曲另有同名的慢曲，柳永有我们熟悉的《八声甘州》，又有《甘州令》；李清照有著名的《声声慢》，而俞克成有《声声令》。《木兰花》这个词牌，我们一般读到的是令曲，56字，又名《木兰花令》，但还有《木兰花慢》，如柳永、辛弃疾等都写过《木兰花慢》，101字。这些令曲与它同名的慢曲相比，字少而调短。

近与引两类曲调，其长短、字数大多介于小令与慢词之间，后来被视为中调。但也不是绝对的，如苏轼《华清引》只有45字，关键还是它们各有其音乐上的特性。

慢是慢曲子的简称，与急曲子相对而言。属于慢曲子的词调，一般在调名上标明为"慢"，以便与同名的急曲子相区别，如《浣溪沙慢》《卜算子慢》。慢词一般字多调长，但不能反过来说凡是长调都是慢曲。词调的长短是按照各调的字数多少来分，曲子的急、慢是按照音乐节奏来分。两者既有联系，又有区别。因为现在音乐大多失传了，我们只能通过字数来作大致的区分，但从观念上来说，如果认为词中凡短调都是令曲、凡长调都是慢曲是不对的，词的分类关键在于音乐的不同而非字数的多少。

以下以柳永、苏轼、李清照、辛弃疾、姜夔五位宋代最具代表性的词家为例，探讨宋词的发展流变。

二、柳永：歌者之词

宋初的词，大体可分为两大阵营，一个群体是晏殊、欧阳修等继承南唐五代风格的"诗客曲子词"，他们的词一部分是应歌之作，另一部分是表现心情意绪的"士大夫之词"，但大体都是要追求高雅的。如晏殊的"无可奈何花落去，似曾相识燕归来"，欧阳修的"庭院深深深几许""人生自是有情痴，此恨不关风与月"。不管是自我的心情意绪还是传统的男女之情，都体现出继承南唐五代、主要创作高雅小令的特色。他们在社会地位上一般处于上层，过着优游闲适、歌舞升平的生活。

另一个群体是写作慢词、俗词的张先、柳永等。张先和晏殊、欧阳修一样写过一些有五代遗风的词，同时他因为熟悉市井生活，较早地接触市井流行的乐调，写了一些慢词，但是这些慢词还不成熟，他最有名的词像《天仙子》（水调数声持酒听）还不是慢词，所以张先可说是从五代词风到宋代新风的一个过渡。而真正开创了宋代新风的是柳永。柳永对新风尚的开创得益于他的"流连坊曲"，而这是一条不为上层和正统文人所接纳的坎坷之路。请看以下两个材料：

《苕溪渔隐丛话》后集卷33引《艺苑雌黄》："柳三变字景庄，一名永，字耆卿，喜作小词，然薄于操行，当时有荐其才者，上曰：'得非填词柳三变乎？'曰：'然。'上曰：'且去填词。'由是不得志，日与儇子纵游娼馆酒楼间，无复检约。自称云：'奉旨填词柳三变。'"

张舜民《画墁录》卷一："柳三变既以词忤仁庙，吏部不放改官，三变不能堪，诣政府，晏公曰：'贤俊作曲子么？'三变曰：'只如相公亦作曲子。'公曰：'殊虽作曲子，不曾道"彩线慵拈伴伊坐"。'柳遂退。"

首先，柳永整日游荡在瓦舍勾栏，跟乐工歌伎们混在一起，这成就了柳永成为一个大词人，但他也因此被指责为"薄于操行"。其次，柳永写了很多给歌伎乐工演唱的应歌之词和表现下层市民生活的俗词，而这是为上层统治者所鄙夷和不接受的。晏殊说，我虽然写词，但不写"彩线慵拈伴伊坐"这类的词。就是说他不写俗词。俗词大体有三个标准：一是语言俚俗；二是表现市井人物；三是风格直爽泼辣。以这样的标准来判定，柳永的"针线闲拈伴伊坐"（《定风波》）确实是一首典型的俗词。

"自春来、惨绿愁红，芳心是事可可。日上花梢，莺穿柳带，犹压香衾卧。暖酥消、腻云亸，终日厌厌倦梳裹。无那。恨薄情一去，音书无个。　　早知怎么，悔当初、不把雕鞍锁。向鸡窗，只与蛮笺象管，拘束教吟课。镇相随、莫抛躲。针线闲拈伴伊坐，和我，免使年少，光阴虚过。"

《定风波》本是令词，苏轼著名的《定风波》（莫听穿林打叶声）便是用传统令词的格式，而柳永将这个词调改造成了慢词。所以，这首词在形制和内容上都体现着柳永的创变。词作从市井女性的视角写她的相思之情。晏殊则对这样的表达方式抱着鄙视和排斥的态度。如以下两个材料。

瞿佑《归田诗话》："晏元献公诗，不用珍宝字，而自然有富贵气象。如'梨花院落溶溶月，柳絮池塘淡淡风''楼台侧畔杨花过，帘幕中间燕子飞'等句。公尝举此谓人曰：‘贫儿家有此景致否？’”

欧阳修《归田录》卷二：“晏元献公喜评诗，尝曰：‘老觉腰金重，慵便枕玉凉’未是富贵语，不如‘笙歌归院落，灯火下楼台’，此善言富贵者也。人皆以为知言。”

这说明，晏殊其实也挺爱表现富贵气的，但他要把这种富贵气表现得很高雅，而不是用俗词俗语。柳永这首词则恰恰是俗人俗相。作者用“暖酥”“腻云”之类的辞藻来形容这个女子的容貌，用“香衾”“雕鞍”“蛮笺象管”之类的语辞来形容她们的起居物饰，这大体是属于市民阶层的“才子佳人”。但是，正是这样的笔调，才适合这个敢爱敢恨的市民女性，跟那些高门深院中的上层女性，如冯延巳笔下看“吹皱一池春水”的女子和欧阳修笔下“泪眼问花花不语”的女子，自是不同。柳永是不能写清雅之语吗？并非如此。柳永也有出色的雅词。他之所以写这样的俗词，是因为他对市民非常熟悉，故而能在词中贴切地表现出市民的形象和他们的生活。

一位杰出作家的诞生，总是跟他生活的环境有密切关系，柳永就是这样，正是当时特定的社会环境造就了词人柳永。柳永所生活的北宋前中期，虽然也有内忧外患，但相对来说，政局比较稳定，经济繁荣，城市发展迅速，市民社会也迅速崛起，表现出一片歌舞升平的繁华景象。孟元老的《东京梦华录》就记录了都城汴京的繁华。汴京的许多街巷都设有娱乐场所勾栏瓦舍，其中有的瓦舍规模很大，可以容纳数千人，不管刮风下雨，天天都在演出。对于娱乐的需求量大，对于乐曲歌词的需求量必然就很大，这就为乐曲歌辞的创作创造了环境，提供了条件。市民社会的迅速崛起是一个方面，但是另一方面市民的地位仍然很低，市民、商人在中国几千年封建社会中始终是排在最后的末等群体。正因为市民地位低，所以柳永跟这些歌伎乐工厮混在一起，就被认为是自贬身份、“薄于操行”。

　　由于柳永是一个"失意无聊，流连坊曲"的落拓文人，真正深入地进入市民的生活，对市井新乐非常熟悉，这才有可能创作出新词新调。与晏殊、欧阳修等主要沿用唐五代的旧调不同，柳永常常与歌伎合作歌词。一方面，柳永大量吸收民间"新声"，并且"尽收俚俗语言编入词中，以便伎人传习"（宋翔凤《乐府余论》），可见柳永为了切合歌伎乐工的需要，有意写那些俚俗之辞；另一方面，"教坊乐工，每得新腔，必求永为辞，始行于世"（叶梦得《避暑录话》卷下），意思是教坊乐工每创了一个新腔，都来求柳永给他们写词，这样歌曲才能流传于世，因为他们自己水平有限，写的歌词过于鄙陋。柳永共存词213首，他所用的词调，除了有十来个是沿用了唐五代的旧调以外，其他的有的直接采自市井俗乐或依照它的样式创制新曲，有的是把唐五代小令敷衍为长调，创制出长篇巨制的慢词。

　　读柳永的《望海潮》这类都市词，感觉是一片繁华的太平景象，似乎百姓都过着安宁富足的生活，这是柳永在为统治阶级歌功颂德而漠视民间苦难吗？其实不然。柳永的诗留存不多，《煮海歌》是其中的一首，表现劳动人民辛苦制盐的过程，对受到残酷压榨的盐民表示了深切同情。这首诗明显学习了白居易新乐府的写法。而柳永的诗和词之间的极大差异，似可说明柳永是严守诗词界限的，诗用来言志、用来表现社会问题，词则为应歌而作。这就可以解释为什么诗和词表现的内容似乎是矛盾的，诗歌表现社会的黑暗，而词颂美社会的繁华。其实并不矛盾。一方面当时的社会本来就是黑暗与繁华并存；另一方面体现了柳永对于诗和词有着不同文体功能的认知。

　　《八声甘州》这类词则从某种程度上显示出柳永从市井才子复归到士大夫文人身份的倾向，从应歌的男女欢恋转到对自我情怀的抒写，与传统的士大夫文学较为接近，因此也最受正统文人的称道。但是它又和士大夫的创作不尽相同，柳永将传统的宦游题材演绎出自己的个性，他的羁旅情思往往与风月恋情相交织，其词在高远悲凉的气象中常常糅合旖旎的情思。而且柳永的人生遭际与不羁的个性，使他的心境异常复杂：有时蔑视功名利禄，狂放而傲岸；有时不甘寂寞，郁郁不得志，痛苦而无奈，只能以不屑于功名来聊以自慰。这矛盾的心态融入词中，使其词有一种沉重的苦闷感。柳永共有六十多首羁旅行役词，可说是他一生之中追求、挫折、矛盾、苦闷、辛酸、失意等复杂心境的倾诉流露。后来苏轼正是沿着这种抒情自我化的方向，拓展、深化词的题材取向的。

三、苏轼：士大夫之词

王灼在《碧鸡漫志》中说："东坡先生以文章余事作诗，溢而作词曲，高处出神入天，平处尚临镜笑春，不顾侪辈。或曰：'长短句中诗也。'为此论者，乃是遭柳永野狐涎之毒。诗与乐府同出，岂当分异？"王灼对苏轼之词固然是本着赞赏的态度，但也正说明苏词在当时属于变异之体。所谓"长短句中诗"，实指苏轼"以诗为词"，在当时虽受人非议，苏轼本人却是大力鼓吹。他破除了诗尊词卑的观念，认为诗词是同源的。这种诗词一家的观念为词向诗风靠拢提供了理论依据，苏轼也因此开拓了词境，确立了词的尊体地位，使词由酒筵歌会的助兴小曲成为抒怀言志的士大夫之词。

正因为苏轼抱着诗词一家的观念，所以词也像诗一样，体现着他磊落豁达的襟怀、超然不羁的形象，词的风格也因此打破传统的婉约特色，表现出与性情相协的豪迈清旷。这不仅是词的题材境界使然，也与作者的创作观念有关。苏轼在作《江城子·密州出猎》后，曾致书友人鲜于侁："近却颇作小词，虽无柳七郎风味，亦自是一家，呵呵。数日前猎于郊外，所获颇多。作得一阕，令东州壮士抵掌顿足而歌之，吹笛击鼓以为节，颇壮观也。"苏轼一方面以诗词同源抬高词的地位，另一方面又要有别于香艳婉转的柳永词而"自是一家"，这就有了《江城子·密州出猎》《念奴娇·赤壁怀古》一类豪气英发之作。

"大江东去，浪淘尽，千古风流人物。故垒西边，人道是，三国周郎赤壁。乱石穿空，惊涛拍岸，卷起千堆雪。江山如画，一时多少豪杰。　遥想公瑾当年，小乔初嫁了，雄姿英发。羽扇纶巾，谈笑间，樯橹灰飞烟灭。故国神游，多情应笑我，早生华发。人生如梦，一尊还酹江月。"

既是慨叹政治理想不得实现的"士大夫之词"，又有词的典型特色。年少风流的"周郎"的形象，可以说是作者表达对魏晋风度的钦慕，以此对比、感叹自己的华发无成；而周郎旁边那个"初嫁了"的小乔，正体现了词的特色。诗歌当中也有很多年少有成的英雄形象，但将英雄旁边的女性凸显出来，体现豪放且风流的英雄形象，这正是词及其后的戏曲小说等带有市民气质的文学所喜欢表现的。

区别于传统词的婉约妖媚而体现苏词豪迈清旷特点的还有《水调歌头》。

"明月几时有？把酒问青天。不知天上宫阙，今夕是何年。我欲乘风归去，又恐琼楼玉宇，高处不胜寒。起舞弄清影，何似在人间。　转朱阁，低绮户，照无眠。不应有恨，何事长向别时圆？人有悲欢离合，月有阴晴圆缺，此事古难全。但愿人长久，千里共婵娟。"

这首词被认为是苏轼豪放词的代表作之一，但即使是"以诗为词"、抒写性情，也还是没有失去词的本质。我们可以对读同样是借月抒怀和思念其弟苏辙的一首《中秋见月寄子由》诗："明月未出群山高，瑞光万丈生白毫。一杯未尽银阙涌，乱云脱坏如崩涛。谁为天公洗眸子，应费明河千斛水。遂令冷看世间人，照我湛然心不起。西南火星如弹丸，角尾奕奕苍龙蟠。今宵注眼看不见，更许萤火争清寒。何人舣舟临古汴，千灯夜作鱼龙变。曲折无心逐浪花，低昂赴节随歌板。青荧灭没转前山，浪飐风回岂复坚。明月易低人易散，归来呼酒更重看。堂前月色愈清好，咽咽寒螀鸣露草。卷帘推户寂无人，窗下咿哑惟楚老。南都从事莫羞贫，对月题诗有几人。明朝人事随日出，恍然一梦瑶台客。"在对比中可以看出，即使是豪放之词，在语言和意境上仍然体现出词这一体的柔婉之色。如"朱阁""绮户"，相比于诗，这是词中更为常见的。林庚先生曾经说过：“正如五七言的山水诗把大自然人化，词则又把山水诗化，唤起一片相思，创造了画桥、流水、秋千、院落、小楼、飞絮、细雨、梧桐等一系列敏感的意象，支持了词长达百余年的一段生命。”这里所说的“诗化”，指的是词所特有的意象和意象群，所创造的词的诗意境界。

读了苏轼的这两首中秋诗词，我们大约都认同，词写得更好。而它的好恰恰在于巧妙地运用“以诗为词”，结合了诗和词的特点。词的特色在于抒情委婉，意境清旷，这种清旷是带着词的轻灵谐婉特色的清旷，而不同于诗的壮阔雄豪的清旷。苏轼词所体现的诗的特色，则在于抒写作者性情，体现“诗人之词”的哲理意蕴。

《水浒传》“血溅鸳鸯楼”一回中，写到八月十五歌女唱这首词，可见当时传唱之盛。现在的流行歌曲中还盛行着邓丽君和王菲版的《水调歌头》，但那是今人谱曲，苏轼时代的《水调歌头》如何唱，已经不可考，那么，苏轼的词是否协律呢？宋人对于这个问题已有很多争论。他的弟子黄庭坚、晁补之等或委婉或直接说其词不协律；李清照也认为苏轼词“皆句读不协之诗耳，又往往不协音律”；陆游则辩驳说，东坡并非不能歌，也不是不懂音律，只是“豪放不喜裁剪以就声律耳”。那么，苏词与音律的关系到底如何？前已提及，柳永最具创造性的慢词是在市井新声的基础上写出来的。而苏轼在这点上仍然持较保守的态度，他创作歌词所用的是乐坛上熟悉的调子，大多传自唐五代，而非市井间新创的俗乐俗曲。另外，对于那些并没有应歌目的的创作，苏轼是不太注重守律的情况的。从材料的记载能够看出，苏轼并非不懂音律，只是未达柳永、周邦彦等精通之水平。所以在词与音律的关系上，苏轼的特点是不愿意附和市井俗乐，也不愿意以词就律。他以诗词一体的观念，通过弱化词对音乐的依附性，同时又严守诗词疆界、遵从词的体制，使词成为一种与诗歌并尊同时又具有独立性的文学形式。

胡寅在《向子諲酒边词序》中说：“眉山苏氏，一洗绮罗香泽之态，摆脱绸缪宛转之度，使人登高望远，举首高歌。而逸怀浩气，超然乎尘垢之外，于是花间为皂隶，而柳氏为舆台矣。"指出苏词的最大创变在于超越词的传统特色，树立了一种新的美学范式，变花间柳下、男欢女爱的浅斟低唱为豪迈清旷、书写性情的士大夫之词。这是苏轼"以诗为词"而形成的词的创作上的显著特征，但是也有研究者指出说，苏轼"以诗为词"造成了损害词体特性、危害词体独特性的结果。对于这个问题，我们该怎么看呢？应当说，一方面，苏轼的以诗为词兼有内容和形式两方面的变化，和内容上变为较多样地反映士大夫的生活相适应，其艺术语言和风格就更突出地处于士大夫的美学观点支配之下，也就是"寓以诗人句法"之意。另一方面，苏轼只是打破了词不能描写广阔题材的限制，但并非抹杀诗与词这两种文体的差别。苏词与苏诗仍然有着很大差别，正如我们前面以《水调歌头》为例说到的。苏轼一方面革新词体、扩大词境，另一方面又维护和保持词的特点。他注意发挥词体音律协美、句式参差、用韵错落等长处，从而创造了古近体诗所未能创造的独特词境。

四、李清照："闺中秀"与"林下风"

李清照之所以在词史乃至文学史上如此引人关注，除了其文学创作的艺术成就，她的性别特征恐怕也是重要原因。研究者常常会从李清照的女性身份、女性意识等角度来研究她的词，认为其特色在于打破了"以男子而作闺音"的传统，真正从女性的角度来表现女性的心理、情感等。这或许有一定道理，但并非根本原因。李清照之所以是一流词人，重要的不是其性别而在于她有自己独特的风格。李清照词的成就，除了在艺术表现上的别出心裁，一个重要原因恰恰在于她以闺门之身，兼有士大夫的风范、见识和格调，既有"闺中秀"，又有"林下风"。"闺中秀"指李清照以女性之笔写女性之心，细腻传神，而又自然而然；"林下风"是指有士大夫的高逸之气。将这两种气质完美融合在传统词的写作中，就使传统焕发出新意，形成李清照词的独特风貌。

如果要论文人士大夫的风神，历史上有两个时代非常突出，一个是有"魏晋风度"的魏晋时期，一个是注重文人士大夫之品节修养的李清照所在的宋朝。这两个时代对于李清照的格调气质的养成，乃至对于其词的创作都产生了重要影响。首先关于魏晋时期。李清照在思想和艺术上接受的是广泛而多方面的影响，其中尤以魏晋南北朝的人物和作品的影响最为显著。曹操、陶渊明、嵇康、谢道韫、王导、刘琨等，都受到她的景仰和歌颂。其中首先值得一提的是谢道韫。据《世说新语·贤媛》："谢遏绝重其姊，张玄常称其妹，欲以敌之。有济尼者，并游张、谢二家，人问其优劣，答曰：'王夫人神情散朗，故有林下风气；顾家妇清心玉映，自是闺房之秀。'"谢道韫的"神情散朗""林下风气"，正与"清心玉映"的"闺房之秀"形成对照，颇有当时流行的竹林名士之风范。谢道韫很受其伯父谢安喜爱。喜爱她的原因，除了我们熟知的她有咏雪名句"未若柳絮因风起"，还因为有一次谢安问她："《毛诗》何句最佳？"她回答："《诗经》三百篇，莫若《大雅·烝民篇》云，吉甫作颂，穆如清风，仲山甫永怀，以慰其心。"谢安称赞她有"雅人深致"。我们可以看到，不管是称赞者谢安的评语"雅人深致"，还是被称赞者谢道韫对《诗经》中最好的诗的选择（该诗表达的是周王朝老臣忧心国事的咏叹），所体现的都是当时男性主流社会的审美观和价值观。有意思的是，尽管李清照对谢道韫表示过景仰，但并没有特别的景仰。这说明，作为另一位绝代才女，李清照其实和谢道韫一样，有意淡化自己的女性身份，她们接受的是当时男性社会的审美标准和价值标准，以使自己获得主流社会的认可。

魏晋人物中，谁对李清照影响最为深刻呢？和很多宋代男性文人士大夫一样——陶渊明。《醉花阴》说："东篱把酒黄昏后，有暗香盈袖。"东篱、酒、菊花是陶渊明的象征，也是李清照词中常常出现的物象，尤其是酒。她的作品大多涉及酒，如《醉花阴》《声声慢》《如梦令》等。其词写到酒的可谓比比皆是："三杯两盏淡酒，怎敌他、晚来风急""昨夜雨疏风骤，浓睡不消残酒""险韵诗成，扶头酒醒，别是闲滋味"。鲁迅先生有一篇著名的文章《魏晋风度及文章与药及酒之关系》，指出魏晋文人的风度和文章与他们服药和饮酒有密切关系，东晋陶渊明的饮酒也是这种风气的延续，这是很精辟的结论。而李清照在词中如此高频率地写到饮酒，与晏几道"彩袖殷勤捧玉钟，当年拚却醉颜红"式的酒筵歌会上的饮酒并不相同，而更多的是一种士大夫风神的体现。例如《醉花阴》，明明是词中传统的相思之情的表达，李清照却用陶渊明的典故营造出高逸、清雅的林下之风。也有研究者干脆将这首词解读为传统诗歌的主题——士子悲秋。又如《鹧鸪天》："寒日萧萧上琐窗，梧桐应恨夜来霜。酒阑更喜团茶苦，梦断偏宜瑞脑香。　　秋已尽，日犹长，仲宣怀远更凄凉。不如随分尊前醉，莫负东篱菊蕊黄。"仲宣是王粲，同样是魏晋时期的人，他到荆州刘表那里寻求出路，不受重视，曾经登上湖北当阳城楼，写了著名的《登楼赋》，抒发壮志未酬、怀乡思归的苦闷心情。李清照的饮酒，正有借酒抒发这种故国之思的意思。而李清照的士大夫风神不仅体现在饮酒上，更体现在有着士大夫一般的超脱之语："不如随分尊前醉，莫负东篱菊蕊黄。"一个背井离乡、流离失所的中年妇女，她的怀远的凄凉之情是可想而知的，她也在《声声慢》《永遇乐》中都表达过她无尽的哀愁，但她又常常有要摆脱悲哀的努力，所以要学"采菊东篱下，悠然见南山"的陶渊明。这种以酒写故国之思，又以酒表达超脱达观之意的表现方式，显然不是传统词的柔婉风格，而有着士大夫之词的显著特色。也正因为李清照有着士大夫之气，所以她甚至能突破自己所主张的"词，别是一家"，写出表现理想与苦闷的极有气魄的《渔家傲》："天接云涛连晓雾，星河欲转千帆舞。仿佛梦魂归帝所。闻天语，殷勤问我归何处。　　我报路长嗟日暮，学诗谩有惊人句。九万里风鹏正举。风休住，蓬舟吹取三山去！"李清照词独特面貌的形成，正与她性格气质的丰富性有着密切关系。

这是李清照与魏晋风度和酒、菊的关系。李清照也深受本朝士大夫的风神格调的影响，一个重要体现就是对于梅的偏爱。周敦颐说李唐以来世人皆爱牡丹，而他独爱莲，实际上，作为理学家的周敦颐，其爱"莲"蕴含着"道"的意味，而他说世人皆爱牡丹其实主要是唐人的喜好，宋人恰恰在这一点上体现出他们不同于唐人的审美趣味，即由追求富丽转向追求清雅，而在他们看来，"梅"正是最能体现清雅风神的。从宋初林逋的"疏影横斜水清浅，暗香浮动月黄昏"，到苏轼的"尚余孤瘦雪霜姿""寒心未肯随春态"，宋朝的咏梅诗可以说比比皆是。这种风气也影响到词的创作。姜夔的《暗香》《疏影》当然是咏梅的代表作，而在姜夔之前的李清照的词中，涉及梅的句子处处可见，还有好几首专门咏梅之词。如《满庭芳》。

"小阁藏春，闲窗锁昼，画堂无限深幽。篆香烧尽，日影下帘钩。手种江梅渐好，又何必、临水登楼。无人到，寂寥浑似，何逊在扬州。　从来，知韵胜，难堪雨藉，不耐风揉。更谁家横笛，吹动浓愁。莫恨香消雪减，须信道、扫迹情留。难言处，良宵淡月，疏影尚风流。"

"从来，知韵胜"一句典型地体现了宋人对梅花的态度，即强调梅之"格"与"韵"。宋人欣赏林逋的"疏影横斜水清浅，暗香浮动月黄昏"，还有"雪后园林才半树，水边篱落忽横枝"（《山园小梅》），正是认为他写出了梅花高雅的风神格韵。苏轼的朋友王诜曾经对苏轼说，林逋"疏影横斜"这两句用来咏杏与桃李也都可以，苏轼笑着说："可则可，但恐杏李花不敢承当。"意思是梅花胜在格韵，这是杏花、李花所不具备的。最后一句"疏影尚风流"，梅花落尽而疏影风流，作者更进一步突出了梅的高格雅韵，令人回想不尽。姜夔著名的咏梅词《疏影》最后说："等恁时、重觅幽香，已入小窗横幅。"也是以梅的疏影横斜映于窗上的形象结束全词，或许是受到了李清照的启发。姜夔的《疏影》全由典故组成，以五位女性的人格性情气质来写梅花的神韵，相比之下，李清照的这首咏梅词反而很难看出女性特质，其中所体现的宋代文人士大夫的格调风神气度，别具一种韵味。所以总结起来，李清照词的成就，除了谐婉的音调、高超的艺术表现力，还在于她的词既有"闺中秀"，也有"林下风"，这二者的完美融合，成就了一代词家李清照。

五、辛弃疾：西北望长安

辛弃疾一生立志于要"了却君王天下事，赢得生前身后名"（《破阵子》），也就是要建功立业、保家卫国。他是一名武将，但最后知名于历史却不是由于武将身份而在于其词人身份。宋代是以文治国的朝代，文人士大夫有优越的地位，而武官多受压制。北宋著名的词人贺铸是武职出身，结果一生不得志，只担任了一些低微的官职，所以他的词总是充满着郁塞不平之气。辛弃疾也遭逢同样的命运。身处与金国战事不断的历史时期，辛弃疾希望能收复中原，然而其一生却基本在投闲置散中度过。与贺铸不同的是，由于他个人的失意是与抗金报国的大业联系在一起的，所以辛弃疾词中的郁塞不平天然地就带有更崇高的意味。

王国维说："东坡之词旷，稼轩之词豪。"（《人间词话》）我们习惯说豪放词派由苏轼所开创、由辛弃疾大力发扬，即将苏、辛并举为豪放词派的两大代表，王国维却以"旷"和"豪"这两个词，指出了苏轼和辛弃疾词的不同。接下来对比苏轼和辛弃疾的作品来加以感受。

　　辛弃疾《念奴娇》（瓢泉酒酣，和东坡韵）："倘来轩冕，问还是、今古人间何物？旧日重城愁万里，风月而今坚壁。药笼功名，酒垆身世，可惜蒙头雪。浩歌一曲，坐中人物三杰。　　休叹黄菊凋零，孤标应也有，梅花争发。醉里重揩西望眼，惟有孤鸿明灭。万事从教，浮云来去，枉了冲冠发。故人何在，长庚应伴残月。"

　　苏轼《念奴娇·赤壁怀古》："大江东去，浪淘尽，千古风流人物。故垒西边，人道是，三国周郎赤壁。乱石穿空，惊涛拍岸，卷起千堆雪。江山如画，一时多少豪杰。　　遥想公瑾当年，小乔初嫁了，雄姿英发。羽扇纶巾，谈笑间、樯橹灰飞烟灭。故国神游，多情应笑我，早生华发。人生如梦，一尊还酹江月。"

"和东坡韵"不是风格上的模仿，而是体制上的次韵，即每一个韵脚都与原唱相同。次韵词可以与原唱内容相关，也可以无关。辛弃疾这首次韵之作，在抒发政治失意的感慨这一点上，与原唱有相似之处；风格上都不属于传统词的婉约，而是有豪迈之气，这一点也一望而知；但辛弃疾并非对苏轼亦步亦趋的模仿，而是在同样的豪放之中显著体现着他的个人特色。苏轼词中，以广阔的历史时空构成作者冥想的空间，又在这特定的赤壁之地，以年少有为的周瑜与早生华发、政治失意的自己形成对照，最后以老庄思想加以解脱。看似消极，实则正以困境中的自我解脱，体现了苏轼一贯的超逸放旷。辛弃疾却更体现了一个悲情英雄的执着，这种执着与苏轼的解脱同样可贵，因为苏轼为我们提供的是面对个人困境时的解脱之法，辛弃疾却是执着于家国大业。在上片中，作者一再说到"轩冕""功名"，似乎是为自己个人的仕途失意、功业未成而沮丧，但在当时特定的时代中，他们的"轩冕""功名"往往联系着收复中原的大业，所以自然具有感沛人心的力量。下片"休叹黄菊凋零，孤标应也有，梅花争发"，梅花与黄菊的意象，强调了坚持奋斗、坚持理想的执着和前仆后继。"醉里重揩西望眼，惟有孤鸿明灭。"这"孤鸿"就像苏轼笔下"缥缈孤鸿影"的形象一样，表示着作者的孤独；而辛弃疾的孤独还是与收复大业联系在一起，因为"西望""西北望"在辛弃疾的笔下往往指代着收复："西北望长安，可怜无数山。"（《菩萨蛮》）从梅花的"孤标"到明灭的"孤鸿"，作者的心头交织着坚持与独自坚持的孤独。这孤独进而使他发出难以抑制的悲愤之声："万事从教，浮云来去，枉了冲冠发。""冲冠发"用蔺相如之典，指他"持璧却立，倚柱怒，发上冲冠"（《史记·廉颇蔺相如列传》），借指作者要抗金的一腔豪情。"故人何在，长庚应伴残月"，找不到知己与同道，只有残月孤星的夜色陪伴着自己。苏轼的原唱与辛弃疾的次韵词，都以"月"结束全篇。苏轼在"一尊还酹江月"之中，用理性的哲人之思使自己面对"乱石穿空，惊涛拍岸"而产生的澎湃心潮获得了平静；辛弃疾的"长庚应伴残月"却充满了英雄无路的悲哀，不过这悲哀并不使人低沉绝望，因为作者用梅花争发和怒发冲冠的形象早已表明了自己，他的悲慨之中有着倔强的风骨。这正是英雄之"豪"而非哲人之"旷"。

辛弃疾对苏轼另一首代表作《水调歌头》也有次韵。

赵昌父七月望日用东坡韵叙太白、东坡事见寄，过相褒借，且有秋水之约。八月十四日，余卧病博山寺中，因用韵为谢，兼寄吴子似。

"我志在寥阔，畴昔梦登天。摩挲素月，人世俯仰已千年。有客骖鸾并凤，云遇青山赤壁，相约上高寒。酌酒援北斗，我亦虱其间。　　少歌曰：神甚放，形如眠。鸿鹄一再高举，天地睹方圆。欲重歌兮梦觉，推枕惘然独念，人事底亏全？有美人可语，秋水隔婵娟。"

苏轼《水调歌头》："明月几时有？把酒问青天。不知天上宫阙，今夕是何年。我欲乘风归去，又恐琼楼玉宇，高处不胜寒。起舞弄清影，何似在人间。

转朱阁，低绮户，照无眠。不应有恨，何事长向别时圆？人有悲欢离合，月有阴晴圆缺，此事古难全。但愿人长久，千里共婵娟。"

辛弃疾的次韵词从主题上来说同样与原唱有相似之处，都是中秋抒怀，且都与怀念亲友有关。苏轼词，比《念奴娇》更为显著地体现着"旷"的特色。这个"旷"，一指境界的清旷，其次则是在对明月青天的追问中所体现的宇宙之思，和在对进退出处的矛盾与解脱中所体现的超逸旷达之气。而这些，都不是辛弃疾次韵词的特色。《水调歌头》的次韵词，与《念奴娇》次韵词一样仍然体现着他的悲慨的豪情与执着。

辛弃疾的武将身份，固然是他区别于其他第一流词人之处，但是辛弃疾之所以也取得了第一流的创作成就，在于区别之外还有共同点，即同样体现出文化的传承性。宋代的文人以学识丰赡、博闻强记著称，这个特征突出地体现在宋代所有文学类型当中而区别于其他朝代的文学；而从贺铸到辛弃疾，他们虽然身为武将，却也都传承了宋代文人的这一典型特征。贺铸是当时著名的藏书家，不仅收藏丰富，自己也是博览群书；辛弃疾在投闲置散的二十几年里，生活的主要内容之一就是读书。造就他成为第一流词人的，除了先天的才气、后天的时代环境，一个极重要的因素就是他的渊博的学识。所以，辛弃疾的武将身份使其词的豪放特色，成为自身气质的自然流露，而丰赡的学识又使他的词豪放而不流于粗豪，在感情倾泻而出的同时又有涵泳不尽的深厚意蕴。

辛弃疾词在艺术表现上独具匠心。如《青玉案·元夕》以结构上的不对称来凸显主题："东风夜放花千树，更吹落，星如雨。宝马雕车香满路。凤箫声动，玉壶光转，一夜鱼龙舞。　蛾儿雪柳黄金缕，笑语盈盈暗香去。众里寻他千百度，蓦然回首，那人却在，灯火阑珊处。"从开篇到"笑语盈盈暗香去"，都在铺陈地描写元宵节的热闹，灯市这样灿烂，人群这样欢腾，但在这热闹中却没有作者要找的人，蓦然回首之际，却发现"那人"站在灯火冷落的地方。于是到了最后我们才知道，作者铺陈地描写灯火的辉煌和人群的热闹，其实都是反衬之笔，都是为最后这个主要人物的形象和气质而服务的。全词十三句，用作反衬的有九句，而写主要人物形象的，只有四句。且反衬的句子是用彩笔雕绘，最后的句子却像水墨写意，以实衬虚，却能虚处传神，那个孤高、淡泊、自甘寂寞的主体形象正是在这种不对称的结构和反衬的笔法中凸显出来的。这是一首爱情词吗？可以这样理解；但又有着明显的象喻性，这个作者"众里寻他千百度"的美好女子的形象，就像屈原上下求之的"佳偶"，都寄托着作者政治理想上的追求。

六、姜夔：词与音乐

宋词是一种音乐文艺，它的艺术内容由音乐、文辞和演唱三个要素构成。回到历史场景，可以发现，在词作为音乐文学流行的时代，词的最有活力的传播方式就是唱和听。一篇完整的词，应是"乐、辞、唱"统一的整体，离开演唱就谈不上词的艺术内容的完整表现。词本来就与音乐有着密切关系，而姜夔的词更与音乐有着非同一般的关系。姜夔精通音律，常常自创词调。在《白石道人歌曲》中，有十七首词旁附自度曲，不仅注明了宫调，还有详细的乐谱。这是七百年来流传下来的唯一完整的宋词乐谱，在词史和音乐史上都有极重要的价值。这些带有旁谱的歌词，其中十二首是他自创的新声，如《扬州慢》《暗香》《疏影》等，还有五首是改订旧调重新谱曲的作品，如《鬲溪梅令》《杏花天影》等。

《凄凉犯》："绿杨巷陌秋风起，边城一片离索。马嘶渐远，人归甚处，戍楼吹角。情怀正恶，更衰草寒烟淡薄。似当时、将军部曲，迤逦度沙漠。 追念西湖上，小舫携歌，晚花行乐。旧游在否？想如今、翠凋红落。漫写羊裙，等新雁来时系著。怕匆匆、不肯寄与误后约。"

南宋时，淮南已属于边境地区，这首词上片写边城合肥的荒凉景象和自己触景而生的凄苦情怀，下片在对昔日爱情生活的怀念中隐隐透出家国破亡的黍离之悲。"凄凉犯"的词调，"凄凉"指作者心境的凄凉，"犯"是犯调，即一个曲子用两个以上的宫调。宫调以七音、十二律构成。七音是宫、商、角、徵、羽、变宫、变徵，十二律是黄钟、大吕、太簇等，用来定音阶的高下。十二律各有七音。以宫音乘十二律为宫，以剩下六音乘十二律为调。宫有十二，调有七十二，合成八十四宫调。在唐宋时期常用的其实有一二十个调。不同宫调之间，音高不一致，演奏时会发生冲突，称为犯调。运用犯调可以提高音乐表现的性能。

后来作者把这首曲子交给宫廷乐工田正德，请他用哑觱栗演奏，声韵非常优美，哑觱栗的乐声与作者想要表达的凄凉心绪相得益彰。这里涉及词的演奏或伴奏乐器。姜夔在创制词的时候常常会考虑到以特定的乐器来增强音乐和情感的表现力。如他的《角招》小序里说和朋友俞商卿同游西湖而作曲，用洞箫吹奏，善于歌唱的俞商卿则唱歌相和。《古怨》是一首琴歌，用古琴来演奏。《醉吟商小品》是琵琶曲。序里说，作者在金陵遇到一位弹琵琶的乐工，能弹醉吟商《胡渭州》，作者于是学得了弹奏法，作了这首《醉吟商小品》。歌词曰："又正是春归，细柳暗黄千缕。暮鸦啼处，梦逐金鞍去。一点芳心休诉，琵琶解语。"词中就明确提到了琵琶。

北京师范大学文学院教授 马东瑶

文人趣味与宋诗风格

宋代文人是一个富于创造性的群体，无论是在学术研究方面还是在文学艺术的创作方面，他们都有伟大建树。从美学史的角度看，宋代文人把绵延了数百年的文人趣味发展到了极致。文人趣味是指文人所特有的精神品位，表现在琴棋书画、诗词歌赋的创作与鉴赏中，也表现在日常生活的衣食住行等方方面面中。欲了解宋代诗文风格就不能不考察宋代文人之趣味，欲了解宋代文人趣味则不能不考察"文人"的历史演变。本文即通过剖析北宋时期文人趣味之特点，进而揭示宋诗风格形成的主体原因。

一、文人与文人趣味

在魏晋以前"文人"并不是一个常常被使用的词语。只有东汉王充在《论衡》中使用较多并对其含义有所界定。相比之下，"文士"一词似乎使用得更为广泛一些。在东汉中期以前，"文人"和"文士"差不多是可以互换的概念，含义上并无根本差异，基本上是指那些可以撰写各类文书，当然也包括辞赋的士人，做"文学掾"（简称"文学"）的官吏基本上都可以称为"文士"。人们使用这个概念主要是为了和那些专门钻研儒家经典的"经生"或"经师""经术之士"相区别。但是到了汉魏之际，"文人"一词就越来越专指那些能够创作诗词歌赋等作品的士人了。曹丕《典论·论文》《与吴质书》等文中提到的"文人"就主要是指能够创作可以用来欣赏的、具有审美特性的诗文作品的人。从欣赏而不是实用角度来考量诗文作品乃是文人趣味成熟的标志，因此，魏晋以降，文人主要是指那些能够创作表现文人趣味作品的士人。文人趣味实为衡量一个人是不是文人最明显的标准。那么究竟什么是文人趣味呢？

中国古代的知识阶层有一个历史的演变过程。不同时期的知识阶层创造了不同的文化产品，表现出不同的趣味。从比较可以信从的文献记载来看，商周时代的贵族大约是最早的知识阶层了。特别是周代贵族，他们在殷商文化的基础上创造了极为灿烂的礼乐文化，从而成为此后三千年中国古代文明之基石。贵族阶层身兼二任：既是统治阶级，也是知识阶级。因此，在贵族时代文化与政治也是合二而一的，二者之间没有距离，因此也不可能出现系统的批判意识。我们从现存周代典籍和器物中依然可以感受到那种雍雍穆穆、平和典雅的贵族趣味。从春秋后期开始，随着贵族制度的崩坏，游士群体渐成气候，到了春秋战国之交，作为"四民之首"的士人阶层业已形成。这是在贵族阶层基础上产生出来一个新的知识阶层，是此后中国古代精神文化的主要创造者和传承者。士人阶层虽然与周代贵族有着千丝万缕的联系，而且他们的文化身份都是知识阶层，但是有一个区别却是根本性的，那就是士人的社会身份是民，他们是被统治阶级中的一员。士人的这一社会身份也就决定了他们的精神文化创造的基本性质：批判性。批判现实政治，提出迥然不同的、对现实政治具有超越性的政治理想是士人思想家所共有的特点。正是由于和统治阶级有了这种社会身份上的差异，才使得士人阶层能够保持一种独立精神，并且在一定程度上维护被统治阶级的利益。

但是士人阶层同样是具体的历史条件的产物，不同时代的士人阶层也会呈现不同面貌，有的时候还会出现很大差异。西汉前期，即从高祖立国到武帝即位之初，士人们身上还带有很强的游士习气，战国时期那些志向高远的布衣之士是他们的榜样：欲"立言"者学著书立说、聚徒讲学的老庄孔孟之徒，欲"立功"者学以三寸不烂之舌博取富贵的纵横之士。这种先秦游士习气在贾谊、贾山、董仲舒、辕固生、枚乘、司马相如、东方朔等著名士人身上都清晰可见。到了西汉中叶以后，士人身上的游士之风渐渐褪去，变为真正意义上的"士大夫"，用今天的话说，成了"体制内"的人——做了官的和准备做官的人。二者虽然有"官"和"民"的身份差异，但在思想观念上却基本一般无二，他们都认同这个大一统的新政权并试图为之建构有效的国家意识形态。像先秦诸子那样试图按照自己的理想来安排社会秩序的士人是极为少见了。一直到东汉前期这种情形都没有发生大的变化，凭借阐发经义或撰写文书奏议及辞赋的能力来服务于官府是此期士人的主要追求。在文化和精神的生产方面，士人是作为一个整体来面向社会表达自己的意见的，实际上的"民"的身份要求他们代表被统治阶级言说，要求统治者照顾到黎民百姓的利益；其所向往和追求的"官"的身份则要求他们代表统治阶级言说，证明其统治的合法性，教化百姓接受既有的社会秩序。如此士人阶层就在价值取向上表现出社会"中间人"的角色特征，常常以全社会各阶层的代表来言说，并通过论证"道"的至高无上、塑造圣人形象及神化经典等措施极力使自己的言说获得合法性和神圣性。应该说他们在一定程度上达到了自己的目的。士人阶层的这个"中间人"特征对中国古代精神文化具有决定性的影响。作为"中间人"角色的士人是一个阶层的代表而不是个体，在他们的话语建构中作为个体的"我"是缺席的。即使是创作诗赋这样最能够表达个体性的作品也是为了"润色鸿业"或讽喻规谏。在整个文化创造或知识生产中，个人情趣并不具有合法地位。士大夫阶层的精神生活总是与政教相关联，他们的文化创造是如此，他们对前人文化文本的阐释也同样是如此。如《诗经》中保留的那些充满生命活力的民歌、民谣，在汉代士大夫的解读之下，也都成了"美某公，刺某王"的讽谏之作。

从周代贵族到先秦游士再到东汉前期的士大夫，千余年间，中国古代知识阶层的社会身份发生了很大变化，他们的精神风貌也各有不同，但有一点却是一以贯之的，那就是他们总是出于明显的政治功利目的来进行文化的创造和传承。无论是孔孟老庄乌托邦式的社会理想还是汉儒"经世致用"的价值追求，都以政治功用为主旨。因此这里的"士人"或"士大夫"作为文化主体都是"集体主体"而非"个体主体"，他们都是社会阶层或集团的代言人，而不是个体生命体验的表达者。

变化发生在东汉中叶之后。随着经学的日益知识化、玄学化，儒学原本具有的那种强烈的社会干预精神消失殆尽了；随着朝廷政治的日益腐败，士大夫"经世致用"的担当精神也日渐委顿了。于是士人阶层与朝廷之间也就越来越拉开了距离。在这种情况下，原本作为意识形态建构的经学必然失去原有的强大吸引力，当初那种发自内心的歌功颂德、润色鸿业的激情也渺然不见，士人的精神旨趣自然而然地转而投向个人的内心世界——这是前所未有的变化！士人个体精神受到关注并且获得表达的合法性：可以借助于主流言说方式来呈现。那种思乡、忆友、伤逝、感时、寂寞、惆怅等个体的微末情思可以用"诗"的言说方式来传达，这对于士人阶层来说是具有划时代意义的，对于中国文学史、美学史来说也是有划时代意义的。这标志着士人或士大夫阶层一种新的文化身份出现并且成熟了，这就是"文人"。士人阶层中凡是能够创作或者欣赏表达个体情趣的诗文作品者都成了文人。个人的喜怒哀乐特别是"闲情逸致"获得合法表达乃是文人身份成熟的标志。作为一种文化身份，"文人"的诞生标志着士人阶层在精神世界里获得某种独立空间，一种新型的知识人出现了。文人趣味获得传达的合法性则标志着文学与政治之间出现了距离，具有真正独立性的文学史开始了。

文人趣味也就是一种审美趣味，是个体情趣的审美化，既包括个人境遇的生命体验，也包括对自然事物的审美体验，其根本特征是"无用"，是"闲情逸致"。以个体性为特征的文人趣味与以往的贵族趣味、士大夫趣味有着根本性差异，它标志着中国古代知识人精神世界的新拓展，也标志着中国古代精神文化空间的丰富化。从历史演变来看，文人趣味是在东汉后期成熟起来并逐渐成为古代文学创作基本内容的。从汉魏之际直至清代，在文人趣味的驱动之下，无数优秀的诗文书画作品被创造出来。可以说，如果离开了文人趣味，中国文学史、美术史乃至整个文化史、思想史都将是苍白的。文人趣味不同于西方教士阶层的原罪意识和救赎精神，也不同于欧洲近代启蒙知识分子那种追问真相的理性精神，可以说是一种精神的自我玩味与陶醉，是一种历史语境的必然产物。从长远来看，文人趣味也不是消极的而是积极的，不是无聊的而是充实的，因为它关联着真正的生命体验和心灵自由，是人生艺术化之表征。

二、宋代文人趣味之独特性

与士人阶层一样，文人趣味也是历史的产物，有着历史的传承与变革，既非凭空而生，亦非蹈袭前人。一个时代是否存在着某种具有普遍性的"精神"或"趣味"呢？黑格尔的"历史精神""时代精神"等说法常常受到后人诟病，认为是一种"本质主义"或"逻各斯中心主义"的产物。实际上，平心而论，黑格尔的说法并非全然出于逻辑演绎，其中也包含着来自经验的概括总结。正如他的辩证法虽然是一种极具普遍性的抽象理论，但也以丰富的经验为基础一样。一个时代或时期，在人们的精神状态及其文化表征上常常会有明显的普遍倾向，将这种普遍倾向名之为"某某精神""某某趣味"并无不妥。需要注意的是具体情况并非一刀切那么简单，同中有异、异中有同的情形也是普遍存在的。因此在对某种普遍性命名并使用这些命名的时候一定要慎重，最好有所限定，要说明是在什么意义上使用这种说法。如果为了避免陷于"本质主义"或"逻各斯中心主义"的误区就不敢承认普遍性的存在，那就是实实在在地讳疾忌医了。时代之差异有如人面，那是必须承认的。如中国20世纪80年代人们的精神面貌和20世纪90年代有明显不同、改革开放之前人们的文化追求与当下相比判若云泥等。看古人的诗文，唐宋之间的差异也同样可作如是观。

从汉魏之际迄于五代，文人趣味大致经过了四个大的阶段的演变，可分别以几个现成的词语标识之——建安风骨、魏晋风度、南朝清音、隋唐气象，各领风骚若干年。我们这里借用"建安风骨"这个说法并不仅仅是指"三曹"和"建安七子"的诗文所透露的那种精神特征，而是代指整个东汉后期的诗文风格。除了"邺下文人集团"的作品之外，还包括蔡邕、赵壹、仲长统等人的创作，特别是还有《古诗十九首》代表的一批文人五言诗。如前所述，东汉后期是"文人"这个文化身份形成的时期。其所以能够形成主要是由于士大夫阶层与君权相疏离，士人阶层可以在一定程度上脱离政治的束缚而获得某种精神的自由。就流传至今的诗文作品来看，此期的文人大体分为三种情况：一是天下将乱未乱之时，那些对现实政治失去信心的文人开始表达个人的情怀，或者愤世嫉俗（如赵壹、郦炎），或者吟咏情性（如蔡邕）；二是天下大乱、诸侯棋峙之时，一批文人宦游不遂，无所依傍者，以《古诗十九首》的作者为代表，抒写个人的失意、孤独乃至绝望之情，并由此而生发出深刻的生命体验；三是依附于诸侯之门，心存高远志向却自觉功业难成的一批人，以"建安七子"为代表，借诗文表达豪迈之情、悲凉之意。总体观之，"建安风骨"所标志的文人趣味的基调是古朴自然与豪迈苍凉，没有丝毫人工斧凿痕迹，似乎是从心中流出一般。后世诗歌，除了陶渊明的田园诗庶几近之外，再也没有如此自然朴拙之作了。"魏晋风度"是指司马氏集团掌权的曹魏后期及两晋时期的诗文风格。这是一个特殊的历史时期，对文人趣味造成重要影响的有两大因素：一是士族文人成为文化主体；二是统治集团对异己的士族文人的残酷打压。士族作为一种特殊的士人群体由来已久，他们是指那些累世为官且常有位列公卿者的士大夫家族，往往由经学起家为官，为官之后依然以所治经学传家。所以他们既是官僚世家，也是经学世家。翻开《汉书》《后汉书》，这样的世家大族可谓不胜枚举。他们在政治、经济、文化上都获得了一定的特权地位，有着广泛的社会影响，在讲究砥砺名节的东汉时期，他们还往往成为天下的道德表率。除了处理政务、教化百姓之外，与外戚、宦官等权力集团斗争以维护文官政治的稳定性是士族最重要的政治活动，因此他们被视为"清流"。然而士族虽然具有显赫的社会地位，但在乱世之中却是命途多舛，东汉桓灵时期的"党锢之祸"中士族领袖遭到大规模镇压，曹操秉政之时士族也屡受打击，而在司马氏集团执政时期，士族更是常常惨遭杀戮。政治上的悲惨遭遇并不能影响士族文人在精神文化方面的主导地位。刚好相反，这正是让他们回归内心世界进行精神创造的重要因素。玄学兴起的原因在此，诗文书画日益规范化、形式化的原因亦在此。数百年积累的在儒家经典中探赜索隐的文化惯习转移到对玄理的追问，汉末文人借诗赋表达人生感慨的传统转而为对诗文形式美的探索。因此士族文人趣味就带有明显的贵族化倾向——追求义理的高妙与形式的精美。正始之后玄风盛行，影响所及，诗文创作也颇有"玄"意。阮籍《咏怀诗》的归趣难求、嵇康四言诗的超尘拔俗都与玄学旨趣不无关联。到了西晋时期由"三张二陆两潘一左"所代表的"太康诗风"注重辞藻的华美和形式的整饬，"作"的痕迹日益明显，能令后世诵之于口的佳作屈指可数。到了东晋，玄风愈盛，但后期陶渊明的田园诗及晋宋之交谢灵运的山水诗给诗坛带来一股清新之风。总体来看，"魏晋风度"所代表的文人趣味可由"华丽"和"玄意"来概括。刘勰用"结藻清英，流韵绮靡"八个字概括西晋诗风，用"诗必柱下之旨归"（《文心雕龙·时序》）来形容东晋诗风，可谓切中肯綮。及至南朝，虽然政权更迭频繁，武人秉政成为常态，但并不影响士族文人在精神文化上的主导地位。文人趣味依然是准贵族化的。与东晋不同的是，此期虽然玄学之风依然留存，但对形式美的痴迷却压倒了对玄理的热衷。除了被誉为"清水芙蓉"的谢灵运代表的山水诗之外，对音律、对仗、典故、辞藻的高度重视是齐梁诗风的显著特色。因此"南朝清音"的"清"是指谢灵运、谢朓等人山水诗之清丽，"音"则是指沈约等人对音律的空前讲求。通观整个南朝文坛，骈体文和永明体诗庶几可以代表士族文人趣味。这类作品或许在思想内容和社会功用上毫不足道，但在中国古代文学发展史上却有着重要意义，它们为后世文学创造了具有独立性的新形式，开启了隋唐文学繁荣的先河。整个南朝，像鲍照这样具有社会批判精神的文人是屈指可数的。与六朝时期的文人趣味迥然不同，"隋唐气象"表征着一种雄壮豪迈的精神气质。这种精神气质的形成当然有诸多复杂原因，但择其要言之，一是大国的心态，二是建功立业的志向。从汉末黄巾起义、诸侯割据算起，到杨坚建立统一南北的隋朝止，天下差不多纷乱扰攘了四百年之久！现在重新归于一统，作为时代精神的代表者，唐代士人阶层那种豪迈之情被激发起来。这是一种雄健之风、阳刚之气，是睥睨天下的大气派、大精神。这种气派和精神凝聚为文人趣味，便是那种充满青春朝气的风格——阳光的、率真的、积极的、一往无前的、无所畏惧的精神气质。他们从不讳言对高官厚禄的向往，因为在他们眼中，官职是与建功立业联系在一起的。为做大事先做大官，无职无权则只能一事无成。对于唐代士人来说，一生不能为朝廷立功，为百姓造福，无所作为，那就是莫大的耻辱。在他们眼中，"立言"的价值远逊于"立功"。为了"立功"，他们宁肯牺牲"立言"。这也就是李白、杜甫、孟浩然等人尽管诗名满天下，所到之处都会受到崇拜者追捧，但他们却感觉自己是一事无成的失败者的根本原因。唐代士人大都有欲在政治上有所作为的雄心壮志，在他们看来读书做官是理所当然之事，鲜有以隐居为荣者。在宋明士人看来他们似乎显得浅薄，不善于伪装和隐瞒，而这正是唐代士人最明显的精神特征之一。为了获得进身的机会他们不惜公然逢迎吹捧权贵，在"立功"这一崇高志向面前，那种文人的清高就显得微不足道了。唐代士人的这种精神状态体现在诗文书画上便是一种标志着"隋唐气象"的文人趣味。这种趣味体现在诗歌创作上，借用后人的评说，就是"唯在兴趣""尚意兴"（宋严羽），也就是把创作的目标集中在呈现内在感觉、体验上。如何能够使这种感觉和体验淋漓尽致地传达出来并直接激发起读者相近的情感体验是唐代诗人最为重视的事情。"唯在兴趣""尚意兴"就是说以我的情感体验直接激发你的情感体验，让文字、韵律、事典、学问隐而不见，借用王国维的话说就是"不隔"。这正是唐诗和宋诗之大不同。

在中国历史上，作为知识主体，宋代士人是极具创造性的一批人，无论从哪个角度看，宋代士人的精神文化创造都是其他时代的士人难以企及的。陈寅恪先生说："华夏民族之文化，历数千载之演进，造极于赵宋之世，后渐衰微，终必复振。譬诸冬季之树木，虽已凋落，而本根未死，阳春气暖，萌芽日长，及至盛夏，枝叶扶疏，亭亭如车盖，又可庇荫百十人矣。"①如此评价，不可谓不高。究其原因当然有诸多方面，但在我看来，最重要的一条乃在于宋代士人的主体精神之高扬。主体精神在这里是指一种超强的自信心和责任心。毫无疑问，宋代士人的这种主体精神主要来自朝廷的"右文政策"。在中央集权的政治体制中，社会状况、国家走向在很大程度上取决于执政者所奉行的政策。王夫之有一段话讲到宋朝统治者奉行"右文政策"的原因："夫宋祖受非常之命，而终以一统天下，底于大定，垂及百年，世称盛治者，何也？唯其惧也……惧以生慎，慎以生俭，俭以生慈，慈以生和，和以生文。"②意思是宋太祖的江山来得太过容易，没有像其他朝代那样浴血奋战打天下。由于来得容易就不自信，产生畏惧心理。这颇有些像周人克商以后的心情。徐复观先生认为周人的"忧患意识"即因为"小邦周"一举打败"大国商"而后产生的不自信。也就是说，宋代帝王，特别是宋太祖本人也有着深深的忧患意识，正是由于这种忧患意识使他对武人心存戒惧，并意识到只有文官秉政才可以长治久安，因此制定了一系列"重文轻武"的政策，其后继者，从宋太宗以降，基本上继承了太祖的既定政策，以至整个两宋三百余年基本上都是文官掌权，不用说宰相、三司使之类的职务了，即使是枢密使这样的军政最高长官，也都是由文官担任的。此外

---

①　陈寅恪：《邓广铭宋史职官志考证序》，见《金明馆丛稿二编》，277页，北京，生活·读书·新知三联书店，2011。

②　（清）王夫之：《宋论》卷一，见《船山全书》第十一册，20～21页，长沙，岳麓书社，2011。

再加上"两府三司制"和"台谏制"的确立与完善，比较有效地实现了权力的相互制衡，也包括对君权的监督与制约。所以宋朝的政府可以说是比较严格意义上的文官政府，是帝王与士大夫共治的政治格局。这也是有宋一代基本上没有出现汉唐时代那种外戚、宦官或地方豪强专权的情况的原因。这种政治格局的一个重要结果就是士人阶层主体精神的高扬，他们从心底认同这个政权并且自认为对之负有不可推卸的责任。这种主体精神在政治上的表现是以天下为己任的担当精神，认真做官，为百姓造福，为朝廷分忧；在人格理想上的表现是成圣成贤，不肯蝇营狗苟。这样的政治抱负和人格理想就使宋代士人超越了汉唐士人普遍具有的那种或进或退、或仕或隐的二元结构，于进中能退，于仕中能隐，即使仕途不顺也心怀天下。用范仲淹的话说就是"是进亦忧，退亦忧"，"先天下之忧而忧，后天下之乐而乐"。这是一种成熟、自信的知识阶层才会有的文化人格。士人主体精神在精神生活上的表现则是创造力的空前勃发。宋代士人中有一大批近于"全面发展的人"，他们是优秀的政治家、博古通今的学者，在诗文书画方面也有杰出的表现。最重要的是，他们无论做什么都不肯步别人后尘，总是着眼于创新。政治上的"庆历新政""熙宁变法"是士人主体精神之体现，学术上的"疑传""疑经"也是士人主体精神之体现，古文运动、诗体变革、词之勃兴无不是士人主体精神之表征。延续了千百年之久，已经斑驳陆离的传统儒学到了宋代士人手里便焕然一新，成为"活泼泼"的理学了。宋代士人的创造力委实令人惊叹。同样，文人趣味在宋人这里也是别具风采了。

三、宋诗风格及其所表征的文人趣味

那么宋代的文人趣味和唐代文人究竟有何不同呢？讨论这个话题没有什么比拿唐诗和宋诗来比较更能说明问题的了。唐诗风格，如前所述，用严羽的话说就是唐

人"唯在兴趣""尚意兴"，宋人则是"尚理"。这种区分从元明以至于今日已经为人们所接受。那么究竟何为"兴趣"和"意兴"？其实并不神秘，这就是指人们对某事某物产生兴趣时的那种兴奋的心理状态，在多数情形下这种心理状态可以用一个成语来表示，那就是"闲情逸致"，当然也有时候是某种比较严肃甚至是沉重的情绪。这种心理状态无论是唐人、宋人，还是古人、今人，人人都有，并无不同。所不同的是，在作诗的时候唐人把这种"兴趣"和"意兴"当作描写的唯一对象，绞尽脑汁地使之生动完满地呈现在读者面前。宋人则不然，他们不否认这种瞬间即逝、细微幽渺的心理状态本身可以成为描写对象，但他们不认为将这种心理状态直接呈现出来就是好诗，而是认为"兴趣""意兴"之类的感觉和体验应该通过"理"和"文字"来表达。也就是说，在触发起某种感觉和兴致之后，并不要急于表达，而是要在"理"和"文字"上动脑筋、下功夫，使之间接地呈现出来。从读者角度看，在阅读宋诗时就不能直接进入情感体验之中，而是要通过玩味其道理，分析其文字之后才能体会到其意蕴。对于宋诗而言，即使是一种纯粹的情感体验，也会被他们表现为一种道理。在宋代文人强大的主体精神之下，似乎世界上的一切都可以说清楚。世上有一书不读、一事不明、一物不知他们都会引以为耻。因此，宋人的"尚理"或者说"以议论为诗""以才学为诗"，根本上乃是宋代士人昂扬的主体精神的产物。这种主体精神现之于学术便是教人如何做圣人的宋学，现之于文学便是长于说理的古文和喜欢议论的宋诗。唯有不入流的诗之余——词，他们留给了"兴趣"和"意兴"。那么究竟什么是"尚理"或"以议论为诗"呢？这究竟是怎样一种趣味？对此钱锺书先生有过一段著名的评论：

> 唐诗、宋诗，亦非仅朝代之别，乃体格性分之殊。天下有两种人，斯分两种诗。唐诗多以丰神情韵擅长，宋诗多以筋骨思理见胜。严仪卿首倡断代言诗，《沧浪诗话》即谓"本朝人尚理，唐人尚意兴"云云。曰唐曰宋，特举大概而言，为称谓之便。非曰唐诗必出唐人，宋诗必出宋人也。故唐之少陵、昌

黎、香山、东野，实唐人之开宋调者；宋之柯山、白石、九僧、四灵，则宋人之有唐音者。①

这是很中肯的见解，一者没有把"诗分唐宋"绝对化，二者没有随意厚此薄彼。"丰神情韵"与"筋骨思理"的分别虽然可以说与沧浪一脉相承，无非是说唐诗言情，宋诗说理，但钱锺书先生并没有像严沧浪那样扬唐抑宋。尤其是指出唐诗与宋诗之别并不仅仅源于时代不同，而乃基于两种人性，从而为宋诗的存在确立了坚实的合法性依据，是对沧浪以降历代贬低宋诗者的有力反驳，洵为卓见。依据钱锺书先生之见，唐诗与宋诗均植根于人之情性，情性中原有"情"与"理"两种基本因素，故而现之于诗便有唐宋之别。而何时人们普遍重情，何时倾向说理，则为时代条件使之然，即"性情虽主故常，亦能变运"②是也。基于这样的观点，钱锺书先生才会得出这样的结论："瞧不起宋诗的明人说它学唐诗而不像唐诗。这句话并不错，只是他们不懂这一点不像之处恰恰就是宋诗的创造性和价值所在。"③这才是通达之见！远比严羽及明代那些宗唐贬宋之人高明多了。

但是钱锺书先生借用毛泽东的"源"与"流"之说来讨论唐诗宋诗之别似乎就不那么恰当了。在援引了毛泽东关于"人民生活中本来存在着文学艺术原料的矿藏……它们是一切文学艺术的取之不尽、用之不竭的唯一的源泉……过去的文艺作品不是源而是流"的论述之后，他说：

> ……宋诗就可以证实这一节所讲的颠扑不破的真理，表示出诗歌创作里把"流"错认为"源"的危险。……把末流当作本源的风气仿佛是宋代诗人里的流行性感冒。……从古人各种著作里收集自己诗歌的材料和词句，从古人的诗

---

① 钱锺书：《谈艺录》上卷，3页，北京，生活·读书·新知三联书店，2001。
② 同上书，8页。
③ 钱锺书：《宋诗选注序》，10页，北京，人民文学出版社，1989。

里掌生出自己的诗来，把书架子和书箱砌成了一座象牙之塔，偶尔向人生现实居高临远地凭栏眺望一番。①

毛泽东强调文艺创作要植根于人民的实际生活，反映社会现实，这是现实主义文学创作的基本原则，没有任何问题。但是以此为标准来讨论宋诗风格形成的原因似乎就不那么恰当了。无论宋诗唐诗还是魏晋之诗，自从文人身份成熟之后，诗始终都是文人趣味的最直接的体现。套用艾略特的话说，魏晋以降之诗是文人趣味的"客观对应物"。宋诗与唐诗及魏晋六朝之诗的区别绝不在于是以社会生活为"源"还是以书本为"源"的问题，而是趣味不同使然。唐代诗人除了杜甫、白居易等少数几位有一些直接描写下层人民生活状态的作品之外，绝大多数都是以个人的闲情逸致为主要描写对象的。宋代诗人也有直接描写劳动人民生活的作品，如欧阳修的《边户》、王安石的《河北民》之类，其与杜甫、白居易等人并无不同。当然，和唐代诗人一样，宋代诗人更多地也是抒写个人的闲情逸致，从某种意义上说，闲情逸致就是古代文人的"人生现实"。不同之处在于宋诗和唐诗具体表现闲情逸致的方式大有区别。这正是宋诗与唐诗不同的根本之点，也是宋代文人趣味与他们的前辈不同之处。再具体点说，唐人的趣味集中于闲情逸致本身，浸润其中，玩味之，体认之，然后呈现之；宋人的趣味则表现在对闲情逸致的"观照"之中，能够在浸润其中之后出乎其外。由于是拉开了一定距离的"观照"，所以就更加理性化，更能够在文字上用心思。

下面我们可以通过对几首宋诗和唐诗的比较来看宋诗在表现文人趣味或闲情逸致方面的特点。

我们先来看欧阳修的《别滁》：

花光浓烂柳轻明，酌酒花前送我行。我亦且如常日醉，莫教弦管作离声。

---

① 钱锺书：《宋诗选注序》，12页，北京，人民文学出版社，1989。

再看李白的《赠汪伦》：

　　李白乘舟将欲行，忽闻岸上踏歌声。桃花潭水深千尺，不及汪伦送我情。

　　这两首诗都是写别离的，且都是描写友人送别诗人时的场景。细读这两首诗我们不难发现两者的显著区别主要表现在三个层面上：一是繁复与简约之别。《别滁》共使用了花光、柳、酒、花前、弦、管、声等表现物象的语词和送、醉、莫教、作等表现行为的语词，此外还有浓烂、轻明等形容词，明显地是想在短短的二十八个字中蕴含尽可能多的内容。相比之下，李白的《赠汪伦》就简约多了：除了诗人本人和汪伦二人物之外，只有舟、岸上、歌声、潭水几个物象，可谓十分简洁明快。二是委曲与真率之别。《赠汪伦》诗意真率直白，可一言以蔽之：汪伦的相送表达了深挚的朋友情谊。诗的表层意义之下并没有什么深层蕴意。相比之下，《别滁》就复杂多了：在一个春光和煦、柳暗花明的日子里，朋友和昨日的同僚们为我设酒钱行；我一定要像平日那样痛饮，一醉方休，而且要叮嘱乐工不要演奏伤别离的曲子。这是字面的意思，深层的意蕴是什么？那就是诗人自己的依依惜别之情和不想让人们看出这种离别之情的心思。与李白对朋友汪伦一样，欧阳修对前来送别的朋友也同样怀有深深的感情。但是李白的情感是直接表达的，不绕弯子，这就是真率；欧阳修的情感则是隐藏在表面的若无其事后面，是间接的，这就是委曲。两首诗的区别是很明显的。三是巧思与自然。这第三点可以说是从前两点中概括出来的。这两首诗都明白如话，并没有用事用典，但相比之下，《别滁》明显是"作"出来的，有巧思；《赠汪伦》则像是"流"出来的，自然而然，看不出丝毫人工斧凿痕迹。也就是说，两位诗人都有真情实感需要表达，而且都成功地表达了出来，并非为文造情。但是欧阳修重视如何表达自己的情感，能够把情感作为对象来审视玩味，在情感和语言文字之间设置了较为复杂的逻辑关系。李白则注重情感本身，给人的感觉是直接宣泄出来。

我们再来看另外两首诗，其一是王安石的《夜直》：

　　金炉香烬漏声残，翦翦轻风阵阵寒。春色恼人眠不得，月移花影上栏干。

另一首是柳宗元的《柳州二月榕叶落尽偶题》：

　　宦情羁思共凄凄，春半如秋意转迷。山城过雨百花尽，榕叶满庭莺乱啼。

两首诗相近之处甚多。从表面上看，二者表达的都是纯粹的文人趣味，真正意义的闲情逸致。前者写在一个春夜里诗人禁中值夜时偶然生出的闲情，后者写雨后春景触发起的逸致。可以说都是感物起兴，触景生情，似乎并不蕴含什么微言大义。然而，如果联系诗人作诗时的境遇，我们也可以说这两首诗还是隐约体现出了两位诗人仕途不顺，以及有志难逞所造成的失意和郁闷。两首诗虽然都是写春日景色，但并不给人欣喜愉悦之感，相反诗中却都透出某种"寒意"。这是其共同或相近之处。但两首诗的写法却大有不同，从而表达出趣味上的差异。《柳州二月榕叶落尽偶题》的言情写景都是直截了当的：春日里一场山雨过后，榕树落叶缤纷，宛如深秋一般，此景使诗人仕途失意和思乡两种情绪交织在一起，使他更觉迷茫无着。情与景相互触发，浑然一体。《夜直》一诗总体上看也比较平易直白，并无掉书袋之弊。但一个"恼"字却尽显宋诗与唐诗之别。春色如何"恼"人？是因春色而不眠，还是因不眠而见春色？这都令人颇费思量了。给人的感觉远不像《柳州二月榕叶落尽偶题》那样即情即景，如在目前。二者都是好诗，但其"好处"则各有不同：柳宗元的诗好在情与景相契合，了无间隔，给人自然率真之感；王安石的诗则除了同样有真情实感之外，给人以构思巧妙的感觉，字法句法颇为讲究。王安石的诗在宋诗中素以"工"著称，从这首诗中也可以看出来。此外如"春风又绿江南岸"之"绿"字，"一水护田将绿绕，两山排闼送青来"之"护"与"送"二字的使用都与《夜直》的"恼"有异曲同工之妙。

我们当然也可以在唐诗中找出和欧阳修、王安石相近之作，也可以从宋诗中找到和李白、柳宗元相近之作。这种情形钱锺书先生早就指出过了。但是整体言之，宋诗确然有着自己的独特性，而这种独特性与宋代文人趣味有着直接的关联。唐人把情感作为作诗的动力，在它的推动下去创作，故而其诗能够最充分地呈现情感；宋人把情感作为对象来把握，在拉开一定距离之后再表达出来，所以能够在字法句法上用心思。明人常常说只有宋诗讲"诗法"，唐人从来不讲"法"，正是看到了这一点。换句话说，唐人借诗歌来宣泄情感，宋人用诗歌来玩味情感。如此则唐人为情感所牵引，为情感寻找最恰当的呈现方式；而宋人的情感后边则有更强有力的心理因素作为主导，这便是理性。宋代士人的空前受重视使他们获得充分的自信心，充分的自信心使他们养成了强大的主体精神，而强大的主体精神使他们成为偏重理性的人。可见并不是因为有了理学宋人才成为偏重理性的人，恰恰相反，是因为宋人是偏重理性的人，所以才有理学的产生。如果说唐代文人是血气方刚的青年人，那么宋代文人便是深沉冷静的中年人。他们善于思考，即使是文学创作这样需要激情的活动也是在冷静的思考中完成的。因此，当受到触发欲有所言说时，他们就能够在文字、才学、书籍、义理中找材料，使情感的表达变得委曲、繁复起来。他们所乐此不疲的正在于此。把情感直接宣泄出来在他们看来是浅陋的表现。所以，宋人很少像唐人那样在诗文中恣意宣泄情感。宋人的情有近于王弼所谓"性其情"，即让情感被理性所掌控，不再是自然状态下的情或为欲望所控制的情。严羽批评宋人"以文字为诗，以才学为诗，以议论为诗"（《沧浪诗话》），恰恰指出了宋诗的以"性其情"的特点。以理性为核心审视一切事物，即使是情感、体验、感觉也是在理性的主导下被表达的。这就意味着，虽然同是文人趣味，但宋代文人趣味是在理性控制下的趣味，是收发自如的趣味而非沉浸其中的趣味。这是一种富于"理性精神"的文人趣味。

表现在诗歌创作上，这种"理性精神"首先便是"以文字为诗"。欧阳修引梅圣俞云："诗家虽率意，而造语亦难。若意新语工，得前人所未道者，斯为善也。"

又："诗句义理虽通，语涉浅俗而可笑者，亦其病也。"①这都是要求作诗要在文字上下功夫，既要避免蹈袭前人，又要避免口语化，主张追求词语使用上的出人意表。严羽认为作诗应该"不涉理路，不落言筌""非关理也，非关书也"。②这是批评宋诗太重视"理"。这里的所谓"理"就是合乎逻辑，合乎常识。欧阳修说："诗人贪求好句，而理有不通，亦语病也。"③这就是要求作诗不能违背常理，要讲逻辑。宋代文人趣味把"理""才学""文字"都囊括其中，使之成为品味欣赏的对象，这并不是他们的错，相反倒是对古代诗学空间的新拓展，正如理学是对传统儒学的新拓展一样。

华南师范大学文学院特聘教授　李春青

---

① （宋）欧阳修：《六一诗话》，见何文焕辑：《历代诗话》上册，267～268页，北京，中华书局，1981。
② （宋）严羽：《沧浪诗话》，见何文焕辑：《历代诗话》下册，688页，北京，中华书局，1981。
③ 同上书，269页。

中国古代文学经典的阅读

一、文学经典阅读"四字经"

阅读文学经典，每个人都有自己不同的体会，但是总有一些共通的经验，我把这些经验总结为"四字经"。

第一个字是"读"。"读书百遍，而义自见。"（《三国志·魏书·王肃传》裴松之注引《魏略》）这是古人讲的道理。文学经典首先就要阅读。"百遍"是个虚拟的说法，也就是多遍的意思，多次地阅读文学的经典。像朱熹《读书法》所说的，你不要以为你看了就明白了，可能你看了一遍、两遍、三遍以后，你并没有看得很懂，所以朱熹说得很夸张，说要看一千遍、一万遍，那个意思就是"书须熟读"（《朱子读书法》卷上）。熟读了以后"义自见"，经典里的意义自然而然地就显现出来了。

第二个字是"思"。孔子说："学而不思则罔，思而不学则殆。"（《论语·为政》）读书是一个学习的过程，阅读是学习的一种方法，但是在阅读的过程当中一定要思考，像苏轼所说的："旧书不厌百回读，熟读深思子自知。"（《苏轼诗集》卷二《送安敦秀才失解西归》）要熟读，还要深思。所以孔子也说："吾尝终日不食，终夜不寝，以思，无益，不如学也。"（《论语·卫灵公》）他讲的是学和思之间的关系：如果不读，肯定不行，只是思是不可以的；但是读了不思，也是不可以的。所以朱熹在《读书法》里说得很明白，首先要读，在读的过程中"常教此心在上面流转"(《朱子读书法》卷上），就在心里转着转着，一边读一边想，一边想一边读，所以"熟读"还要继之以"精思"。

那么熟读精思以后，再下一步是什么呢？就是第三个字"疑"。古人说道："尽信书不如无书。"(《孟子·尽心下》）这就是讲"疑"的特点。辛弃疾在一首词里说道："近来始觉古人书，信著全无是处。"(《西江月·遣兴》）你要太相信书了，就会上当。所以朱熹再三地说熟读精思以后要"疑不止如此"，不仅仅是你读到的内容，也不仅仅是你想到的内容，还要不断地去疑，要"有疑"。但是不是只有"疑"："有疑者，却要无疑。"(《朱子读书法》卷下）从疑到无疑，这是一个过程。这种过程像陈献章所说的，是一个"悟"的过程："小疑则小进，大疑则大进；疑者，觉悟之机也。"(《陈白沙集》卷二《与张廷实主事》）因为有了疑，才有求真，才有创获，也才有了恍然大悟这个过程。

所以第四个字就是"悟"。像朱熹所说："问渠那得清如许，为有源头活水来。"(《观书有感二首》其一）在"读"的过程当中"思"，在"思"的过程当中"疑"，"疑"完了继续"思"，"思"了又"读"，这样反反复复的过程就是一个"源头活水"，让你得到了一种体悟。这就是朱熹说的"举一而三反，闻一而知十"(《朱文公文集》卷五二《答姜叔权》其一），这样才能达到"融会贯通""心融神会，默与契合"。或者像袁甫说的"意领神会，欣然有感"(《蒙斋集》卷一二《明月亭记》）。这种"欣然有感"的感觉就是陆游说的"山重水复疑无路，柳暗花明又一村"(《剑南诗稿》卷一《游山西村》）。

这四个字，要"读"、要"思"、要"疑"、要"悟"，这是文学经典阅读的基本方法。那么下面就以这"四字经"作为一把钥匙，或者说作为一种方法，作为一种途径，走入中国古代文学的经典。中国古代文学经典是非常丰富的，一般的概括有唐诗、宋词、元曲、明清小说等。下面就以这四个方面的内容各举一例加以说明。

二、唐诗阅读示例

唐诗是非常丰富且精彩的。咱们今天只举一首诗，杜甫的《望岳》：

岱宗夫如何？齐鲁青未了。造化钟神秀，阴阳割昏晓。荡胸生曾云，决眦入归鸟。会当凌绝顶，一览众山小。

这首诗大家非常熟悉，可能从少年时期、青年时期到中年时期甚至到老年时期多次地阅读，但是大家真的读懂了吗？"好书不厌百回读"，你每次阅读应该有一次新的体会，你会发现原来非常熟悉的诗，经过你的阅读，经过你的"思"，经过你的"疑"，你会恍然大悟。

比如这首诗的第一句讲"岱宗"，你就可以提出疑问：既然"望岳"望的是泰山，为什么不直接称"泰山"，而用"岱宗"呢？岱宗、泰山，从音律的平仄来讲是一样的，都是一仄一平。但是岱宗有着泰山所没有的特殊的含义，"王者升中告代必於此山"，泰山是"五岳之长"（《汉书·郊祀志》郑昂注），所以叫"岱宗"。它这里头有个排行，有个祖宗崇拜的含义在里头。中国古人讲究祖先崇拜、祖宗崇拜，所以叫"岱宗"就有着五岳的老大的意思。排行它是老大，是第一位的，是中国文化的根源。

这种中国文化的根源，杜甫用设问的方式提问："岱宗夫如何？"泰山怎么样呢？然后解答："齐鲁青未了。"自问自答。"齐鲁"是个地域的名称，但又不仅仅是个地域的名称。"泰山之阳则鲁，其阴则齐。"（《史记·货殖列传》）那是一个地域的名称、地理的名称，但是它有文化的含义。所以《论语》里头说："齐一变，至于鲁；鲁一变，至于道。"（《论语·雍也》）齐鲁背后隐含着的是道，这个道是什么呢？是儒家之道，儒学文化之道。所以这个"道"意味着岱宗所宗仰的、所归属的文化根源，不仅仅是一种地域的根源，更是一种文化的根源，是一种儒家文化、儒学文化的崇拜。

　　这种崇拜既是贯穿于地域的——齐鲁是个地域的名称，又是贯穿于时间的——生死是个人生的历程，所以诗中说"造化钟神秀，阴阳割昏晓"。"造化之所始，阴阳之所变者，谓之生，谓之死。"不仅仅是一个地域的概念，而且是一个时间的概念。用现在的话来说，它就是一个宇宙的概念，包括空间，包括时间。超越了空间和时间，永存的东西，永生的东西，甚至是生生不息的东西——"齐鲁青未了"。生生不息的东西是什么呢？是这种儒家的文化、儒学的文化，是这种道。

　　而且这种道不仅仅是外在的道，不仅仅是弥漫于宇宙之间的道，它还是含融于诗人主体内在的道，所以叫"荡胸生曾云，决眦入归鸟"。云也好，鸟也好，代表了宇宙间的万事万物，宇宙间这种万事万物在胸中能够生成，用眼睛能够容纳。"荡胸生曾云"讲襟怀的浩荡，"决眦入归鸟"讲眼界的开阔，不管是襟怀的浩荡，还是眼界的开阔，都是因为有了道的含融，含融在主体内部，含融在诗人主体之内。所以诗人的人格就弥漫于、充斥于宇宙之间。

　　最后，"会当凌绝顶，一览众山小"。正是含融这种宇宙之道、儒家之道、文化之道的诗人，才可以有"一览众山小"的这种气魄。因为他登上了文化的最高峰了，所有的文化都含融在他的胸中，他的眼界无比的开阔，能够穿透古今，构成了一种顶天立地的诗人人格。所以《望岳》展现的这种人生境界是一种含融了诗人文化人格的人生境界，有着风景之美、文化之美，更有着诗人的性情之美、人格之美，使诗人升华成为一种仁者，一种"浑然与物同体"的仁者，"以天地万物为一体"的仁者（《二程遗书》卷二上《识仁篇》引程颢语）。

　　所以阅读一首普普通通的唐诗，阅读一首大家非常熟悉的家喻户晓的唐诗，只要你有着百遍的"读"，只要你有着深刻的"思"，只要你有那种追问的"疑"，你就会得到一种恍然大悟的理解。

三、宋词阅读示例

词和诗不同，诗的境界比较开阔，词的境界比较内敛，但是词比较悠长，它能够把诗所无法表达的更为深层的那种意蕴表达出来。所以宋人把自己内心当中的那种情感，用诗无法表达的那些情感，借助于词来表达。这种"词之言长"（王国维《人间词话》），不仅仅婉约派词人有着这样的特点，甚至包括了豪放派的词人，或者说像在苏轼这种兼有婉约和豪放的旷达类词人身上也有着突出的表现。咱们可以举一首苏轼的词《水调歌头》作为例证。这首词大家也是非常熟悉的，我一句句地来跟大家分享。

这首词的一开始发出一个非常奇怪的疑问，这可以说是诗人之问，或者说词人之问："明月几时有？把酒问青天。"问题很奇怪，问题所问的希望得到答案的对象、解答的对象也很奇怪。"明月几时有"是一个不可能有着明确答案的疑问，"把酒问青天"，青天也是一个不可能来回答的对象，所以咱们说这叫诗人之问或叫词人之问。这种诗人之问和词人之问，不是对诗人、词人以外的人和对象在发问，实际上是对自己在发问。

所以苏轼得出的结论是什么呢？"不知。"你根本无法知道，没有办法联系，没有办法把古往今来的几千年或几万年甚至几百万年的时间作一个准确的联系，说明月是某年某月就有的，到了今年是多少年，所以叫"不知"，无法知晓。那么无法知晓是不是就不去知晓呢？不是。人有一种追问的本能，追问文化起源的本能，追问自身的起源的本能。

那么这种追问怎么个追问法呢？既然青天不给你准确的回答，只能够自己到青天上去追问，所以叫"我欲乘风归去"，我要到天上去问一问。在人世间我问天上，天上不回答我，怎么办？我去天上追问答案。就好像我们追着一个老师，老师不回答，我就追到老师的办公室，我追着去问。但这是"欲"，是一种希望，一种期望，我想要这么做。在想要这么做里头，有一种内在的冲动，或者内在的驱动力，这种内在的冲动和内在的驱动力是什么呢？苏轼说这是"归"，是回去。这个"归"字是贯穿全首词的一个词眼。咱们说诗有诗眼，词也有词眼。这首词的词眼，按照我的理解就是这个"归"字。想归而归不得，或者说想归，但是归不得，又努力要归。这是整首词的一个核心的意思。苏轼的"归"意味着什么呢？意味着苏轼不是人世间的人，而是天上的人，咱们称他为"坡仙"。苏轼是个仙人，他偶尔地降落到了凡间来，现在他想要回去。

那么，究竟是人世间是苏轼的故乡呢，还是天上是他的故乡呢？按照"我欲归去"的说法，天上应该是他的故乡。但是你再往下读，仿佛对天上是苏轼的故乡又有了新的疑问。咱不是一边阅读一边要提出疑问吗？为什么有疑问呢？因为苏轼说："又恐琼楼玉宇，高处不胜寒。起舞弄清影，何似在人间。"还是人间更好。他把人间作为自己生存的地方。也就是说，他觉得人世间才是真正的故乡。天上也许是他过去的故乡和未来的故乡，但是只有人世间是他现在的故乡，所以他更眷恋人世间。

人世间和天上来比较，天上是寒的，那么人世间是不是就不寒呢？不是。人世间也是寒的，只是人世间有一种抗拒、抵御这种寒冷的方式，或者叫生活状态。这种生活状态是什么呢？是"起舞弄清影"。在人世间，在"起舞弄清影"的过程当中，我认识到、体会到人的存在和自我的存在，虽然这种存在也许只是一种"寒"。

苏轼接着写道："转朱阁，低绮户，照无眠。不应有恨，何事长向别时圆？"连圆的时候都有恨，不圆的时候当然就更有恨了，所以叫"人有悲欢离合，月有阴晴圆缺，此事古难全"。不仅仅天上的月亮有着它的难全的恨，人世间的生存、人生的历程也有着它的难全的恨，这两种恨是贯穿的，是永恒的。"古难全"讲的是时间，所以是永恒的。所以我刚才讲寒冷是贯彻天地的，青天上琼楼玉宇那是寒冷的，人世间也同样是寒冷的，因为是个无眠之夜，是个有恨之夜，是一个在团圆的日子里头仍然有恨的这种夜晚。哪怕是八月十五了也还是有恨，"古难全"，从古至今贯穿始终都难以摆脱、难以超越的一种苦难。

那么能超越吗？难以超越不是说不能超越，而是很难去超越。那要超越吗？当然要超越。"我欲乘风归去"，就是一种期望，一种努力，一种追求。那么这种期望、努力、追求怎么实现呢？"但愿人长久，千里共婵娟。""长久"是一种时间的延续，"千里"是一种空间的跨越。能够长久、能够千里的是什么？是"愿"，"但愿"的"愿"，是人的一种精神、人的一种期望、人的一种心理状态、人的一种精神追求。只有这种精神追求才有真正的可能，超越了无论是在人间还是在天上的这种寒冷，无论是在人间还是在天上的这种悲和离，无论是在人间还是天上的这种苦难。超越苦难，要凭借自我，要凭借自我的精神追求。

所以苏东坡的这首词，不是表达一种简单的或者说单纯的乐观情怀。咱们现在经常用苏东坡这首词跟远在天涯的或是远在故乡的亲人说"但愿人长久，千里共婵娟"，仿佛是一种非常乐观的精神，其实不完全是这样的。苏轼是在广袤的空间和渺远的时间当中去寻求一种个人的存在价值，它认定的只要把这种个人的存在价值置于一种渺远而广袤的时空之中，人就可以得到了永恒，或者说人才可以得到永恒。这种永恒是什么呢？是一种自由自在的精神的存在。所以阅读《水调歌头》，当你融入了自身的体验以后，当你一字一句地落实了以后，当你有了更多的思、更多的疑了以后，可能你就能有更深的体悟和更深的体会。

四、元曲阅读示例

元曲和唐诗、宋词有一点不同的地方，它带有更强烈、更鲜明的泼辣的作风，而且它的形式更活泼，语言更质朴，气势更灵动。

　　咱们举一首更接近于诗、词的元曲，来看看它这种泼辣的风格，这就是马致远的《天净沙·秋思》。这首曲子读起来很像一首词，当然你也可以说接近于某种诗的意境，因为它比较开阔，但是它也有悠长的地方。它讲"断肠人在天涯"，讲的断肠人那种深切的情怀，而这种深切的情怀它借助了三组意象来展现："枯藤老树昏鸦，小桥流水人家，古道西风瘦马。"这三组意象又笼罩在"夕阳西下"的这种时间下，置于"天涯"的这种空间中。在这种空间和时间的笼罩下来揭示断肠人的特有的情怀，这就很像词的写法。但是它和诗词都不完全一样。

　　首先我们看到的是，它头三句是并列的三组意象，这三组意象全部用的是名词，没有动词，没有状词，只有名词。如第一句，你可以理解为缠着枯藤的老树，上头落着几只昏鸦——昏鸦是落在树上的。你也可以理解为缠着枯藤的老树上头飞着的几只昏鸦——昏鸦是飞在树上的。你可以理解为枯藤紧紧地缠着老树，也可以理解为藤既然已经枯了，它不再缠着老树了，它已经剥落了。你可以有多种多样的理解。这就是中国文学的魅力所在。

　　这种魅力很难以翻译。当翻译成英语的时候，会发现非常丰富的一组意象就定格在某个画面当中了。在这样的画面当中，有多种定格的方式，就是不同的翻译的方式。汉语要译英语，有两个不同的流派。一种流派讲的是用英语的诗的句式，当然也带有散文化的诗的句式，用完整的句式来翻译汉语的诗歌诗句。另一种流派是翻译要保留汉语诗句的魅力。这就是两种不同的翻译法。

　　如第一句的第一种翻译法，"Crows at dusk perched on old trees which was twisted by withered vines."它的表意是"定格"的，它把昏鸦定格在老树上头。但是我刚才讲，这个昏鸦有可能是飞着的，它不完全落在老树上，怎么办？到底诗人表达的是哪一种意趣？或者说两种意趣都有，有的昏鸦飞着，有的昏鸦落着。甚至可以表达为飞着的昏鸦多，落着的昏鸦少；或者飞着的昏鸦少，落着的昏鸦多。我可以有很丰富的意象，但是英语的表达把它固定了。

那么第二种表达"Withered vines，old trees，crows at dusk"是不是就可以容许更丰富的想象呢？也不是。因为汉语的名词和英语的名词有一个很大的区别：汉语的名词是单复共体的，既是单数也可以是复数，而英语一定要表达出是单数还是复数。这个藤是单数的一根藤，还是好多根藤呢？这棵树是一棵树，还是好多棵树？这个鸦是一只，还是好多只呢？读者对诗的体会是不一样的，映衬出来的读者阅读的心理状态是不一样的，甚至在不同的情境下，读者的心理状态是不一样的，以及不同年龄读者的心理状态是不一样的。当读者越孤独的时候，阅读出的藤、树和鸦很可能它的数量会更少。可想而知，就一根藤缠在一棵树上，然后只有一只乌鸦在那飞着或落着，尤其是飞着而不是落着，那是多么的孤独啊。和两根藤缠在一棵树上的两只乌鸦，和多根藤缠在一棵树上的多只乌鸦，和多根藤缠在多个树上，好多好多树，是个树林，然后好多的昏鸦，它的情景是完全不一样的。但是英语没有办法表达这么丰富的内容。所以这就是汉语诗歌的一种魅力，它的多义性，它的模糊性，而且这种多义和模糊提供了一个阐释的空间，可以让你读了以后的"思""疑""悟"有不同的指向性，这就是有一千个读者就可能有一千个哈姆雷特。

这是一种读法，这里还可以给大家提供另外一种读法。中国古代的文学都有一种用现代的文学批评术语来讲叫作"互文"的特点。就是每个词都有它的前身，有它的来源。有的词是诗人独特的创造，但这个少，大量的词都有所谓"语典"，有它的来历。当读者阅读"枯藤老树昏鸦"这样一个句子的时候，如果他有非常丰富的中国传统文化的修养，他的阅读体会肯定会更深、更广。

比如说"枯藤"。"枯藤"的意象，当读者没有任何的中国传统文化的积累的时候，在他的脑海中浮现出来的图像一定是一个非常破败的图像，一个他非常不愿意去看到的那种图像，更是他喜欢不起来的那种图像。读者看到藤总是希望它是带着绿色的，希望它生气勃勃，希望它有着生机，现在不是，是个枯藤，是一个已经干枯的那种藤条。这样的一种藤给读者的是一种很破败的很衰败的感受，他怎么会去喜欢它呢？但是在中国传统文化的含义当中，恰恰这种衰败的东西、衰败的物象，这种破败的物象，会给诗人带来一种亲近感。诗人把自己的情感投入这种意象或事象当中，使它被赋予某种生命。"感时花溅泪"，"溅泪"的花肯定不是很美的花，和晴天的花、在阳光照耀下的花相较来看，肯定它不能给读者更愉悦的心情或更亲近的感情。但是杜甫有这种同情心的时候，他看到"溅泪"的花，就把更多深挚的同情心投注到了花的上面。

所以，当陆游把自己的生平、经历和体验投注到枯藤身上，他说的是"萧然破帽伴枯藤"（陆游《游山》）。"萧然破帽"是他自己的形象的一种描写，和"枯藤"是一样的，是一种诗意的形象，是一种破败落魄的形象，那么他就会"伴枯藤"，他要和枯藤做伴。

"老树"指苍老的树，会给你一种沧桑感，但是梅尧臣偏偏讲的是"老树着花无丑枝"（梅尧臣《东溪》），老树还能开花，这种开出来的花使它的枝丫都显得有生机。所以他眷恋着这种老树。

"昏鸦"的"昏"不仅仅带着那种深灰色的特点，而且本身这个词就带有昏头昏脑的、两眼昏花的一种意思。在一开始阅读的时候，也许读者第一个感受觉得"昏鸦"可能写的就是诗人自己，就是马致远这位"在天涯"的"断肠人"形象的写照。但是当读者读了杜甫的《野望》以后，他便会发现不是，"昏鸦"是诗人的对立面，诗人却是"独鹤"："独鹤归何晚，昏鸦已满林。"这些昏鸦把树林都占满了，孤独的鹤没有可以栖息的地方了，无家可归。所以这个昏鸦反而是一种被弃绝的形象。

当然进行这样的一种阅读，一定要注意，读者所征引的这些语典都是在马致远之前有过的，这是第一个依据。如果是马致远同时或他之后的"语典"，他不一定读到或肯定读不到。第二个特点，就是这个"语典"一定出自著名诗人的著名篇章。像陆游的《游山》、梅尧臣的《东溪》、杜甫的《野望》都是好多诗歌选本选到的，是读者经常能读到的、容易读到的，所以就成为他们精神的一个组成部分，所以成为他们写诗、写词、写曲的时候信手拈来的素材。

又如"小桥流水人家"。"小桥"是一个很普通的词，但它有来历，来自冯延巳的词"独立小桥风满袖"（冯延巳《鹊踏枝》），这个小桥一定是独立小桥，它是一种孤独的意象。"流水"出自屈原的《九歌·湘夫人》："观流水兮潺湲。"为什么"观流水兮潺湲"呢？原来是"思公子兮未敢言"，是有所思念有所追求的时候，他才会看到流水。写到"人家"的时候，也不是普普通通指的一个住家，而是杜牧说的"白云生处有人家"（杜牧《山行》）。那是一种家的寄托，同时有一种自己无法归属的家的寄托，是别人的"人家"，不是自己的"人家"。

当讲到"古道西风瘦马"的时候，读者同样会联想到很多的有关古道的诗和词。如李白的词里头讲到的"咸阳古道音尘绝"（李白《忆秦娥》）。因为古道的"古"字就是一个时间的概念，是"今"和"古"的对比，是长时间的延续，才有一个"古"，古道是千百年来人们都在这行走的那条道路。那么讲到"西风"的时候，是晏殊说的"昨夜西风凋碧树"（晏殊《蝶恋花》），是"独上高楼"的孤独的形象，是登在高楼"望尽天涯路"的时候所感受到的那种西风。不是东风，是西风，给你的秋天的那种含义。讲到"瘦马"的时候，当然更能联想到杜甫《瘦马行》的自我写照。

另外，讲到"夕阳""断肠""天涯"的时候，也都有非常丰富的一些语典给读者种种启发。当把这些启发都融入读者的阅读的体验当中去的时候，再反复地阅读马致远的《天净沙·秋思》，可能就有更丰富的人生的体验。

五、明清小说阅读示例

明清小说最著名的是四大名著——《三国演义》《水浒传》《西游记》《红楼梦》，这也是不厌百回读的。每次阅读都能给读者更丰富的、更新鲜的体验。比如举一个大家非常熟悉的《西游记》的例子。《西游记》的主人公是孙悟空，读者在少年时期可能就看过或读过孙悟空的大闹天宫的动画片、小人书或《西游记》原文，就了解了或者也知道了孙悟空的一些生平历程，但是能不能有更深的体会呢？如果读者回到小说文本当中去，更深入地阅读小说，这个时候很可能有更多的一些思考。

比如直接引用的古人的话"成人不自在，自在不成人"，来看一看孙悟空形象。可以发现在孙悟空的形象当中，实际上存在着一种从自由到不自由，再到更大的自由的一个人生的历程。从阅读杜甫的诗歌开始，我就一直强调，读者阅读中国古代文学经典，一定要有很好的不断提升的中国文化修养。在中国传统文化当中，人的含义有独特的指向性，既指向一个个体的人，即"我"自己的存在，同时又指向社会的人，是个体的人和社会的人的统一。所以讲到人的自在的时候，它同样有着双重的标准，一个是个体的指向性，一个是社会的指向性。而在中国传统文化当中，总是希望追求一种个体的人和社会的人的统一和谐状态。孙悟空的形象就展示着这样的一种状态。

一开始孙悟空的形象是一个原生态的人。什么叫原生态的人呢？就是一个个体的人，而且是一个绝对自由的个体的人。孙悟空的出生是与众不同的，他既没有父亲，也没有母亲，他是石头缝里蹦出来的，所以他是没有任何的社会关系、家庭关系的这么一个原生态的人，就是独立的个体。你不知道他的父亲是谁，也不知道他的母亲是谁，这和其他所有的人都不一样。其他所有的人出生伊始，就有父亲，有母亲，有爷爷，有奶奶，甚至有兄弟姐妹，有好多的亲戚，走上社会以后还有好多的朋友、同学等，非常复杂的关系。但是孙悟空不一样，他一出生的时候就没有任何社会关系，摆脱了所有的社会关系，这是一种原生态的人。

但是还不够，小说还要继续地深化孙悟空这种原生态人的特点。因为人即使是原生态的人，他在时间上和空间上也是不自由的。从空间来说，他的生存环境对他有着很大的束缚，同时他自身的肉体对他也有很大的束缚，他无法超越。从极端的意义上来看，他无法超越他自身的肉体，他没有办法说我生下来是个男性的，我想变成女性的行不行？我想变成既是女性又是男性的双性共体行不行？当然也不行。那么是个男性的人，我想长得很漂亮、很帅行不行？也不行，因为生下来父母给你什么样的相貌你就是什么样的相貌。所以说我们无法改变自己的肉体，怎么办？去学道。学了种种的道术以后，孙悟空就可以改变自己。可以有七十二变，想变成小虫也行，想变成巨大的人也行，想变成一个庙也行，你想变成什么就变成什么。孙悟空超越了肉体的束缚，有了空间的绝对自由。而且他还有生存环境的绝对自由，他一个筋斗十万八千里，随时可以来去自由，他有了空间的绝对自由。

有了空间上的绝对自由，接下来就是时间上的绝对自由。孙悟空的生命再长，能够永远长生不老吗？这是人的一种期望，谁也做不到。孙悟空做到了，他把自己的生死簿都勾掉了。勾掉了生死簿，他就可以与天地一样长寿。所以他被压在五行山下也没法让他死，他被搁在炼丹炉里头也没法把他烧成灰。因为他超越了生死，有了空间和时间上的绝对自由。

于是孙悟空成为一种原生态的人，一种极其自由的个体的人，但这种极其自由的个体的人却不可能成为一个够格的社会的人。因为一旦到了社会当中，这种极其自由的个体的人就受到了重重的束缚。这种束缚不仅仅来自外在的束缚，比如玉皇大帝要派一大堆的兵来征剿孙悟空，要消灭孙悟空，要把他抓起来，或者把他招安到天上去做弼马温。不仅仅是这个，更重要的是社会人自己的束缚、内在的束缚。用咱们现在哲学的话语说，就是一种人的变异，人变成非人，已经不是个体的绝对自由的人。

孙悟空到了天上以后，玉皇大帝给他封了一个官叫"弼马温"。但是官职有着独特的义务或者独特的工作内容，工作的内容是什么呢？就是养马。孙悟空还很尽职地在养马，因为他很看重自己"弼马温"的称号。不仅仅看重这个称号，当他知道还有比"弼马温"更大的称号的时候，他要求更大的称号，比如说"齐天大圣"。而且有了这种更大的称号以后，他要求更大的权力和欲望，还要做玉皇大帝。但是他不是说他一个人做，他觉得大家可以轮流做。所以这就是个人欲望无限地膨胀。这时候他还是一个纯粹的个体的人吗？不是，因为他已经对社会有所需求了。当一个人对社会有所需求的时候，他就已经异化，已经不是一个绝对自由的个体的人，所以社会就要管辖他。既然已经是一个社会的人了，就要受到社会的约束。如来佛的手掌心，就是社会规范、社会约束的一种象征。孙悟空给压在五行山下，就再也不可能有任何的自由了，唯一的自由就是还活着。除此之外，他的所有的自由都被剥夺了，这叫"自在不成人"。

当然接下来要说"成人不自在"。孙悟空最终也没有被一直压在五行山底下，唐僧取经的时候，观音菩萨原谅他，让他出山，来保护唐僧取经。当然要给他戴上一个紧箍儿，紧箍儿有个咒语叫"定心真言"。大家注意，这里说的是"定心"，定谁的心呢？定孙悟空的心。当他心一定了以后，紧箍儿就自然而然地消失了。大家可以仔细地阅读《西游记》的文本，来深入体会一下孙悟空怎么戴上了紧箍儿，紧箍儿又是怎么消失的。这是一个定心的过程。

所以取经途中的"九九八十一难"，本身就是一个"心猿归正"的过程，就是一个"心生，种种魔生；心灭，种种魔灭"的过程。因为对一个人来说，对一个社会人来说，你是菩萨还是妖精，"总是一念"。重要的是要修心，要定心，要正心。只有修心、定心、正心，才可以成为菩萨，像孙悟空就成为一个"斗战胜佛"。

成为"斗战胜佛"以后，孙悟空既是"终成正果"，也就是我刚才讲的"归心""正心"，同时还是"返本归真"，成为一个个体的人和社会的人的统一体。在这个统一体上，个体的自由、社会个体人的自由和社会人的自由就融为一体。成为个体人的自由是为了更好地成为社会人的自由，成为社会人的自由以后才能成为更高尚的或者说更高境界的个体的人，就是"自在的成人"和"成人的自在"。

你可以不断地顺着这样的路子，阅读《西游记》小说。你在阅读的过程中就会思考，"孙悟空三打白骨精"为什么这么描写？孙悟空过火焰山，为什么那么描写？你就会"疑"，"疑"像孙悟空这么聪明的人，为什么在"三打白骨精"的过程中一直那么不得已？为什么一直被唐僧给拘束着？拘束了以后，为什么他又一个筋斗回到花果山去？为什么他又从花果山回来了？你就会不断地去"疑"，去解读，那么你就会慢慢地"悟"，原来这是一个心性的磨炼的过程，是人生漫漫的时间历程，同时也是一个漫长的空间历程。在漫长的时间历程和空间历程当中，像苏东坡所说的，一定要经受种种的人生的苦难；也像马致远所说的，一定要经历种种"断肠"的经历。因为追求不得，你就会断肠就会悲伤，但是你要不懈地追求，让个体的人和社会的人融为一体以后，达到人生的最高境界以后，你就可以有杜甫的那种人格的升华——"会当凌绝顶，一览众山小"。这就是阅读中国古典文学应该享受的一种智慧的升华。

庄子说："吾生也有涯，而知也无涯。以有涯随无涯，殆已！已而为知者，殆而已矣！"（《庄子·养生主》）在中国古代的汉语当中，"知"可以读成"知识"的"知"的平声，也可以读成"智慧"的"智"的去声。庄子的这段名言中，如果把"知"读成平声，是"知识"的"知"的时候，他说的是一个颠扑不破的真理。因为知识是无限的，一个人要穷尽所有的知识是不可能的，那只会不胜重负，你无法承担这么多的知识。但是当你选择另外一种读法，把"知"读成"智慧"的"智"的时候，你就可以明白，庄子还不够聪明，庄子还不够超越。因为提升智慧，永远是"没有最好，只有更好"。这不是说只是超越别人，更重要的指的是超越自我。所谓"最好"，所谓"更好"，更多的指的是超越自我，这就叫"活到老，学到老"。

希望大家能够"活到老，学到老"，不断地阅读中国古代的文学经典，通过不断的阅读，有更多的思考，也有更多的体验，有更多的超越，能够领悟自然的魅力，感知社会的含蕴，思考人生的意义，体验生命的存在。这是中国古典文学经典的不朽的魅力所在。

北京师范大学文学院教授　郭英德

"横渠四句"解读

张载生于1020年，原籍大梁（今河南开封），父亲张迪任四川涪州知州，于任上病故，十五岁的张载和五岁的弟弟张戬扶父灵柩欲归葬故里，但因川资告紧和前方战乱，最终滞留于陕西郿县横渠，此后张载就生活在这里。张载生活的时代，西部边境常受西夏侵扰，后与西夏议和，这对少喜谈兵的张载刺激很大，他向当时主持西北防务的范仲淹上书《边议九条》，范仲淹以"儒家自有名教，何事于兵"劝学。那个时代的士人君子，都以兴复三代为理想，以回归儒家原始经典、恢复儒家礼仪教化为职志，张载不负范氏期望，复兴儒学，躬行实践井田制与儒家古礼，并建立了自己的学说体系。《正蒙》《横渠易说》中的本体论、宇宙观、心性论、圣人观念，体现了其学术个性与理论创造力。著名的"横渠四句"集中蕴含了张载的上述观念。按照李锐的研究，"横渠四句"在《张子语录》和朱熹《近思录》中为"为天地立心，为生民立道，为去圣继绝学，为万世开太平"，到朱熹弟子陈淳《与朱寺正敬一》中出现了"为天地立心，为生民立命，为去圣继绝学，为万世开太平"的说法，今天通行版本"为天地立心，为生民立命，为往圣继绝学，为万世开太平"，则出现在文天祥殿试对策中，主要表现为"为生民立道"与"为生民立命"的不同。[1]笔者认为，"为生民立命"从张载之学衍生而来，"立命"与"立道"并不相违，故而沿袭"立命"之称。

---

① 李锐：《"横渠四句教"小考》，载《史学史研究》，2017（3）。

一、何以有天地

中国古代哲学中"道"有其形而上性质，但又是兑现于现实的，因而论道之时，必然无法避开"天"与"地"。这"天"与"地"不仅是物理意义与自然意义上的存在，更代表着价值与秩序。这与中国的"道前"哲学不无关系，在人们讨论道之前，存在着基于天象与帝庭体系的上帝崇拜和与之相应的意识形态。《周易·系辞》中所说的易道残留着一定的"道前"观念，易道是在天地范围之内的变化流行，而风、云、雷、电是其变化的实际内容，道与天地本是一体。《老子》曰："道可道，非常道；名可名，非常名。无名，天地之始，有名，万物之母。"（一章）"故道大，天大，地大，人亦大。域中有四大，而人居其一焉。人法地，地法天，天法道，道法自然。"（二十五章）即认为道先于天地，天地之前有道。《庄子》在道与天地之关系上与《老子》无二。此种道与天地截然两橛的观念在阮籍哲学中也有体现，阮籍《通易论》讨论的是天地之内的事情，怀疑现存礼法，不屑以道为心之圣人，而其《大人先生传》则是对天地境界乃至神仙世界的超离；《通易论》讲人在天地范围内所应做之事，而《大人先生传》中的大人则突破天地之限制，经历"太极—太始—太初—太清"，从有形世界中超越自然化生之规律，回溯到纯粹的至真境界。

张载"为天地立心"中的"天地"与易道哲学中的"天地"是一路的，张载的道就在天地之内，天地的变化就是道，这是与佛、道不同的本体论和宇宙观。"为天地立心"所建立的秩序就是现实的秩序与价值体系，这也是张载学说与佛、道之学的分野。当然，张载有其具体的逻辑和独特的理路来说明宇宙变化与天地生成，他将神化之变规范在天地界域内，但又不立"神体"，主张返入太虚。

张载以太和为本体。《正蒙·太和篇》曰："太和所谓道，中涵浮沉、升降、动静相感之性，是生氤氲、相荡、胜负、屈伸之始。"① 王夫之注曰："阴阳异撰，而其氤氲于太虚之中，合同而不相悖害，浑沦无间，和之至矣。"② 这即是说，张载把阴阳变化之理引入其本体论，"浮沉""升降""动静"是其中所涵之性。太和就是太虚，它与形器、气、神之关系，张载有论。

首先，太和相对于形器，它是本体，即"未有形器之先，本无不和，既有形器之后，其和不失，故曰太和"③。这就是说，太和在形器之先，形器在太和之后，但形器出现以后，太和依然是太和。至于气，是太和之"散疏""可象"者，清通不可象的则是"神"，即"散殊而可象为气，清通而不可象为神"④ "太虚无形，气之本体，其聚其散，变化之客形尔"⑤ "太虚不能无气，气不能不聚而为万物，万物不能不散而为太虚"（《正蒙·太和篇》）⑥，上述文字是对虚气关系的基本描述，总之，气是太虚的聚散、变化，太虚与气和万物为一体。太虚是本体，所有形器和"可象之气"与"不可象之神"，都是变化之"客形"。太虚、气、神是合一的，但又不是同一的。

其次，如果说太虚或太和是本体，它们的展开即是宇宙论，张载从两方面来阐释。其一，他认为太虚与天、气、性、心之关系是实与名之关系。但太虚这个"实"又是不可命名的。《正蒙·太和篇》曰："由太虚，有天之名；由气化，有道之名；合虚与气，有性之名；合性与知觉，有心之名。"⑦ 即是说，天、道、性、心等都是本源于太虚，它们与人的命名有关。王夫之曰："太虚即气，氤氲之本体，阴阳合于太和，虽其实气也，而未可名之为气；其升降飞扬，莫之为而为万物之资

---

① （宋）张载：《张载集》，7页，北京，中华书局，1978。
② （明）王夫之：《张子正蒙注》卷1，1页，北京，中华书局，1975。
③ 同上。
④ （宋）张载：《张载集》，7页，北京，中华书局，1978。
⑤ 同上。
⑥ 同上。
⑦ 同上。

始者，于此言之则谓之天。"①王夫之以气论来解释张载，弥合了太虚和气之间的那丝罅隙。在此，他认为太虚就是"天"。这种解释强调了太虚的先在性，并将人的存在内嵌入宇宙演化中。其二，张载以易道哲学来阐释其宇宙论。他说："一物两体，气也；一故神，两故化，此天地之所以参也。地纯阴凝聚于中，天浮阳运旋于外，此天地之常体也。"②张载解释了天地生成和两分的理由，王夫之注"一物两体，气也"曰"氤氲太和，合于一气，而阴阳之体具于中矣"③；注"一故神，张子自注：两在故不测"曰"此言天者，天之体也。聚而成形者谓之阴，动而有象者谓之阳。天包地外，地在天中，浑天之说如此"④。王夫之在阐释中既有哲学解释，也有天文学的解释，在整体精神上是符合张载旨趣的。张载论及"天地常体"："地纯阴凝聚于中，天浮阳运旋于外，此天地之常体也。恒星不动，纯系乎天，与浮阳运旋而不穷者也；日月五星逆天而行，并包乎地者也。"⑤这里的天与地，实指天体，以恒星（三垣二十八宿之经星）属天，七政属地，这是从物理学、天文学意义上来讨论。而天地作为价值秩序，天与地又有神物之别，"一故神，两故化"即是其本体规定。《参两篇》曰："地，物也；天，神也。物无逾神之理，顾有地斯有天，若其配然尔。"⑥王夫之注曰："天无体，太和氤氲之气，为万物所资始，屈伸变化，无迹而不可测，万物之神所资也。"⑦可见，天并非神体，是因为气的屈伸变化而有不测之妙，同时，无论是气还是神，都存在于为万物所资的关系中。《太和篇》曰："天地之气，虽聚散、攻取百涂，然其为理也顺而不妄。气之为物，散入无形，适得吾体；聚为有象，不失吾常。太虚不能无气，气不能不聚而为万物，万

① （明）王夫之：《张子正蒙注》卷1，17页，北京，中华书局，1975。
② （宋）张载：《张载集》，10页，北京，中华书局，1978。
③ （明）王夫之：《张子正蒙注》卷1，30页，北京，中华书局，1975。
④ 同上书，31页。
⑤ （宋）张载：《张载集》，10～11页，北京，中华书局，1978。
⑥ 同上书，11页。
⑦ （明）王夫之：《张子正蒙注》卷1，34页，北京，中华书局，1975。

物不能不散而为太虚。循是出入，是皆不得已而然也。"①这就是说，天地二分是气化的结果，它们一方面是物理实体的存在，另一方面是价值与秩序上的厘定。天之神性，并未固化为神体，天地从太虚中生成和存在，在易道哲学视野下，易道就是天地之道。不过，在天与地之间，天又是先于地的。《正蒙·参两篇》曰："地所以两，分刚柔男女而效之，法也；天所以参，一太极两仪而象之，性也。"②这是以三天两地来阐释天地：太极两仪为一体两面，其数为三，这是天数，这是天性；而刚柔男女，其数为二，这是地法。在此，与《易传》中天尊地卑、高卑定位的天地秩序有所不同，张载的天包含了太极和两仪，可以说天就是本体。这一本体是与物无际的，地是在天的浑沦一气中凝结而成的。王夫之注："在天者浑沦一气，凝结为地，则阴阳分矣。"③"太极有两仪，两仪合而为太极，而分阴分阳，生万物之形，皆秉此以为性。象者未聚而清，形者已聚而浊，清者为性为神，浊者为形为法。"④这样的解释是正确的。张载在太虚本体论和宇宙论中构建了天地境界，某种意义上太虚即是天地。天地有常体，太虚无体，那么，天地之无体即是太虚。

　　我们应当在神化与虚气之间来理解天地本体。张载的天地是儒家的天地，天地之外别无天地。"一故神两故化"的神化论对佛家寂灭论、道家长生论给予了有力的理论回击。张载说"彼语寂灭者往而不反，徇生执有者物而不化，二者虽有间矣，以言乎失道则均焉"⑤，此论诚是。张载以神化论阐释了宇宙大化的运行不止及其天地限度，也张扬了生而为人的存神尽性和与太虚为一的道德理性，从而避免佛、道之弊端。张载的神化论也是一种体用论，在阐释虚气关系时，神化体用论避免老氏"有生于无"、释家"体虚空为性"的弊端。关于这一点翟奎凤有论⑥，但他

① （宋）张载：《张载集》，7页，北京，中华书局，1978。
② 同上书，10页。
③ （明）王夫之：《张子正蒙注》卷1，29页，北京，中华书局，1975。
④ 同上书，29~30页。
⑤ （宋）张载：《张载集》，7页，北京，中华书局，1978。
⑥ 翟奎凤：《神化体用论视域下的张载哲学》，载《社会科学辑刊》，2020（5）。

在阐释体用论时，将神作为气化流行的动力因则是不准确的[①]。张载反对佛家"略知体虚空为性，不知本天道为用"[②]（《正蒙·太和篇》）的隔离体用，就是针对执着于虚空之性，同样的道理，"神化"并不体现为以"神"为主的特质。《神化篇》曰："神，天德，化，天道。德，其体，道，其用，一于气而已。"[③]这只是从不同层面来说"神化"，王夫之曰："张子之言，神化尽矣，要归于一；而奉义为大正之经以贯乎事物，则又至严而至简。"[④]这个"一"无非也是一于气而已[⑤]，固然不能将"一"等同于"气"，但也不必执着于"神"体，而这个"一"又是依于"二"的，如《太和篇》所说："两不立则一不可见，一不可见则两之用息。"[⑥]这就是说，神与化、虚与气、一与两形成的体用关系中，体用彼此依存，不妨把这种形而上的本体看作中涵浮沉、升降、动静的"非实体主义"的本体[⑦]。因而，在解读张载神化、虚气之理路时需要避免神体化与唯物化[⑧]，这样也可回答二程、朱熹及后来的钱穆、张岱年等在理解张载太虚本体论上的困惑。

二、心如何立

张载哲学中内蕴着易学中的圣人精神。因为致力于道统的重建，张载所弘扬的

---

① 翟奎凤：《神化体用论视域下的张载哲学》，载《社会科学辑刊》，2020（5）。

② （宋）张载：《张载集》，8页，北京，中华书局，1978。

③ 同上书，15页。

④ （明）王夫之：《张子正蒙注》卷2，76页，北京，中华书局，1975。

⑤ （宋）张载：《张载集》，15页，北京，中华书局，1978。

⑥ 同上书，9页。

⑦ 郭齐勇有论："中国哲学的基本范畴'五行''阴阳''气''道'和儒、释、道三家的形上学，不是西方前现代哲学的实体主义的，而是非实体主义的。"见郭齐勇：《中国哲学史十讲》，3页，上海，复旦大学出版社，2020。

⑧ 牟宗三《心体与性体》中倾向于将太虚神体化，"体用圆融地说，则全神是气，全气是神"，见牟宗三：《心体与性体》（上），434页，上海，上海古籍出版社，1999。杨立华有所驳论，但他又似乎陷入了唯物化，将太虚解释为气化的一个阶段，见杨立华：《隐显与有无：再论张载哲学中的虚气问题》，载《中国哲学史》，2020（4）。

是儒家君子人格，他们有着圣人一般的抱负和能力，站立在天地之间，承担着历史责任并开创未来。"为天地立心"，即是在天地之间凸显人的主体性，以心性道德的创生来体证天道秩序。

张载解读《复卦》时言及"天地之心"，他说："大抵言'天地之心'者，天地之大德曰生，则以生物为本者，乃天地之心也。"[①]又说："天则无心无为，无所主宰，恒然如此，有何休歇？人之德性亦与此合，乃是己有，苟心中造作安排而静，则安能久！然必从此去，盖静者进德之基也。"[②]张载的"天地之心"就是无心无为的生物之心，也是人之德性的归宿，在方法论上，反对造作，以静为本。此外在《经学理窟·气质》中论及"天本无心"与人之"立心""存心"：

> 天本无心，及其生成万物，则须归功于天，曰：此天地之仁也。仁人则须索做，始则须勉勉，终则复自然。人须常存此心，及用得熟却恐忘了。若事有汩没，则此心旋失，失而复求之则才得如旧耳。若能常存而不失，则就上日进。立得此心方是学不错，然后要学此心之约到无去处也。立本以此心，多识前言往行以畜其德，是亦从此而辨，非亦从此而辨矣。以此存心，则无有不善。[③]

天本无心，但生成万物之功需归功于天，这就是"天地之仁"。人也需常存此心，勤勉于事，复归自然，不得离开须臾，唯有保持常存不失，才能德业长进。这是一种与天地同一的虚静之心，立得此心方是学问。同时，在此基础上"多识前言往行以畜其德"，辨明是非存乎心性，则可达到善的境界。由此可见，张载"为天地立心"的基本涵义是顺应天地之德，建立心性道德。尽管在天人合一中有"静""无"之观念，但他是在人与天地的化生关系中来凸显人的天性与德性的。

---

① （宋）张载：《张载集》，113页，北京，中华书局，1978。
② 同上书，113页。
③ 同上书，266页。

牟宗三也是在人与天的交互中来阐释"为天地立心"的。他说:"天之所以为天,上帝所以为上帝,依儒家,康德亦然,须完全靠自律道德(实践理性所规定的绝对圆满)来贞定,此即张横渠所谓'为天地立心'也。"①而存心养性即是事天的唯一道路,也即自律的门径,牟先生说:"盖因存心养性始能显出心性之道德创造性,而此即体证天之所以为天,天之创生过程亦是一道德秩序也","心性道德的创造性即是天道之创造性"。②此论诚然,但这里的"体证""心性道德的创造性",不仅是道德的、心理的、自律的,实际上也是认知与实践的。当然,张载更有其独特的易学逻辑。

首先,张载"立心"是在天地之间的既不寂灭也不留恋自然身体的安身立命之过程。张载"以《易》为宗,以《中庸》为体,围绕着宇宙本体与价值本体建立了一个完整的理学体系"③。确实如此,张载为我们证明了一个不同于佛、道的天地,同时指示人们如何在这天地中树立人性。他的太虚本体论为易学中"天尊地卑"的秩序形成提供了理论证明,其实也确证天地并非幻象,天地之前并没有所谓无的存在,而离开了人的存在也无法想象另有天地的孤立存在。张载讨论性与心说:"合虚与气,有性之名;合性与知觉,有心之名。"④"合",就是"立心","立心"不是孤立地来讨论"心"之用,而是太虚本体论、宇宙论的展开,这是一个实践过程,其中包括建立一种区分于佛、道心性的,新的儒家心性论。

反对佛、道思想是理解张载"为天地立心"的前提,知晓张载建立太虚本体论、新的儒家心性论的历史文化背景更能体会到他的文化人格之伟大和理论创造力之惊人。范仲淹拒绝张载参与边防军事,劝他回归书斋读《中庸》,从事心性之学研究,实际上是将当时儒学发展所面临的尖端课题委托给张载去完成,那就是把仁

---

① 牟宗三:《圆善论》,101页,长春,吉林出版集团有限责任公司,2010。
② 同上。
③ 余敦康:《内圣外王的贯通——北宋易学的现代阐释》,263页,上海,学林出版社,1997。
④ (宋)张载:《张载集》,7页,北京,中华书局,1978。

义礼乐提到天道性命的高度去进行哲学的论证，以确立儒学之体与佛老相抗衡。[1]
不负使命，张载心性之学终于独自成家，他敏锐地直指佛老之学的重大缺陷：

《正蒙·大心篇》曰："释氏不知天命而以心法起灭天地，以小缘大，以末缘本，其不能穷而谓之幻妄，真所谓疑冰者与！"[2]

《正蒙·大心篇》曰："释氏妄意天性而不知范围天用，反以六根之微因缘天地。明不能尽，则诬天地日月为幻妄，蔽其用于一身之小，溺其志于虚空之大，此所以语大语小，流遁失中。其过于大也，尘芥六合；其蔽于小也，梦幻人世。谓之穷理可乎？不知穷理而谓尽性可乎？谓之无不知可乎？尘芥六合，谓天地为有穷也；梦幻人世，明不能究所从也。"[3]

《正蒙·太和篇》曰："诸子浅妄，有有无之分，非穷理之学也。"[4]

《正蒙·大易篇》曰："《大易》不言有无，言有无，诸子之陋也。"[5]

以心法起灭天地、以六根因缘天地，这样的妄意天性，必然导致梦幻人世，而不知范围天地之用，也必然会离人性越来越远；至于议论有无，主张有生于无的自然论，必然将世界截分两橛，导致虚无主义。佛老之学不是穷理尽性之学，不是为天地立心之学，正如余敦康说："佛教以心法起灭天地，提出了种种似是而非的理论来论证天地虚幻不实，实际上是以空作为天地之心。困难之二来自道教的挑战。道教的宇宙论源于老子，老子提出了'天下万物生于有，有生于无'的理论，实际上是以无作为天地之心。"[6]此论诚是，天地无心，但空无也绝不是天地之心，张载所立天地之心就在范围天地的穷理尽性之中，也即是说，讨论天道性命不能为佛老的"恍惚梦幻"所掩，而应当以易道来范围天地。张载《正蒙·太和篇》曰：

[1]　余敦康：《内圣外王的贯通——北宋易学的现代阐释》，277页，上海，学林出版社，1997。
[2]　（宋）张载：《张载集》，26页，北京，中华书局，1978。
[3]　同上。
[4]　同上书，9页。
[5]　同上书，48页。
[6]　余敦康：《内圣外王的贯通——北宋易学的现代阐释》，280页，上海，学林出版社，1997。

不悟一阴一阳范围天地、通乎昼夜、三极大中之矩，遂使儒、佛、老、庄混然一涂。语天道性命者，不罔于恍惚梦幻，则定以"有生于无"，为穷高极微之论。入德之途，不知择术而求，多见其蔽于诐而陷于淫矣。[①]

讨论天道性命，儒家与佛老之区别在于承认天地之存在，在探赜索隐的基础上建立人性的天地、道德的本体、理想的境界。"立心"的过程即是一阴一阳的、既有道德建构也存在认知与实践的易道过程，也就是《系辞上》所说的"《易》与天地准"。韩康伯注："作《易》以准天地。"[②]这个"准"是人与天地彼此相准，进而形成不同于佛老的自然观、性命观。本文在此着重说明其中贯穿的科学意识、理性精神。从筮法上来看，一阴一阳之道是占筮和术数推算的前提和准则，阴阳变化通过数字得以表达，从而观占吉凶。人们以特定的自然之数为尺度，把客观对象放在确定的数量关系和数理模型中去把握和认识，用"数"模拟和阐释生命世界中的时空秩序、因果关系、存在状态、发展趋势。更重要的是，这种阐释与具身认知的实践活动联系在一起，其结果是建立了新的自然秩序、人文世界，以及人的道德境界。

其次，合性与知觉，有心之名。这是《正蒙·太和》中所说的话，张载的"立心"即是合性与知觉。《周易·说卦》曰："和顺于道德而理于义，穷理尽性以至于命。"孔颖达疏曰："能穷极万物深妙之理，究尽生灵所禀之性。"[③]孔颖达的解释突出了"穷理尽性"过程中的认知与心性发现。关于心性的讨论可以追溯到孟子。孟子主张人皆有不忍人之心，即怵惕恻隐之心，这种恻隐之心即是仁之端，仁必然要萌发为这个端，此端又可以最终发展为完善的仁。羞恶、辞让、是非之心作为义、礼、智之端，也是如此。《孟子·公孙丑上》："凡有四端于我者，知皆扩而充之矣，

---

① （宋）张载：《张载集》，8页，北京，中华书局，1978。
② 李学勤主编，王弼注，孔颖达疏：《周易正义》，267页，北京，北京大学出版社，1999。
③ 同上书，325页。

若火之始然，泉之始达。苟能充之，足以保四海；苟不充之，不足以事父母。"而将此四端扩而充之，即是人性的实现，这也就是《孟子·尽心上》中曰："尽其心者，知其性也。知其性，则知天矣。"张载所说的"合性与知觉"也即是尽心知性。张载又认为人性有湛一之性和攻取之欲的区别，"湛一，气之本；攻取，气之欲"①；人也有天地之性与气质之性的不同，即"形而后有气质之性，善反之，则天地之性存焉。故气质之性，君子有弗性者焉"②。那么，张载的"立心"也即是返回到天地之性与湛一之性。可分两方面来说。

一方面，张载主张穷神知化。《正蒙·乾称篇》曰："天人一物，辄生取舍，可谓知天乎？……大学当先知天德，知天德则知圣人，知鬼神。今浮屠极论要归，必谓死生转流，非得道不免，谓之悟道可乎？悟则有义有命，均死生，一天人，惟知昼夜，通阴阳，体之不二。"③强调先知天德，在与天为一的境界中确立人之位置，而不是企图逃离死生流转，以所谓悟道为归宿。《横渠易说·系辞下》曰："天人不须强分，《易》言天道，则与人事一滚论之，若分别则是薄乎云尔。"④即主张不能割裂天人，在天人的一体性中来应物从事，讨论天道。但是，天道既有不测之变，也有恒常之性，即《正蒙·天道篇》所说"天之不测谓神，神而有常谓天"⑤，而圣人合乎天道的方法是无言、无心、无私、无为、无隐、诚信等，其文曰："天道四时行，百物生，无非至教；圣人之动，无非至德，夫何言哉！"⑥"天不言而四时行，圣人神道设教而天下服。诚于此，动于彼，神之道与！"⑦"天不言而信，神不怒而威；诚故信，无私故威"⑧；"'鼓万物而不与圣人同忧'，天道也。圣不可知

---

① （宋）张载：《张载集》，22页，北京，中华书局，1978。
② 同上书，23页。
③ 同上书，64页。
④ 同上书，232页。
⑤ 同上书，14页。
⑥ 同上书，13页。
⑦ 同上书，14页。
⑧ 同上。

也，无心之妙非有心所及也"①；"已诚而明，故能'不见而章，不动而变，无为而成'"②；"圣人有感无隐，正犹天道之神"③；等等。《正蒙·神化篇》明确指出"无我而大"是穷神知化的方法，张载曰："神化者天之良能，非人能；故大而位天德，然后能穷神知化"④；"无我而后大，大成性而后圣，圣位天德不可致知谓神。故神也者，圣而不可知"⑤。王夫之注："圣不可知，则从心所欲，皆合阴阳健顺之理气，其存于中者无仁义之迹，见于外者无治教政刑之劳，非大人以降所可致知，斯其运化之妙与太虚之神一矣。"⑥张载提出合乎阴阳之理，得运化之妙，与太虚合一，却又不着仁义之迹与治教之劳的、至高的道德境界。这一思路既重自然之理，也讲虚无之用，但最终是要落实在人心之上，即存神存诚。张载曰："神不可致思，存焉可也；化不可助长，顺焉可也。"⑦王夫之注："心思之贞明贞观，即神之动几也，存之则神存矣。舍此而索之于虚无不测之中，役其神以从，妄矣。"⑧

另一方面，"穷神知化"是以易学来阐释其立心之学，张载立心之学还表现为"因物为心"与"合天心"，这是穷理尽心的独特思路。《张子语录下》曰："人本无心，因物为心。若只以闻见为心，但恐小却心。今盈天地之间者皆物也，如只据己之闻见，所接几何？安能尽天下之物？所以欲尽其心也。"⑨"立心"是道德与天道的创造，也是及物的实践，为天地立心也必然落实在与物关联中。在与物关系中离不开感知，但张载告诫人们不能仅仅停留在闻见之上，而是要尽心穷理，在认知与实践中获得自由。张载所立之心并不是形而上的存在，也非思维实体，而是在天地

① （宋）张载：《张载集》，14页，北京，中华书局，1978。
② 同上。
③ 同上书，15页。
④ 同上书，17页。
⑤ 同上。
⑥ （明）王夫之：《张子正蒙注》卷2，71页，北京，中华书局，1975。
⑦ （宋）张载：《张载集》，17页，北京，中华书局，1978。
⑧ （明）王夫之：《张子正蒙注》卷2，73页，北京，中华书局，1975。
⑨ （宋）张载：《张载集》，333页，北京，中华书局，1978。

万物之间的人的存在。张载发挥孟子尽心论，《正蒙·大心篇》曰："大其心则能体天下之物，物有未体，则心为有外。世人之心，止于闻见之狭。圣人尽性，不以见闻梏其心，其视天下无一物非我，孟子谓尽心则知性知天以此。天大无外，故有外之心不足以合天心。"①大其心，就是体天下之物，不止于狭隘闻见，无一物非我，以无外之心合乎天心。张载接着提出"德行之知"，《正蒙·大心篇》曰："见闻之知，乃物交而知，非德性所知；德性所知，不萌于见闻。由象识心，徇象丧心。知象者心，存象之心，亦象而已，谓之心，可乎？人谓己有知，由耳目有受也；人之有受，由内外之合也。知合内外于耳目之外，则其知也过人远矣。"②在此，张载强调了道德本体的建构，也讨论了心与象的关系，他要超越闻见之知，超越表象，"合内外于耳目之外"。这与其太虚本体论是一致的，其"立心"或穷理尽性的方法论奥妙也在这里。李泽厚说："张载所谓'为天地立心'，这在人类学历史本体论便不是理性道德的心，而是审美–宗教的心，也就是爱因斯坦讲的对宇宙的宗教情怀（cosmic religious feeling）。它不是'自然境界'的物欲主宰，也不是道德境界的理性主宰，而是理欲交融超道德的审美境界。从而它不是理性的宇宙论，而是人间的情本体，即人所塑建的自己的存在。"③李泽厚道出了张载"为天地立心"中因物为心的历史内容与穷神知化的、无限超越的天地精神。当然，其中精义依然需要回到张载的著述及其语境中体悟。

三、为生民立命

龚杰认为"'为生民立道'就是界定人应走的路、应循的理，也就是指什么是

---

① （宋）张载：《张载集》，24页，北京，中华书局，1978。

② 同上书，24~25页。

③ 《李泽厚：关于"美育代宗教"的杂谈答问》（2008年），见刘再复：《李泽厚美学概论》，228页，北京，生活·读书·新知三联书店，2009。

人，做人的标准是什么，并在此基础上深化了'四书'的人学思想"①。事实上，表现在人性那里的道，必然与天命有关，天命落于人身即是性。"立道"固然是探究人应走的路与应循的理，但这种应然中蕴藏着必然，因而"立道"从根本上来讲即是"立命"。什么是命呢？命源于"天"。天文家仰观天象俯察地理，了解日月的运行规律，建立了天文学，厘定方位和季节、节令，但同时，建立了帝庭体系，认为上帝居于天上，而人则要了解天命。因而，命其实就是天降于人的命令，不妨称为天命。殷商时代，认为气候变化、饥馑出现都与天命有关。这种思想保留在中国哲学中，到孔子哲学，有"五十而知天命"的说法，他不言怪、力、乱、神，罕言性与天道，那么这个天命是什么呢？

梁启超有言："孔子所谓命，是指那自然界一定法则，不能拿人力转变者而言，他有时带说个天字，不过用来当作自然现象的代名词，并非像古代所说有意识的天。"②即是说，天命是自然界的一定法则。卢雪昆说："我们可以归结说，凡哲学上意指定然与当然者，亦即不受经验限制而具绝对普遍性和必然性者，皆以'天'表达之；因而'天'不是一个经验概念。仅从人的形而上的自然禀赋考论，'天'可表达统天地万物之超越根源而言之'最高者'，以及可表达宇宙和人世间普遍的秩序与法则。"③我们承认"天命"或"天"是形而上的自然界与人世间的法则，但同时也需要指出，这一法则是由人自觉地建构而来的。面对自然和未知，人是有限的存在，但也有着无限的价值，人需要遵循自然规律，但人与自然注定是一体的，并在此一体性中创立天地秩序。这也就是《周易》中所说"易与天地准"，即一方面探究自然规律，另一方面通过包括巫术理性在内的实践来建构自然。

《论语·子罕》中说："子畏于匡，曰：'文王既没，文不在兹乎？天之将丧斯

---

① 龚杰：《张载评传》，83页，南京，南京大学出版社，2011。
② （清）梁启超：《梁启超论儒家哲学》，145页，北京，商务印书馆，2012。
③ 卢雪昆：《常道——回到孔子》，263～264页，桂林，广西师范大学出版社，2016。

文也，后死者不得与于斯文也；天之未丧斯文也，匡人其如予何？'"""匡"为地名，在今河南省长垣县西南。"畏"指受到威胁。公元前496年，孔子从卫国到陈国，经过匡地，匡人曾受到鲁国阳虎的掠夺和残杀。孔子的相貌与阳虎相像，匡人误以为孔子就是阳虎，所以将他围困。孔子面对危难的人生困境，对天命进行了思考，他将自己看作文王的后继者，将个人的偶然遭遇和先王之教的流行结合起来，虽然承认了个人的某种有限性，但将个人与天命、先王之教联结为一，进而凸显了个人大无畏的担当精神。不难发现，孔子的天命观表现为，在承认个人局限的前提下，意识到自己的责任与使命，并在天人关系中开物成务，辉光日新。梁启超先生指出孔子天命有"过于重视天行，不敢反抗"之弊端①，但忽视了孔子顺应天行、知其不可为而为之的生命意志，这样的个人意志不是孤立存在的，是遵循自然规律、立足民生、与圣人同道的实践理性精神。《中庸》曰："天命之谓性，率性之谓道，修道之谓教。"《孟子·尽心上》曰："尽其心者，知其性也。知其性，则知天矣。存其心，养其性，所以事天也。夭寿不贰，修身以俟之，所以立命也。"这就是说，无论是率性还是养性都得之于天命，人应当以天命为准则立身处世，这是与孔子的天命一脉相承的。这里的天命不是神秘的宿命，而是生而为人的必然担当和理想准则。

牟宗三论命也反对命定主义，重视进德修业②，他说："'命'是个体生命与气化方面相顺或不相顺的一个'内在的限制'之虚概念。"③"生"是个体存在于世界，不是命；个体的遭际比如幸福与不幸福，便是命。牟宗三认为"命""落在'个体生命与无穷复杂的气化之相顺或不相顺'之分际上"④，牟氏突出了"命"所指示的

①　（清）梁启超：《梁启超论儒家哲学》，146页，北京，商务印书馆，2012。
②　牟宗三：《圆善论》，114页，长春，吉林出版集团有限责任公司，2010。
③　同上书，104页。
④　同上书，105页。

某种局限感，甚至将命解释为因气禀不同而出现的"命限之差"①，因而他在阐释孟子"立命"时，流露出消极的自然主义色彩。其文曰："孟子说'夭寿不贰，修身以俟之，所以立命也'。这是说不论短命或寿考，皆不怀贰、携贰、心中摇动以改其常度，只尽其所当为以俟或夭或寿之自然之来临，这便是所依以确立命限一观念之唯一途径。"②事实上，讨论"立命"，即使不得不考虑到气禀因素，但更应当注重在"命限"之内的使命与担当。有论者说："在张载这里，'立命'就是要显立天之所赋，显立天之所赋而来的人的本然正性，与基于此的践仁行义的人道，以期许天人合德的理想人格的达成与挺立，促成有序和谐理想生活世界的实现。可见，'立命'已涵盖'立道'的意蕴于其中。"③此论诚然，命限固然不可回避，但人之本然正性无论何种命限，必然存在；在历史实践中发挥人性，即是"立命"。

余敦康先生将"为生民立命"阐释为"履行道德义务""遏恶扬善成圣成贤""激发人的道德的自觉"的过程④，主要讨论性命理想⑤，但张载立命论主要是出于立足人之生命局限与特定社会立场而作的具有道德责任的躬身履践。人有天地之性与气质之性，从气质之性回到天命之性是个人的气质变化，即知"有命"而"必受命"，这就是"立命"。《正蒙·诚明篇》曰：

> 德不胜气，性命于气；德胜其气，性命于德。穷理尽性，则性天德，命天理，气之不可变者，独死生修夭而已。故论死生则曰"有命"，以言其气也；语富贵则曰"在天"，以言其理也。此大德所以必受命，易简理得而成位乎天地之中也。⑥

一方面，生而为人，各有禀赋，所以在生死寿夭方面命限不同；另一方面，人

---

① 牟宗三：《圆善论》，114页，长春，吉林出版集团有限责任公司，2010。
② 同上书，106页。
③ 王新春：《"横渠四句"的生命自觉意识与易学"三才"之道》，载《哲学研究》，2014（5）。
④ 余敦康：《内圣外王的贯通——北宋易学的现代阐释》，320页，上海，学林出版社，1997。
⑤ 同上书，308～335页。
⑥ （宋）张载：《张载集》，23页，北京，中华书局，1978。

有其自由意志，必然穷理尽性，以天德为性，以天理为命，成位乎天地之中。"成位"即是成性，成圣，成就功业与道德。张载注《周易·系辞上》"一阴一阳之谓道"说："一阴一阳是道也，能继体此而不已者，善也。善，犹言能继此者也；其成就此者，则必俟见性，是之谓圣。"①这种超越人之局限、在天地之间实现理想存在的生命实践就是"立命"。张载的"立命"论基于其易学，因而体现了神圣的人格精神，这与他恢复儒家古学，发扬圣人精神，树立新的人格范式的学问抱负是一脉相承的。在此意义上，张载"立命"一定是"为生民"的，他重新阐扬周朝的天命观。

赵汀阳对周朝天命观有非常好的见解，他认为"周以德行重新定义了天命。这是一个意义深远的革命"②，周朝的此次神学革命带来了思想上的重大变化，主要表现为："以德行去重新定义享有天命的资格，这意味着天命可以变更"；"行为决定命运"，"未来不是预定的，而由人与天的互动而后定"；"对未来的重新理解建立了以历史性为核心的存在意识"；"周人意识到最能够直接证明德行的证据就是民心"③；等等。张载天命观中具有上述思想内容，其"立命"论有着强烈的实践精神和社会历史意识，并将其德行落实于民心，他在理论上给以自觉的确认。《正蒙·乾称篇》曰：

> 乾称父，坤称母；予兹藐焉，乃混然中处。故天地之塞，吾其体；天地之帅，吾其性。民吾同胞，物吾与也。大君者，吾父母宗子；其大臣，宗子之家相也。尊高年，所以长其长；慈孤弱，所以幼其幼。圣其合德，贤其秀也。凡天下疲癃残疾、惸独鳏寡，皆吾兄弟之颠连而无告者也。于时保之，子之翼也；乐且不忧，纯乎孝者也。违曰悖德，害仁曰贼；济恶者不才，其践形，唯肖者

---

① （宋）张载：《张载集》，187页，北京，中华书局，1978。
② 赵汀阳：《天下的当代性——世界秩序的实践与想象》，92页，北京，中信出版社，2016。
③ 同上书，90~104页。

也。知化则善述其事，穷神则善继其志。不愧屋漏为无忝，存心养性为匪懈。[①]

张载将伦理秩序和易之秩序进行比类，"民吾同胞，物吾与也"，概括了人与世界的特定关系。天地是万物父母，渺小的自我处于天地之间，那么，充塞于天地之间的就是我的形色之体，而引领统率天地万物的，就是我的天然本性；民众是我的同胞，万物乃我同类；圣人君子将仁爱之生命和道德实践充满天地间，即"知化则善述其事，穷神则善继其志"。由此看来，"为生民立命"具有天然的神圣性、民本倾向、圣人气质。

四、继往圣绝学，开万世太平

对于圣人观念的讲求及对于其人格理想的效仿是北宋前期重要的政治期许和文化图景。伴随着对儒家经典的重新发现，也伴随着重视儒家性命之学的复兴，以及新的儒家人格精神的建构，圣人意识得以倡导和发扬。儒家之道关乎经典文本、礼乐制度、日常履践，它从来不是空洞的抽象概念，它必然借助圣人君子得以传承和推行。与张载同时代的范仲淹、欧阳修、王安石、曾巩、苏轼等人都借助儒家经典，特别是《周易》，来发挥圣人精神，建构君子道德，推行先王之教，体证先圣学问，张横渠"继往圣之绝学"的理路即与《周易》有关。张氏注"《易》与天地准，故能弥纶天地之道"曰："言'弥纶''范围'，此语必夫子所造。弥者，弥缝缀缉之义；纶者，往来经营之义。易之为书与天地准。……圣人与人撰出一法律之书，使人知所向避，《易》之义也。"[②]这即是说，易书与天地彼此相准，一方面对天地物理进行探测，另一方面在此基础上为天地立法。而圣人即是撰出"法律"之书的主体，圣人之学就是与佛道之学不同的、以巫术理性探赜索隐且建立道德秩序

---

① （宋）张载：《张载集》，62页，北京，中华书局，1978。

② 同上书，181~182页。

的绝学。具体表现为观察天文物理而知阴阳变化、刚柔盛衰及死生之说——这是一种由明而诚的天人合一之学，《周易·系辞上》曰："仰以观于天文，俯以察于地理，是故知幽明之故；原始反终，故知死生之说。"张载注："其语到实际，则以人生为幻妄，以有为为疣赘，以世界为阴浊，遂厌而不有，遗而弗存。……儒者则因明致诚，因诚致明，故天人合一，致学而可以成圣，得天而未始遗人。"①王夫之在《张子正蒙注·序论》中说："张子言无非《易》，立天、立地、立人，反经研几，精义存神，以纲维三才，贞生而安死，则往圣之传，非张子其孰与归！"②此论诚然。此外，张载继韩愈、石介等人之后梳理了一个圣学传承的道统，即以伏羲、神农、黄帝、尧、舜、禹、汤为物质生产、礼乐制度、价值规范的制作者，武王、周公、孔子则为继述者。③

相较于当时的佛老之学，儒学更为精微正大，张载是深有体会的。因而，"继往圣之绝学"的现实任务就是兴复儒学，反对佛老。张载《圣心》诗曰："圣心难用浅心求，圣学须专礼法修。千五百年无孔子，尽因通变老优游。"于此可见横渠先生直接孔子圣学的抱负，而求证圣心、修明礼法是儒家学问的门径。张载建立了一套非常谨严的儒家形而上学，讨论心性命理，履践礼乐制度，在学理上揭露佛、道之弊。

《横渠易说·系辞上》曰："释氏之言性不识易，识易然后尽性，盖易则有无动静可以兼而不偏举也。"④

《正蒙·中正篇》曰："儒者穷理，故率性可以谓之道。浮图不知穷理而自谓之性，故其说不可推而行。"⑤

---

①　（宋）张载：《张载集》，183页，北京，中华书局，1978。
②　（明）王夫之：《张子正蒙注》卷1，4页，北京，中华书局，1975。
③　余敦康：《内圣外王的贯通——北宋易学的现代阐释》，342页，上海，学林出版社，1997。
④　（宋）张载：《张载集》，206页，北京，中华书局，1978。
⑤　同上书，31页。

《正蒙·三十篇》曰："三十器于礼，非强立之谓也。四十精义致用，时措而不疑。五十穷理尽性，至天之命；然不可自谓之至，故曰知。六十尽人物之性，声入心通。七十与天同德，不思不勉，从容中道。"[①]

《太和篇》："天地之气，虽聚散、攻取百涂，然其为理也顺而不妄。气之为物，散入无形，适得吾体；聚为有象，不失吾常。太虚不能无气，气不能不聚而为万物，万物不能不散而为太虚。循是出入，是皆不得已而然。"[②]

儒学是穷理尽性之学，张载反对浮屠之学不知穷理，妄意天性，具体而言，儒家以易学尽性，释家不识易而尽性。以易尽性，就是在有无动静的变化中认知造化，理解生命，建构价值理想。正如孔子，其穷理尽性贯穿于人的生命始终，遵循中道，由日常礼乐之实践直至于"与天同德"，生命即在当下，生活不在别处。气有聚散，理在其中，以神化为本体，但万物散而为太虚，不滞留为神体。这种太虚本体论反映于人性论，即是人立足天地之间发扬神圣之人性，并与天地合其德，建立人间的理想世界，也即"为万世开太平"。

按照龚杰先生的考证，"太平"是汉代就提出来的，太平就是安定和谐，也指人民的财富公平。北宋中期以后土地兼并严重，财富不均，为此恢复井田，均贫富；重建封建，适当分权；推行礼制，变法求新。[③]张载中进士后，先后任祁州（今河北安国）司法参军、云岩（今陕西宜川境内）县令、著作佐郎、签书、渭州（今甘肃平凉）军事判官等职。在做云岩县令时，办事认真，政令严明，处理政事以"敦本善俗"为先，推行德政，重视道德教育，提倡尊老爱幼的社会风尚，每月初一召集乡里老人到县衙聚会。常设酒食款待，席间询问民间疾苦，提出训诫子女的道理和要求，每次都召集乡老，反复叮咛到会的人，让他们转告乡民，他发出的

---

① （宋）张载：《张载集》，40页，北京，中华书局，1978。
② 同上书，7页。
③ 龚杰：《张载评传》，172～196页，南京，南京大学出版社，2011。

教告，流行乡里，为村夫民妇童子所接受。毫无疑问，张载是推行儒家教化，谋求长久治道的实践家，其"为万世开太平"，在理论上也是可以证明的。"万世"指时间的久远或永恒，也指生命伦理空间的生生不已，这种太平气象又是在现实空间中可以实现出来的。正如前文所论，"一故神，两故化"，张载本体论上强调神化，但也强调返回太虚，始终重视物性，其"太虚"也即"天地"，这"天地"是价值秩序，也落实于物理空间，即"人鲜识天，天竟不可方体，姑指日月星辰处，视以为天"①。张载将易道模式引入自然化生与人事展开中，在论及天地秩序时，凸显主体与天地构成的物理关联性，《横渠易说·系辞上》曰："不言高卑而曰卑高者亦有义，高以下为基，亦是人先见卑处，然后见高也。"②论及人事社会时，以乾坤为父母，阐释血缘与伦理关系在现实空间中的延伸，张载力辟佛、道，构筑出一个真实不灭的世界。这个世界是可持续地趋向于永恒的理想世界，借郭齐勇论"古代哲人生存智慧"的语言可以这样描述："人与自然、人与物：共生一体"；"人之世代生存的时间维度：悠久无疆。"③

北京语言大学中华文化研究院教授　李瑞卿

---

① （宋）张载：《张载集》，177页，北京，中华书局，1978。
② 同上。
③ 郭齐勇：《古代哲人的生存智慧》，见郭齐勇：《中国哲学史十讲》，43~63页，上海，复旦大学出版社，2020。

关于中华文化

现在抗美援朝等历史已变为文稿与年谱里的文字，但实际上，不论是五次战役期间起草的电文，还是高层紧张的、伟大的决策，都足以令人深受震撼。如今正在倡导传统文化，这些也是传统文化，而且是活生生的传统文化，更需要去了解与学习。我们当然可以通过现在的传媒去了解与汲取它们，但更重要的一点还是要去追溯真实的历史文本。像中华人民共和国成立以来毛泽东的文集，是那个时期的真实文稿，我们在这里就能了解到在真实历史过程中抗战精神是如何形成的，这也是传统文化的重要组成部分。

知识分为两种：第一种知识是用来研究的，深究这个人生于哪一年，卒于哪一年，他的思想、内在内涵是什么；第二种知识是用来帮助我们进行实践的，像王阳明，他的哲学完全从实践中来，他得出这样的哲学体系，在很大程度上是在解决他自己的人生困惑。学习传统文化的重要目的就在于解决问题，而不仅是将其作为谈资。谈资容易获得，但真正能够指导自己的生活并且能够让自己的人生少一点困惑的知识却非常难得。

一、中华文化的原创力量

所有的国家、民族都希望在考古上有所成就，以此来证明自己的文明属于原创。为什么我们说中华文化有原创力量？并不仅仅是半坡人、元谋人的问题，是因为中国在世界文明早期便对其有着重要贡献。中国地大物博，人口众多，任何一项发明及思想的进步本身就是对人类的巨大的贡献。

人们经常说中国是世界文明古国中唯一未曾中断文明进程的，但这句话的意思并不是说别的文明就完全中断、湮没不存了。像古埃及文明、古印度文明等，作为文学遗产依然存在。唯一不曾中断文明进程的意思是这个文明是鲜活的，而非化石，它到现在还在指导着当代人的生活，哺育着当代人的思想。文明和思想不是用来读的、看的，而是用来指导我们的。中华文明在孕育的过程当中，虽有部分中断，但更多的却到现在还在发挥着作用。如有些家长让孩子读《论语》《三字经》等传统读物，就说明这个传统文明依旧鲜活，还在血液里流动，还活跃在我们的教育系统里。还有郡县制，它作为制度文明，把物质文明和精神文明、行为文化结合在一起，这个制度从过去到现在，两千多年都未曾改变，因为它符合中国的国情。

中国是唯一不曾中断其文明精神的文明体，中华文化从来未曾完全衰亡，它只是曾经暂时衰落，而后复兴。中华文化现在依然鲜活，每天都在我们的生活当中上演。中国人现在之所以叫中国人，之所以能够为我们的历史感到自豪，就是因为我们认为我们就是从周、秦、汉、唐绵延下来的那批人，从未间断。从这个意义上来讲，中华文化就是从未中断。

为什么中华文化有这么强大的力量？中国思想的真正渊源有两个：一个是儒家思想；另一个是道家思想。其他思想都从这两者中分化出来。儒家思想的发展渊源是血缘宗法。孔子述而不作，转述、传承、宣讲周公制礼作乐的思想，其思想的核心是秩序。西周王朝、东周王朝给我们的最大遗产就是礼乐。礼是讲规矩，乐是把规矩给表现出来，礼乐的外在形态是礼仪。如见到老师要鞠躬，其内在就是礼乐的精神。"外化于行，内化于心"，内心有礼，外化为仪，两者相合，即为礼仪。

儒家的根本在于有规矩、守秩序，讲究君君臣臣、父父子子与讲血缘宗亲。所以孔子讲"仁者爱人","爱人"不是泛爱众,而是爱有血缘、宗亲关系的人,这些人之间要讲团结、讲秩序。中国古代最基本的一些价值内涵被保存了下来后,便沉淀成为一种道德、一种精神,成为日常伦理和道德,成为日常价值观。孔子秩序的思想和周礼的思想为历代统治者所尊重,成为中华文化的主流。

道家思想实际上是儒家思想的一个补充。儒家思想的来源是秩序、血缘宗亲,而道家思想的来源是自然。道家认为天下大乱,根源于人们对社会的改造。而这种改造一切都应顺应自然之道,只有顺应了自然之道,人才可以永久保全自己,社会才能在缓慢发展中做到不崩坏、不分裂。

法家则是完全从儒家思想中脱胎。因为社会的急速发展,弑君、弑父之事多有出现,法家认为讲究秩序伦理太过麻烦,于是选择直接党同伐异。这种主张能维持一时,却不能作为意识形态的主流成为一种社会秩序。所以,最后儒家、道家、法家等所有思想扭合在一起共同铸成中国人的思想。

儒家思想温情脉脉,讲究温良恭俭让,但是在具体的政治层面落实困难,所以儒家主要负责思想意识形态领域与教育领域。法家够落实、够推动,但太残忍,所以藏在里面不出现。道家思想负责在外儒内法发展一段时间后,人们质疑这种思想可行性时出来迂回。这些思想交替出现。中国人只要生在中国的土地,一开始接受教育,就会很自然地形成这些思想。所以,中国人可以坚持原则,也可以高度灵活,有时候很执着,有时候又很洒脱。

中国人关注更多的是解决社会的现实问题,而西方、中亚、南亚、西亚的文明,则是首先要确立一个总体基于神学的指导思想。它要确立一个原则,一个永远不变的理念,根据这个理念来设计国家,设计大学,设计社会生活。中华文化的生命力很顽强、很强大,到现在还在十几亿中国人身上发挥作用;它所关注的问题是关系到人类命运的根本问题,也是学问本身的指向和它的终极目的。

二、中华文化的传承力量

文化要发挥作用，传统要发挥作用，传承非常重要。传承是社会治理的需要，说明社会的整体结构在前进而非倒退。玛雅文明很难传承的原因就在于这个文明所处的区域、发展所要凭借的条件在较短时期内就消失了。很多文明都与此类似。在中国大陆这样一个文化地理版图中，能够确保一个文明持久地生长并得以传承，就是因为它能给生长在这片土地上的人提供繁衍生息的基础。

中国人在近代遭遇了这么多灾难却依旧骄傲的原因就在于我们落生在这片土地上，这片土地始终能供养我们。所以我们应该拜谢这片土地，感谢它供养了我们几千年始终长久不衰。文化与文明不是在书本上，而是在土地上。传承的本质力量来源于对在这片土地上生存的自信。没有社会治理的需求，哪有文化传统传承的动力？《论语》中《子路、曾皙、冉有、公西华侍坐》那篇文章里，孔子与子路等人畅谈理想，对他们几人的观点都不置可否，文章的结尾孔子问曾皙："点，尔何如？"（你呢，你怎么样？）曾皙说："我的理想很简单，就是能够在作物成长的时候跟几个朋友、一些祭祀的人到舞雩台上去求雨。我的心里礼乐长存，我虽不一定做什么但一定会遵循这套礼仪思想。"所以，孔子最后喟然叹曰："吾与点也！"[1]礼乐的精神对于中华文化的传统非常重要。孔子曾经说"非礼勿视，非礼勿听，非礼勿言，非礼勿动"[2]，一切不合规则和规范的都不要去做，不要去宣传，不要去看，也不要去践行。

有一些历史上的例子是很能说明这些问题的。在《续资治通鉴长编》里，有两个关于宋太祖赵匡胤的故事非常生动。赵匡胤的女儿有一次穿了一件衣服进宫见他，这件衣服有个特别之处叫"贴绣铺翠襦"。将翠鸟身上碧绿色的羽毛拔下来经

---

① （清）刘宝楠：《论语正义》卷十四，466页，北京，中华书局，1990。
② （清）刘宝楠：《论语正义》卷十五，484页，北京，中华书局，1990。

过加工后，绣成胸花别在衣服上，就叫翠襦。

赵匡胤对他女儿说："汝当以此与我，自今勿复为此饰。"（你把这件衣服给我，以后不要再装饰翠鸟的羽毛了。）公主反问道："此所用翠羽几何？"（这个才用多少羽毛呢？）赵匡胤回复说："主家服此，宫闱戚里必相效。"（你是公主，如果你穿这件衣服，宫里边那些大大小小的女子都会仿效。）如此一来京城翠羽价高，羽毛的价格就被炒起来了。"小民逐利，展转贩易，伤生浸广。"（有一些小民为了逐利，层层辗转贩卖交易，杀生害命越来越多。）"汝生长富贵，当念惜福，岂可造此恶业之端？"①（你生长在富贵之家，应当知道惜福，怎么能造此恶业呢？）什么叫传承的力量，这就是在践行中传承。传承的力量要在实际的践行当中有畏惧感、戒惧感。

荀子在《王制》里说："马骇舆，则君子不安舆。"（马要是惊了车，那么君子就不能安坐在车上。）"庶人骇政，则君子不安位。"（如果百姓惊恐政事，君子就不能安坐政位了。）"传曰：'君者，舟也；庶人者，水也。水则载舟，水则覆舟。'"②所以中国的文化为什么能够传承？像宋太祖赵匡胤、唐太宗李世民，他们为什么能常怀戒惧之心？因为他们知道，水能载舟，亦能覆舟，在他们之前的历史上已经发生了很多王朝更迭的事件，所以他们兢兢业业，不敢有丝毫懈怠。每朝、每代都在践行和传承着君主专制制度的同时，传承下"君者，舟也；庶人者，水也"的古训，这就是文化传统的传承。真正的传承是心传，是行传，而不只是停留在课本上的浅薄文字。

中国共产党人把人民军队和人民群众的关系比喻成鱼水关系，把很多传统文化都渗透到自己的文化当中。何谓军民鱼水情？在当时指的就是"三大纪律八项注意"。其中一条为"借东西要还"。以前那些当兵者将门板卸下来睡完觉后，第二天早晨会将门板拿走。但共产党规定士兵把门板卸下来睡过之后需要把门板还回去。

---

① （宋）李焘：《续资治通鉴长编》卷十三，285页，北京，中华书局，2004。
② （战国）荀况：《荀子简释》第九篇，102页，北京，中华书局，1983。

此外，共产党人还帮百姓扫院子、打扫卫生等。在百姓传统观念里，当兵者往往欺侮百姓，抢占器物，在传统称呼里称呼这些兵痞为"兵爷""军爷"，但人民军队用革命的思想将它改造了，把传统文化吃透了，他们让百姓意识到人民军队是来帮助而非统治百姓的军队，他们改变了与百姓的关系，使得军民之间亲如一家，鱼水情深。这就是中国共产党的人民军队能够取胜最为重要的原因。

赵匡胤的妻子曾对他说："官家作天子日久，岂不能用黄金装肩舆，乘以出入？"（你做天子这么长时间了，为什么不把你的轿子用金银装饰起来，出入的时候乘坐。）赵匡胤答道："我以四海之富，宫殿悉以金银为饰，力亦可办。"（四海都属于我，就算在宫殿都饰满金银也完全可行。）"但念我为天下守财耳！岂可妄用？"（但我这皇帝只不过是给百姓守财的一个守财奴而已，又怎么能乱用钱呢？）"古称以一人治天下，不以天下奉一人。"（从古至今我们只听说过一个人可以付出所有来治理天下，但从没听说过所有人去供养一人之事。）"苟以自奉养为意，使天下之人何仰哉？"[①]（如果只考虑自己的生活享受，百姓又怎么能尊重你呢？）

赵匡胤是武人出身，不可能天天去读《论语》《孟子》之类的书籍，但孟子却恰恰说过"民为贵，社稷次之，君为轻"[②]这样的话，两者内容相洽，意思相类，这便是一种传承。由此可见，中华文化确实源远流长、博大精深。

社会主义核心价值观其实无一例外也都源于中华优秀传统文化。富强，《管子》中说过；民主，《尚书》中说过；文明，《礼记》中说过；和谐，《荀子》中说过；自由、平等、公正、法治也全都有迹可循。

我们这个民族的文化从来都能够给新兴的文化提供营养和动力。比如天安门广场的设计，天安门城楼本身是一个黄顶子红墙的皇家建筑，它上面挂了中国最大的大红灯笼。其实传统的灯笼是不能做这么大的，但是我们灵活应对，根据需要将它

---

① （宋）李焘：《续资治通鉴长编》卷十三，286页，北京，中华书局，2004。
② （清）焦循：《孟子正义》卷二十八，973页，北京，中华书局，1987。

做得更大，同时还兼顾美观，这都是创造。城楼上书"中华人民共和国万岁""世界人民大团结万岁"十八个大字。这是对联吗？对联还有横着写的吗？没有。但如果真的放两个竖的对联就显得小气，不够庄严。这也是创造性的转换、创新性的发展。这些转换我们都习以为常，但细细想来，这都是在没有丢掉传统特色基础上能够体现巧思的创新。由此可见，我们对传统文化的传承薪火相传，从未中断。这恰恰是中华文化非常有生命力的一个表现。

三、中华文化的治理力量

中华文化历来的做派都是"集中力量办大事"。包括中国历史上的几大工程，像长城、都江堰、京杭大运河都是大家合力做起来的。为什么我们能够集中力量办大事？因为我们形成了大一统的国家。只要是统一的、多民族的、富有活性生命力的国家就一定会壮大，这是毫无疑问的。但是要获得这种话语权和独立的力量，首先要有强大的治理力量。这种强大的治理力量也是我们的传统文化。原创有传承力，这种传承关键是要落地生根，能够治理，能发挥作用，能够实践。中国历史和文化的传统有一个最核心的要点，就是大一统。谁破坏了大一统，谁在关系整个中华文化的续脉问题上犯了错误，谁就是千古罪人。这是一种大一统的传统、大一统的治理格局。

中国治理的历史始终是大一统的历史。秦朝是中国历史上第一个大一统王朝，没有秦始皇，就没有两千多年来的政治文明和制度文明。从"车同轨，书同文"到统一度量衡，他建立了大一统的政治体制，形成了大一统的政治格局。他的疆域是现在的华北地区、华东地区、华中地区和华南地区，这些区域在中国历史版图上进行过多次的变动，到现在依然是中国经济社会文化的核心区域。所以，为什么战争时期说平津危机、华北危机、保卫黄河、保卫华北？因为这些地方是经济社会的核心区域，坚决不能丢弃，不能退让。唐代著名诗人杜甫，晚年住在成都，但这是万般无奈之举。他要从政就必须得去长安和洛阳，但凡是英雄壮士，便必然想在中原地区建功立业。

唐朝疆域广大，面积最大的时候有一千二百平方千米左右，人口有六千万至八千万。到了元朝，疆域达到一千三百多万平方千米，人口接近一亿。元朝是中国古代历史上存在时间最短的王朝，因为它是个跨洲的大帝国，它无法做到种族、人群和文化上的整合，所以必然走向分裂。同一时期有拜占庭帝国，也是由很多小块的领土拼接而成，因其信仰不统一、思想不统一，后来也趋于分裂。通过这种对比，我们可以看到中国的治理的力量。什么叫治理的力量？就是始终能保持一个统一的、稳定的国土疆界，同时能够确保一朝一代之间的替换不是颠覆的，而是传承的。西罗马帝国、东罗马帝国、日耳曼帝国包括奥斯曼土耳其帝国，这些帝国之间是互相颠覆的，而且每次颠覆上来的文化都不一样。在中国，无论是唐朝还是宋朝，都要给前面的王朝修史，修史的原因一方面是为了总结经验教训，另一方面是为了确保自己可以接续前朝的文化，以此证明自己的合法性。

每次修史都是对前朝思想文化的总结，同时也是对前朝思想文化的承认。所以，每个王朝的帝王和统治集团都默认自己为中华文化的守护者。

北京的紫禁城方方正正，这个规制是从唐代来的。唐代以前的都城都是不规则的，因为地是不规则的。但是到唐代发生了一个很大的变化，它开始靠理念建造一个都城，这个理念是从《周礼》中来的，包括长多少、宽多少，里面应该分多少格，都是完全按照理念建造的。都城的形状在某种程度上就是大一统的象征。从唐代的宫殿往后，除南宋因为版图变小且因建在西湖边所以必须根据西湖的形状来改造外，元明清的宫殿基本都是以唐代的都城形状为参考来建造的，我们现在觉得都城方正是一个常识，但在那时是一个非常大的创造。唐代的大明宫非常巨大，它的总面积为三百五十四公顷，比圆明园还要大四公顷。在一千二百多年以前，一个宫殿能够达到这样巨大的规模，证明了统治者的治理能力。大明宫的修建仅仅用了两年的时间，由此可见中国建造在古代时就已速度惊人，而这都仰赖于庞大的组织能力。如果一个中央集权的王朝，能组织起各方强大力量来共同办成一项公共事宜，那么必然失去较多个体自由，这是一件令人无奈的事。尤其是在中国这样一个传统的公共资源非常匮乏的地区，我们三分之二都是山地，实际上在很长的一段时间里面，是靠着三分之一的平原地区来供养着整个广大的区域。中国并不是一个资源丰富的国家，历史上也是如此，所以我们修很多运河、人工河，修很多大型的水利枢纽，以此来让自然资源均衡化。

唐代国际化水平也非常高，在长安一百万人口中有百分之十都是外国人。关于引进外来人口、引进人才，唐代的户口制度里有规定，"诸没落外蕃得还，及化外人归朝者，所在州镇给衣食，具状送省奏闻"①（凡是外国人来我们国家，当地政府给他吃、给他穿，要将他们的情形报告给朝廷）。在当时，很多外国人在朝廷里担任重要职务，甚至掌握了军队，这说明中华民族在这个历史时期，民族交融达到了极致，民族彼此之间的认同感也达到了极致。

这些传统文化的治理的力量的确非常强大，虽然只举了唐朝的例子，但实际上到了宋元明清，包括之前的先秦两汉，这样的例子也很多，都能够体现治理的力量。

四、中华文化的育人力量

唐代选拔人才有四个条件，叫作"身""言""书""判"。"身"是长得端正，体貌丰美；"言"是说话有条理；"书"是字要写得好看；"判"是文理优长。"四事皆可取"，这四项都有的人，接下来看什么？"则先德行"，先看德，"德均以才"，

①　［日］仁井田升：《唐令拾遗》户令第九，238页，日本，东方文化学院东京研究所，1933。

然后再看有没有才华，有了才华再看什么呢？"才均以劳"，再看办事的能力，然后"劳必考其实而进退之"①，最后要看办事情的效率怎么样，通过考核业绩来决定考生是进是退。我们从选举的角度可以反推如何育人。

首先，是理想信念教育。现在的理想信念教育存在概念化、公式化、模式化的问题，文件不是写出来的，是要身体力行列出来的。毛泽东自己写的一些文件、文章都有着非常鲜明的个人色彩，没有切身之体验，就不可能写出让别人完全信服的话，这就是我们现在的教育的症结所在。教育者没有体验，受教育者更得不到体验，大家都是从文件到文件，从教材到教材，老师就被教材化了。

我们经常说文化自信，什么样的人有文化自信？孔子。《论语》记载"子畏于匡"，孔子周游列国走到了匡国，他长得很像当地人不喜欢的阳虎，所以为匡人所困，匡人想杀掉孔子，在这种很危险的情况下，孔子说了一段话："文王既没，文不在兹乎？"（周文王死了，难道周代礼乐文明就不存在了吗？）"天之将丧斯文也，后死者不得与斯文也。"（天命如果想让周代的礼乐文明传承灭绝，那我也就不会掌握这些礼乐文明了。）"天之未丧斯文也，匡人其如予何？"②（如果天命并没有让文明断绝，匡人又能拿我如何呢？）换句话说，孔子认为自己是有天命的人。同样，我们也要有使命感，要承担起历史的使命，每个人都应该有天命感，天命在，我必有使命。如果自暴自弃，那就是愧对天命。这种理想信念的教育必须要有切肤之痛，没有切肤之痛就不可能发挥任何效用。

其次，是道德情操教育。这里来看一个王安石的例子，宋仁宗庆历元年（1041年）王安石应试科举，考官们在考完之后暂时先列了一个名次，王安石排在第一名，第二名是王辉，第三名是韩将，第四名是杨志。后来阴差阳错，因宋仁宗不喜欢王安石的文章，第二名和第三名本身有官职，可以参加进士科的考试，却不能拿

---

① （宋）欧阳修、宋祁等：《新唐书》卷四十五，1171页，北京，中华书局，1975。
② （清）刘宝楠：《论语正义》卷七，327页，北京，中华书局，1990。

状元，所以最后杨志拿了状元。

但是王安石"荆公平生未尝略语曾考中状元"①（王安石一辈子从来就没提过这事）。他曾经给他的堂弟写过一首诗："属闻降诏起群彦，遂自下国趋王畿"（皇帝下诏让大家去考进士，大家就都到首都去），"刻章琢句献天子，钓取薄禄欢庭闱"（我们写好文章，一方面献给天子看，另一方面用这个办法调取一些俸禄，让自己的家人开心）。但是"此时少壮自负恃，意气与日争光辉"②（我真正的志向是将来能够做出与日月争辉的伟大事业），所以"其气量高大，视科第为何等事而增重耶？"③（王安石并不在意考试，重要的是将来要成就大事）。所以像王安石这样的人的确有着高尚的道德情操。

再次，是扎实学习教育。学习非常重要，到底怎么学习，怎么写文章，古代都有很具体的要求。柳宗元在永州被贬谪时，很多人向他求教该如何写文章，他写《答韦中立论师道书》来回答这一问题。首先从写文章的态度来说，他每次写文章从来不敢掉以轻心，担心文章浮华而没有根据；从来也不敢漫不经心地对待它，担心文章很松弛而不严谨；从来也不敢以昏昏然的状态来写它，担心文章晦涩而且繁杂；从来也不敢以傲慢之心来作它，担心文章盛气凌人让人误感自己非常自傲。

这是什么呢？这是做文章的态度。写文章就是不能掉以轻心，不能漫不经心，不能有昏昏之气，不能有骄傲之气，不能盛气凌人。那么有了这个态度之后，如何在具体写法上让文章有气质呢？他说"抑之欲其奥"④，压制文章的文气，不要让它太傲慢，让它含蓄；要发扬文章是为了让它变得明朗；要疏通文章是为了让它变得畅达；要精简文章是为了让它变得凝练；要激发文章是为了让它变得清朗；要保持

① （宋）王铚:《默记》卷下，39页，北京，中华书局，1981。
② （宋）詹大和等:《王安石年谱三种》王荆公年谱考略卷之三，232页，北京，中华书局，1994。
③ （宋）王铚:《默记》卷下，39页，北京，中华书局，1981。
④ （唐）柳宗元:《柳宗元集》卷三十四，873页，北京，中华书局，1979。

它的文气，这样会让它变得凝重。而这只是"吾所以羽翼夫道"①，只是为文章之道做的铺垫，打的基础。

在写文章时应该让文章保持什么调性？具体写文章主要是要参照什么来写？柳宗元说了五句话：要本着《尚书》以求得文章的质朴，要本着《诗经》来求得文章永恒的魅力，要本着《礼记》以求得文章的合理，要本着《春秋》以求文章的是非分明，要本着《周易》以求文章的发展和变化，"此吾所以取道之原也"②，也就是说《尚书》《诗经》《礼记》《春秋》《周易》是柳宗元写文章的思想来源。

汉武帝时设"五经博士"，"五经"成为中国古代的官方知识体系。《尚书》讲先秦时代的帝王之道，"质朴"不是说文章朴实无华，而是文章有了基本的根底，所以学了《尚书》，就知道了古代典章制度的根本。《诗经》于古人而言是广泛的社会知识、社会文化和社会生活，"本之《诗》以求其恒"，通过阅读《诗经》以求对这个世界有一个全面的把握，古人把《诗经》当作"大百科全书"来看，通过学习《诗经》了解世间现象的面貌。《礼记》里记录了大量的中国古代的礼仪典章，只有学习过《礼记》的文章，才会呈现思想的秩序。孔子通过修订《春秋》告诉大家什么是对的，什么是错的，学习《春秋》以通晓好歹是非。学习《周易》就知道天下的万事万物都是变动布局的，了解事态发展变化的趋势。这些都学到了，文章就可以写成了。在此基础上再学习其他。学习《庄子》《孟子》和《荀子》使文章条理畅达，学习《老子》可以舒展文章的姿态，学习《国语》可以获得丰富的情绪，学习《离骚》可以使文章变得幽深而细腻，学习太史公的《史记》可以使所学简洁精练。但这都不是本源，只是"旁推交通，而以为之文也"③。那些东西在柳宗元看来都只是形式，本源是"五经"，这就是我们始终强调读经典的原因，也是柳宗元被

---

① （唐）柳宗元：《柳宗元集》卷三十四，873页，北京，中华书局，1979。
② 同上。
③ 同上。

奉为唐代著名哲学家及唐宋古文运动的重要领袖之一的原因。

最后，是仁爱之心教育。苏轼就非常有爱心。苏门六君子中有一个叫李廌的人，名气小，又很穷困，很长时间都考不中进士，苏轼经常接济他。苏轼在做翰林学士时，朝廷赐他一匹马，后来他要去杭州做知州，朝廷又赐了他一匹马，苏轼欲赠一匹给李廌，所以就给李廌写了一个赠马券，上写"元祐元年，余初入玉堂，蒙恩赐玉鼻骍"，玉鼻骍是一种白鼻子红毛的马，这句话的意思是我在翰林院做翰林学士的时候，朝廷赐了我一匹马，今年我要去杭州做官，"复沾此赐"（朝廷又赐我一匹马），而"李方叔未有马"（但是李廌没有马），"故以赠之"（所以我就把它送他），希望李廌可以卖掉此马，改善生活。但苏轼又怕李廌自尊心强，不肯卖马，所以他写"又恐方叔别获嘉马"（但是我怕送你马的人很多）。但其实马匹在当时非常贵重，所谓"五花马，千金裘，呼儿将出换美酒"，方叔家如此穷困，又怎么会有很多马呢？所以他这么说，完全是为保护李廌的自尊心。因"又恐方叔别获嘉马，不免卖此"，所以"故为出公据"[①]。意思是卖的话，你将赠马券拿到骡马市场上去，别人便知此马来历，卖的时候方便一些。苏轼帮人帮得不知不觉，不让对方难看，做法十分温和。

半年以后黄庭坚看到这张赠马券，在苏轼之后又加了一些内容，目的在于鼓励李廌将马卖掉，为他卖马创造舆论。他先反击了"不识痒痛者""从旁论砭疽"[②]的不当行为，指出师弟李廌的困顿之处，又以其书法之能，助力李廌卖马。这就是仁爱之心。所以我们常常提及苏门四学士、苏门六君子的原因，并不是因为他们位高权重、身世煊赫，而是因为这是一个文学的和君子的团体，这样一个故事让我们感受到中国传统文化的育人力量的强大。

再分享梁启超给梁思成的一封家信。梁启超的孩子比较多，有八九个，都学有所成，而梁思成是梁启超的长子。这封信是梁思成在宾夕法尼亚大学读建筑学快毕

---

① （宋）苏轼撰，（明）茅维编：《苏轼文集》佚文汇编卷五，2539页，北京，中华书局，1986。
② （明）李诩：《戒庵老人漫笔》卷一，35页，北京，中华书局，1982。

业要找工作时，梁启超写给他的。他说："关于思成学业，我有点意见。思成所学太专门了，我愿意你趁毕业后一两年，分出点光阴多学些常识，尤其是文学或人文科学之中某部门，稍微多用点功夫。我怕你因所学太专门之故，把生活也弄成近于单调，太单调的生活，容易厌倦，厌倦即为苦恼，乃至堕落之根源。再者，一个人想要交友取益，或读书取益，也要方面稍多，才有接谈交换，或开卷引进的机会。不独朋友而已，即如在家庭里头，像你有我这样一位爹爹，也属人生难逢的幸福，若你的学问兴味太过单调，将来也会和我相对词竭，不能领着我的教训，你全生活中本来应享的乐趣，也削减了不少了。我是学问趣味方便极多的人，我之所以不能专积有成者在此。然而我的生活内容，异常丰富，能够永久保持不厌不倦的精神，亦未始不在此。我每历若干时候，趣味转过新方面，便觉得像换个新生命，如朝旭升天，如新荷出水，我自觉这种生活是极可爱的，极有价值的。我虽不愿意你们学我泛滥无归的短处，但最少也想你们参采我那烂漫向荣的长处。（这封信你们留着，也算我自作的小小像赞）我这两年来对于我的思成，不知何故常常像有异兆的感觉，怕他渐渐会走入孤峭冷僻一路去。我希望你回来见我时，还我一个三四年前活泼有春气的孩子，我就心满意足了。这种境界，固然关系人格修养之全部，但学业上之熏染陶熔，影响亦非小。因为我们做学问的人，学业便占却全生活之主要部分。学业内容之充实扩大，与生命内容之充实扩大成正比例。学问是为了生活得更好，而不会让你生活得更为艰难，甚至更厌恶，更厌烦。所以我想医你的病，或预防你的病，不能不注意及此。这些话许久要和你讲，因为你没有毕业以前，要注重你的专门，不愿意分心，现在机会到了，不能不慎重地和你说。你看了这封信，意见如何（徽音意思如何），无论校课如何忙迫，是必要回我一封稍长的信，令我安心，切记。"①

---

① （清）梁启超：《梁启超家书》，106页，天津，百花文艺出版社，2017。

　　我之所以对梁家稍有了解，是因为有一次我去广东新桂，看到一个已经很破败的梁启超博物馆，这封家书就赫然在墙上列展，后来我就去专门买了一本梁启超的家书，我们通过这个家书能看到，他作为一个父亲，对于自己的孩子、长子的期待，并不是光宗耀祖、流芳百世，而是希望他回来的时候还自己一个三四年前活泼有朝气的孩子。所以像梁启超这样的人当然始终走在时代的前列，曾经是戊戌变法的领袖，在后来的政治生活中依然扮演一种符合时代进步的角色，后来还成为学者。这样一个思想家、政治家，这样一个在中国近代史上举足轻重的人物，看待孩子的问题跟常人有很大不同。梁启超在写给大女儿的信中说自己财力富足，女儿尽可以去实现自己的理想，他的孩子里没有一个人成为职业上跟金钱密切相关的人，由此可见他对孩子的教育还是非常值得我们去学习的。这封信是节选的，他在信的前面、后面也谈到了希望孩子到清华去工作等我们大多数家长都会谈到的问题、提及的期望。梁启超是处在传统文化走向近代的一个关键节点的重要人物，这封信非常有内涵、有思想，值得我们认真学习。

北京师范大学文学院教授、北京师范大学副校长　康　震

中国经典文本的哲学诠释语境

一、方法和语境的互系不分

提到"方法论"，我们通常会跟理性而系统的哲学联系在一起，认为它不过是运用在特定领域或学科中的形式原则或理论程序。譬如，在哲学中，我们将苏格拉底辩证法称之为一种方法，一种分析、解释学或现象学方法。然而，司空见惯的观点认为，中国古代经典以整体、审美宇宙论为诠释语境，而熟知的二元论却将理论与实践、正式与非正式分离开来，两者看起来水火不容。的确，这些古代经典以实践为出发点，把理论视为实践自身的内在特征，而不从分析层面上理解，这对理论化的二元论提出了挑战。为了跳脱二元论的局限，这种思维方式必须考虑到实践所伴随的独特性与不确定性。我们会看到，中国古代哲学家如何运用过去的理论工具，在实践自身的语境中展现更高效、更富有智慧的一面。

在哲学家们的辩证争论之间，葛瑞汉（Graham, A. C.）发现了一组对立观点：有人寻求思想的终端，问"真理是什么"；有人则完全相反，想要达成新的共识，问"前路在何方"。①由于"方法论"一词本身就意味着一种特定的思考方式——也就是说，将"方法"一词视为"方式"，视为"理性"，视为"思考"。因此，任何对中国哲学文本所特有的"方法论"探索，都必须去关注其惯用的关联组合方式、

---

① ［英］葛瑞汉：《论道者：中国古代哲学论辩》，3页，拉萨尔，Open Court，1989。

关联词或类比思维，以此语境作为整个文本意义的来源。

在本文中，我想试着回答这个问题：这些中国经典文本是如何"做"哲学的？我们将会看到，传统中国哲学持续调节社会处于最佳状态，并使人类活动能够在构成家庭、社会、文化、自然和宇宙环境的关系模式中卓有成效地相互融合，进而为人类的繁荣做出贡献。

二、中国经典文本哲学思维中的"方法"与"方法论"

在中国思想史的阐述中，道家和儒家的经典同样重要，它们也常常被当作中国早期哲学思维的文本证据。或许，就历代中国学者的追捧程度和中国人自我理解的影响程度而言，没有任何一个独立的文本能与《易经》相媲美。《易经》的重要性，至少在一定程度上由于它明确定义了一种宇宙论，而这种宇宙论通常被默认为中国经典的诠释语境。《大传》通过艺术性的哲学术语造就了《易经》与早期中国的自然宇宙观，其主线是不断变化的世界与人类行为之间逐渐形成、不断优化的和谐关系。

《大传》起到从根本上规范和规定的作用。它旨在探讨生命中最为紧迫的问题：我们如何智慧地践履生活，从而优化这个自然与人类不可分割、相互塑造的世界？在分析《大传》这份深奥而晦涩的文本时，裴德生（Peterson, W. J.）坚持认为："在中国传统宇宙观的构建及人类与宇宙关系的认知上，《大传》无疑是两千多年来最为重要的文献之一。"[①]夏含夷（Shaughnessy, E. L.）在根据马王堆考古资料重新翻译《大传》时，呼应了裴德生对其重要性的评估。他指出："在构成中国哲学体系基础的思想当中，《大传》的世界观最为复杂（自然也最为微妙）。"[②]

---

① ［美］裴德生：《制造联系：〈易经·系辞传〉研究》，载《哈佛亚洲研究杂志》，1982（1）。
② ［美］夏含夷：《易经：关于变化的经典》，1页，纽约，巴兰坦图书集团，1997。

作为一个文本，《易经》在现世的世界观中本身就被视为一种范例。裴德生继续指出："易不是孤立的，而是与宇宙一体共存，易也正是因此而尽其用。"①对于这一点，《大传·系辞下》本身也清楚申明：

　　《易》之为书也，广大悉备。有天道焉，有人道焉，有地道焉。

正如裴德生指出的，作为经验领域的一个独特议题，《易经》"再现了天地关系以及运行过程"，从而使人们能够理解宇宙的运行。换言之，当我们从过程宇宙论出发来反思相互作用下的"事件"（而非各自独立离散的"事物"）的本质时，这些独特议题与其所属整体之间的关系则促使我们对始于预设相关性的世界体系进行全息理解。这些重重叠叠的关系构成一个又一个的事件，延伸到宇宙最远的地方，从而相应地将宇宙投射在了每个具体的现象当中。《大传》揭示出宇宙形成、发展、变化的动态性质和规律，那些富有理解力和洞察力的人们由天道推演人道，进而得出解决问题之道。

　　是故阖户谓之坤，辟户谓之乾，一阖一辟谓之变，往来不穷谓之通。见乃谓之象，形乃谓之器，制而用之谓之法，利用出入，民咸用之谓之神。（《大传·系辞上》）

三、葛兰言与李约瑟的互系性思维

我们可能会转而关注葛兰言（Marcel Granet），他最初提出声明，早期中国宇宙论以《大传》的语言为基础，它为早期经典文献的阅读和运用提供了诠释语境。葛兰言在这些文本中发现了一种独特的思维方式——一些汉学家和比较哲学家将之称为"相关""类比""联想"或"协调"思维。李约瑟（Needham, J.）受葛兰言思

---

① ［美］裴德生：《制造联系：〈易经·系辞传〉研究》，载《哈佛亚洲研究杂志》，1982（1）。

想影响极深，他为我们提供了一个起点，可以持续反思"互系性思维"这一概念的意义所在：

> 许多现代学者——卫礼贤（H.Wilhelm）、埃伯哈德（Eberhard）、夏白龙（Jablonski），最重要的是葛兰言——已经指出了我们需要具备的思考方式，即"关联性思维"或"联想性思维"。这种直观–联想系统有其独特的因果关系与逻辑。它并非迷信或原始信仰，而是一种独特的思想形态。卫礼贤将其与欧洲科学的"从属性"思维特征进行了对比，后者相当强调外部的因果关系。在关联性思维中，概念并非互相包含，而是在某种模式下并存。同时，事物之间的相互影响并非通过机械的因果关系，而是通过一种"感应"方式。①

李约瑟用"其独特的因果关系与逻辑"来描述这种互系性思维，将其视为"它自身的独特思维形式"，并启发我们一种新的思维方式，就像爱丽丝走到镜子的另一端。他与我们分享了一个摇摇欲坠的世界，这个世界已经远远抛下了我们所深信的合理结构的稳定性：

> 中国思想中的关键词是秩序与压倒一切的范式（或曰"有机体"）。代表性的关联或对应都构成了某种宏观范式的组成部分。事物以特定的方式展开，并非一定由于其他事物此前的行为或刺激，而是因为它们在不断变化循环的宇宙中的地位，这使得他们被赋予了一种内在性，从而导致其发展方式成为必然。如果不以这些特定的方式展开，它们就会失去在整体当中的特定地位（这造就了它们）而不再成为其自身。因此它们的存在依赖于完整的世界有机体，它们之间的相互影响大多并非通过机械的因果关系，而是通过一种神秘的相互感应。②

在本章中，我将试图提炼葛兰言与李约瑟关于这种关联性思维方式的独特观

---

① ［英］李约瑟：《中国的科学与文明》第2卷，280页，剑桥，剑桥大学出版社，1956。

② 同上书，280～281页。

点，并在此过程中以更为熟悉的关联性思维来展现美国实用主义哲学家皮尔斯（C. S. Peirce）提出的"溯因推理"，去揭开这个假定世界的神秘面纱。事实上，当另一位实用主义者威廉·詹姆斯（William James）将实用主义方法简单描述为询问"它有什么作用"时，皮尔斯则认为"从事哲学"应当是一种富有想象力和实验性的思维方式，它旨在通过建立智慧生活的能力来优化人类的生活体验——这种认知立即与古代中国经典产生了共鸣。

我还希望说明的是，我和郝大维（David L.Hall）在进行中国哲学的诠释性研究中需要引入"语境化方法"这个新术语，是为了向"互系性思维"的本体论基础提供一个足够广泛的解释，因为它在早期中国宇宙论中意义重大。我想论证的是，基于我们人类具有情景化艺术的能力——参与到"语境化艺术"中去——这才使得中国早期宇宙论的圣人们在情景化艺术中找到了重要生成与规范性的角色。的确，人类通过智慧生活参与了宇宙意义的建构，正是这种智慧生活角色和责任构成了普遍的"角色伦理"的基础，所以我把"角色伦理"看作这个哲学传统的一个特质。

李约瑟用以下术语描述了人类和宇宙秩序的出现：

> 社会和世界秩序并非建立在理想的权威上，而是建立在交替责任的概念之上。道是这种秩序的总体称谓，它统摄一切，构成了万物之间的联系网。它并非创造者，因为世界上没有什么东西是被创造出来的，世界本身也不是被创造出来的。智慧随着不断增加的关联性而得以成立，中国的理想社会则与上帝或法律均全无关涉。①

正如李约瑟所指出，任何特定事物的独特性与存续性都在于它对于其他相关事物的补足意义。正是在这个意义上，早期的中国宇宙论是一种唯美主义，它是生命

---

① ［英］李约瑟：《中国的科学与文明》第2卷，290页，剑桥，剑桥大学出版社，1956。

关系首要性的必然结果。在这种怀特海式意义上来说，中国宇宙论之所以设定为审美的而非理性或逻辑的秩序，是因为它持整体的、包容的态度，而不是还原论的①。这意味着，在没有任何单一特权秩序占主导地位的典范式宇宙秩序中，所有事物都毫无例外地参与着"社会与世界秩序"的形成，并在生成其他事物时相互合作。"一"与"多"——作为不可概括的整体和构成它的无数事物的无限的道——仅仅是同一现象的两个"方面"。

葛兰言用这种"方面"式的语言作为表达方式，认为往昔的事物实际上都是构成连续性、扩展性事件的生产关系的动态集合：

> 中国人并不注重对现象顺序的延续，反而更注重事物不同方面的交替。在他们看来，如果有两种事物存在联系，那么它们并非通过因果关系相接的，而是如一体两面般互为对偶，或者用《易经》中的内容比喻，如声与回声，如光与影。②

在此，葛兰言对于利用如阴阳、道德、有无、变通、天地、天人、体用、礼乐、心神、精神、仁义等通俗词汇进行表达的事物的"对偶"进行了思考。例如，"有"与"无"都是非分析性的方面，我们必须依赖于这些"方面"来恰当地阐述种种构成了连续生命体验的事物与事件的不断呈现。这一兼包体用的过程需要一种动词性的解释性语言来具体说明这种不可避免的转化过程。

"道"，作为一个杂而无章场域的"统称"或"客套"的名字，这种"风格"折射出其暂时性、偶然性与不确定性特征，它始终是飘渺不定的，根据叙事人的需要，在不同的时间和地点都会被赋予不同的涵义和价值。圣人对"道"的取向，以及人们在实践活动中成就生命的智识行为起着决定性影响。

鉴于中国早期宇宙论始于生命关系的尊崇和内在关系的信奉，我们所面临的真

---

① ［英］怀特海：《思维方式》，58～63页，纽约，自由出版社，1938。

② ［英］李约瑟：《中国的科学与文明》第2卷，290～291页，剑桥：剑桥大学出版社，1956。

正挑战是如何去理解：在这个宇宙论中，"知"并不局限于对现实世界的认知和理论把握，它同样着力于获得智慧，从而通过实践活动来实现一个理想世界。万物并非离散而独立地存在，而是相互影响、相互依存地构成了我们共同的生命体验，其中也包含了往圣先贤的叙述，他们覃思天道，在这个富有意义却不恒常的世界的发展演变中扮演着不可或缺的角色。

　　李约瑟再次通过葛兰言的表述向读者生动地描述了一副陌生的宇宙论图景，以作为阅读中国传统文献时不可或缺的理解语境——不仅说明了这种宇宙论的内涵，更强调了其外延与意义边界：

　　　　因其自性与随之产生的内在驱动，这个自生的宏大有机体的各个部分自发地在整体的循环中发挥作用，这种现象通过共情与相互依存的灵活机制等理想模式体现在人类社会当中，它无法通过强制命令，也就是法则而产生……因此，这种现象绝非机械、定量、强制或外界强加所能产生，秩序在这里战胜了法则。①

李约瑟以"交替责任"解释了万物均具备"一种内在驱动"及其"相互的关联统摄一切"，为阐明其意图，我们必须首先探索其内在关系学说或其整体的"逻辑"与"因果关系"。这种内在的、本质的关系的概念使我们将创造性的发展理解为一种空间意义上的持续增长，这无疑挑战了创造者与被创造者之间的明显区隔。

四、"事物如何结合"：关于内在本质关系的学说

　　葛瑞汉阐明与中国宇宙论相关的"关系"的含义时，指出了一个重要的模棱两可的话，稍有不慎，就会模糊我们对关系性的理解，这与葛兰言的观点不谋而合：

---

① ［英］李约瑟：《中国的科学与文明》第2卷，290页，剑桥，剑桥大学出版社，1956。

　　至于"关系"，关系无疑是中国思想论述中一个不可或缺的概念，这给西方人的印象是事物之间的关系比事物的性质更为重要，但他们关注的是具体的模式，而不是从中抽象出来的关系本身……①

　　早期中国宇宙论设定了一种内在关联学说，它由"事件"模式构成，而不是一种仅仅结合了分散、独立的"事物"的外部关系概念。此处我们可以引用彼得·赫肖克（Peter Hershock）的观点，他对于这些内在的、本质的关系提出了一种直接而令人信服的解释，以驳斥长久以来存在的一个认知问题，即认为世界是由离散的"事物"组成的：

　　　　独立的主体与个体只是抽象的产物……我们所指称的"事物"——无论是山脉、人类，还是历史等复杂现象——都只是相对稳定的价值观或关联（"事物"）的经验性的结果。与常识相反，它们并非自然产生的现象或［事物］。实际上，我们所认为的独立于我们而存在的物体只是关系的一种常见表现方式。②

　　彼得·赫肖克提出了一种感知途径，使我们能够看到"关系是二级现实，取决于之前参与者的巧妙构思"：

　　　　这意味着一种本体论的完全形态转换：从"把独立与非独立的参与者视为一级，把它们之间的关联性视为二级"，转换为"把它们之间的关联性当作一级（或终极）现实，把所有的个体参与者加以抽象或分离视为关系的衍生物"。③

　　事实上，对怀特海（Whitehead, A. N.）而言，"世界是由孤立的个人或离散的事物所构成，其中所有这些人和事物都是由外部关系来定义的"，这只是一个设想，

---

① ［英］葛瑞汉：《回应》，收录于罗思文编：《中文文本与哲学语境：献给葛瑞汉》，288～289页，拉萨尔，Open Court，1990。
② ［美］赫肖克：《公共领域的佛教：全球相互依存的再定位》，140页，纽约，劳特利奇出版社，2006。
③ 同上书，147页。

他称之为"错置具体性谬误"的案例。也就是说，人们惯用这个熟悉但又错误的假设，将"事物"作为简单的细节进行分离、解构和分析作为理解经验世界的最佳方式。怀特海对这种假设做了回顾和批评，他反对将"物体"世界仅仅看作追溯性的、来自经验的二次抽象，并认为基本的现实经验和自然本身就是对那些不可简化的、延展的、流动的、相互依存事件的最好解读。在怀特海看来，离散个体的概念是他所说的"错置具体性谬误"的一个具体而长期存在的案例。还存在第二种相关谬论，即将假定抽象的实体视为"更真实"的东西，这种抽象实体的真实性超过了物体本身的"传递性"，即比任何物体动态扩展的关系领域，以及经验过程中真实内容的凌乱过渡和结合都要真实。①

在中国古典宇宙学，生生之气被概念化了，用现代术语称之为"生命场域"，场域中的"物"持续时间或长或短，一旦出现剧烈的干扰或问题，就会变成其他的东西。这种物质场域不仅作为所有事物的条件普遍存在，并且是李约瑟的理论中生动的"神经"存在媒介，通过它，无论进行了怎样的能量转换，所有的事物都成就了其自身。生生之气与形态密不可分，实际上，"形态"和"生生之气"是同体异态的，它们的"传递性"与"形态"都包含在"体用"概念当中。

五、势："物"与"外部因果关系"逻辑秩序的美学表述

这种本构关系学说阐明了李约瑟所指出的"自生的宏大有机体"和"它自己的因果关系与逻辑"。此处我们可以一部哲学经典《道德经》为例，来阐明上述葛兰言与李约瑟的关联性思维与全息宇宙论对我们客观、准确地理解《道德经·第五十一章》而言不可或缺：

---

① ［英］怀特海：《科学与现代世界》，51～52页，纽约，麦克米伦出版公司，1925。

　　道生之，德畜之，物形之，势成之。是以万物莫不尊道而贵德。道之尊，

德之贵，夫莫之命常自然。

　　本章内容描绘出"我们的智慧实践来源于事物之间顺势生长的生活经验"这一

事实。假定"物"存有界限，它们因此仅仅是具有相互依存关系的母体的抽象概

念。这些关系不会终止，而将延伸至宇宙最深处。任何特定的"物"或情境都对其

他情境产生着影响，因果关系正是因此而产生。赫肖克指出："把它们之间的关联

性当作一级（或终极）现实，把所有的个体参与者加以抽象或分离视为关系的衍生

物。"若果真如此，我们则必须理解"自然"这个概念，或者说特定焦点和无限场

域之间以"自然而然"作为背景和前景化关系在这里出现。"自"涵盖了事物或事

件的所有扩展关系，这种多样的关系又成就了"然"。人们自发地尊重、褒美开拓

者，因为他们受益于开拓者经过筚路蓝缕而创造出的繁荣。

　　势——此处被表达为"情景化语境"——是一个通用的术语，由于它时刻存在

于任何特定的"物"或情境的进化和完善之中，故而被用来表达"体用"的复杂

性、整体性与动态性过程。通过《诗经》可知，事物的培养和提炼是具有审美性

的，"耕种"之"技艺"经过培养和提炼可以升华为一种审美的"艺术"。事物或事

件并非单纯地存在或发生，它们的复杂性也随着不断变化的关系而变得至关重要，

这也就具有了进展与审美的可能性。同时，根据定义，情境是"固定的"，故而具

有确切的形态与恒定的方面，这些方面又有其自身的持续性，却也在发生着变化。

　　我们最初或许会为"势"这一语汇的过多英译感到迷茫，实际上，"势"的复

杂含义可以总结为以下四个意群：

　　　　关联性：影响力、差异、优势、获得；

　　　　生命力：潜能、动力、契机、趋势、倾向；

　　　　美德：影响、权力、力量、风格、尊严、地位；

　　　　体塑化：领域、结构、处境、机遇、意向、状态、现象。

　　这种对于"势"在不同语境下的翻译揭示了这个语汇。即使如此，我们也可以通过反思与想象，从这些看似完全不同的意义中还原出一种逻辑或因果关系。为了区别不同的意义范畴，我们首先必须从特定的情境对它们进行分别探讨，并记录下重要而不断变化的模式或结构。这种处于变化中的结构——从其起始到其完善——可以对一些基本的宇宙学问题进行解答。

　　首先，对势的反思使我们能够通过生命体验的多样性、持续性与动态性，用另一种表述进行思考。"势"提供了一个集中的"由场域到焦点"的原则概念，即我们如何使事物个性化，并为它们设定范畴。也就是说，从经验的整体性出发，我们将其分隔、概念化、前景化，从一个或另一个角度看待事物时，将问题和有意义的解决方法引入，从而在一个连续的关系流中确定一个"物"。关系的重要性意味着实际情境总是优于媒介，媒介本身也不存在主动意义的价值。

　　一个指定的"物"可视作特定焦点或母体，它处在变化万千的本构关系场域中，具有特定的结构。重要的是，它在与构成它的"其他"事物相互依存的关系中成就并得以优化其自身。势的动态性使事物互相联系却又独一无二，不同事物互为主体与客体，塑造和被塑造也都是连续的过程。

　　因此，同时作为一与多——分别在各自的领域内——"势"都提供了流畅而持续的逻辑洞察力，以及内在而自发的万物互为因果的自然因果关系。实际上，连续性伴随多样性造就了每种情境的独一无二，也至少意味着不存在单一的主导秩序，存在的只是众多相互依赖和相互渗透的秩序节点。

　　当我们用"势"来反映人类具体状况时，它可以解释家族或社区在长期聚居的自然、文化环境中形成的独特而又潜移默化的群体特征。"势"向我们表明，那些构成身份特征的习惯和习俗，经历了一个怎样的过程，才由原始冲动（势源）演变为那些独特群体的明确且有意义的活动。这些群体作为角色与关系的独特焦点场域，与周围环境是相辅相成的。他们的独特性与周围环境具有千丝万缕的关系，正是这些关系成就了他们的特质。在某种程度上而言，我们能够在关系中茁壮成长，可以成为与众不同的，甚至是杰出的人，从而区分我们所属关系的纽带。内与外的全息可转化性意味着我们在向内寻找独特个性时，我们实际上也正在向外探索成就我们自身的关系网络。相应地，通过尽可能地向外投射与探索，我们也发现着内心深处的自我。

势的内外两重属性，以及万物作为焦点和场域的相互渗透，进一步阐明了《道德经·第十三章》的观点：

故贵以身为天下，若可寄天下；爱以身为天下，若可托天下。

此处论述的关键是焦点和场域：既然整个世界都与我们每个人息息相关，我们就应该给自己与世界同样的重视。或者更简单地说，爱自己就是爱世界。只有那些通过充分意识到世界与事物及事物之间紧密联系的人，才能"抓住和珍惜三宝"，"三宝"即《道德经》中的"慈""俭"与"不敢为天下先"。正是由于"三宝"的存在，我们才能扩充与完善自身，做出独特的贡献，发挥自己的作用。①正是本着这种"慈""俭"与"不敢为天下先"的精神，圣人才能在人类经验中提供创造的可能性。

六、圣人：道德经验优化中的中心性

在转向对皮尔斯的溯因推理方法及支持皮尔斯的情境化艺术的反思之前，我想首先在定义《道德经》的关键词中强调人类的宇宙中心地位。《道德经》对人类参与微观和宏观的宇宙秩序存在更大的期望，挑战了《论语》等文本中相对狭隘的

---

① 《道德经·第六十七章》："我有三宝，持而保之。一曰慈，二曰俭，三曰不敢为天下先……天将救之，以慈卫之。"马王堆帛书《老子》中有"天将建之，如以慈垣之"，意为"天想要建立一物时，会以慈悲来保护它，正如垣墙一般"。

儒家观点——白诗朗（John Berthrong）称之为早期儒学的"微观宇宙论"或"调和宇宙论"①。似乎正是这种来自道家的挑战引起了发展中的儒家传统的回应，为扩展自身的宇宙论，儒家有意识地创作了《大学》《中庸》等文本。道与德之间明显的相互渗透和互补关系——人类在宇宙领域中所关注的问题——强化了这样一种假设，即在经验的现象学意义上，这种早期宇宙论实际上是一种广义的社会学。它不仅描述了人类的繁荣，并且提倡以一种恭敬而富有同情心的方式来持续追求这种繁荣。在字形中包含"人"与"行路"的道德二字将人类的判断力定义为一种在具体的自然、社会、文化背景下对于关系与叙事领域的优化。②

另一种道德关系的追寻途径是将"道"解析为"一种说话的方式"，如此一来道的性质就成为一个重要的衡量标准，它依赖于最广泛意义上的持续的人类话语。根据"聖"的字形，圣贤"听"（耳）有价值的内容，并在此基础上有效地"作出反应"（呈）并进行沟通。因此，圣人是贯通古今的精神传播者。在《大传》与其他经典中经常出现与圣人有关的两种表达是：①一种预知性的先见之明（几）；②在"几"的基础上以积极和富有成效的方法指导事物的发展（作）。

在这种宇宙论中，人们是由他们的关系构成的。因此，我们必须注意到这样一个事实，即圣人之间的前后关联引导着他们提升到更高的层次。事实上，圣人并不直接治民，他们体现着时代思想的高度。这种圣人观使他们能够超越时代，与往圣、今圣、后圣保持连续性。他们的睿智体现在为天地立心、为生民立命上，从而与君主共同创造了整个社会的和谐，但其对于社会的影响力却往往难以察觉。

人们常常以天来比喻圣人，以圣人为主线而产生的文化使得人类的审美观念和

---

① ［美］白诗朗：《扩展过程：探索中国和西方的哲学和神学变革》，60～61页，奥尔巴尼，纽约州立大学出版社，2008。

② ［美］安乐哲：《形而上地读〈中庸〉》，收录于C.Y.Li与F. Perkins编《中国的形而上学及其问题》，93～94页，剑桥，剑桥大学出版社，2015。

宗教情感达到极致，从而达到与天地共参的高度。正是这些顺应天道的圣人，他们通过敬而立人道之极，为我们开出了更加明晰的未来。

七、圣：天人关系的质变

《道德经》与《论语》等文本的不同之处在于，《论语》极为重视人道，这导致其对天道的阐发不足，而《道德经》重视的则是天道与人道的共生。[①]这再次导向了《大传》所提出的问题：《道德经》中所讲的天人之间，即人类情境与其宗教圣域之间的感知关系究竟是什么？

我们必须从生命关系的首要性和它所预设的连续性出发，来理解诸如天人、阴阳、知行等相对概念。其中，关系是第一位的，两个相对的概念则是这些具体的本构关系的次级抽象。正是这种本构关系范畴的深化，将两个相对的概念定性地转化为天人之"圣"、阴阳之"和"与知行之"智"。在上述情况下，这两个相对概念本身只是一种复杂关系过程的概念化抽象。

在这种儒家宇宙论中寻求的恰当而有效的"度"，并非两个相互独立的概念在数量上不同比例的组合。以身、心为例，"度"不是两个独立事物的机械组合，而是在"生活的身体意识"体验本身的感觉中所发生的本质性变化。

八、道德宇宙观：超越内外二元论

我们已然知晓，道德与气的宇宙论中所预设的焦点—场域观念，与形而上学的现实主义概念截然不同，在后者看来，内在的私人领域和外在的公共领域之间是彼

---

① 参见《论语·公冶长》："子贡曰：'夫子之文章，可得而闻也，夫子之言性与天道，不可得而闻也。'"《论语·子罕》："子绝四：毋意、毋必、毋固、毋我。"

此独立的二元世界。道德宇宙论始于它的内在本构关系，这就需要我们从根本上对"德（个体性）"与"道（整体性）"加以分辨。二者分别强调的是焦点与场域，它们可以被看作感知同一现象的两种全息的互动方式。以交响乐为例，每个音符对整场演奏都至关重要，人所聚焦的每个事件对整体环境的意义也非同寻常。正如交响乐精湛的整体效果离不开每个独特的音符，它们当中没有哪个音符优先于其他，所以单从每个人的独特视角来看，人们是无秩序可言的，有一只无形的手来调节着整个经验场域。

　　以下的《道德经》文本对人的经验场域有一个全息性理解，我们所熟悉的内在自我与外在世界之间的区别遭到质疑，它提倡建立一种最有成效的社会和自然秩序的共生模式：

> 圣人恒无心，以百姓心为心……圣人在天下，歙歙为天下浑其心，百姓皆注其耳目，圣人皆孩之。①

"心"通常被译为"心灵"，这挑战了传统观念中分离情感与认知的倾向，并将"心"赋予思考与感性双重含义。上述《道德经》引文将关于圣人的表述与凡人的生活相联系。普通人确实以圣人为楷模生活，但也保留了自身的自然天性，使孩子们自由成长，从而让每个人都有一定的空间与资源以创造独特的人生。视民如童稚，这非但不是贬低他们，反而避免了强加给他们单一秩序的暴力行为，避免剥夺每个人的独特性。人民不被强迫行事，他们周围的世界只是由各种秩序组成的自然的整体，允许每个人在不同的"心"中愉快地实现与享受多样性，他们的差异对彼此至关重要，也对圣人至关重要。

---

① 《道德经》传世本第四十九章"圣人无常心"，马王堆帛书本作"圣人无恒心"。刘笑敢据此认为："圣人没有自己的思考和感受。"我认为这里的"无心"是另一种无，是直觉而无介的"思考与感受"或"自然而然的思考与感受"。如同"无为"一词，无心是一种更高的活动境界，而非全然不动，参见刘笑敢：《老子古今》，487页，北京，中国社会科学出版社，2006。

　　这段文本的意义与孟子"万物皆备于我"的主张一致，为了便于理解，我们需要引用另一种方式来代替我们普遍存在的对"内在"和"外在"概念的现实主义理解，即将二者作为两个独立领域。①显而易见，如上所述，"心"确实能够兼顾思想的认知与情绪的感受。但是除了抵制认知—情感二元论外，"心"也排除将心/身、内/外、主/客、知/行一分为二的做法，也许理解为"身心思互系不分or体用之心"（lived bodyheartminding）更为贴切。这些方面的区别是非分析性、相互促进的；它们不对身、心与思进行区分，也不隔离思考与感受的活动，而是追求其在复杂性与多样性当中得以实现的美学意义。

　　西方所熟悉的二元论将内/外、主/客分离，囿于外在关系的教条，并带给我们"内省"。"内省"通常被理解为一种由外在环境转向内在情感的心理体验。然而，受道家"身心思互系不分"思维模式的启发，我们可以发明另一个术语——"内在思辨"（intra-spection）来描述这种对内心世界的观照。这个词汇标志着向内审视"身心思"的同时，也在向外审视"身心思"在其语境世界中的实现程度。当圣人"向内"（inward）去"内在思辨"（intra-spect）时，他们实际上是在考察自身与普通民众的多元关系中所能达到的高度。事实上，这种"内在思辨"就像观察"心"与"外部"世界之间的联系一样，它既是内在的，也是外在的。同样地，对于圣贤来说，"前瞻"同样是为了考察构成他们特质的"向外"——此时他们同时进行着向内与向外。就感知性、存在性与客观性而言，这些功用都内外兼备的。关键在于心是全息的，事实上，由于"心"是全息的，既然"万物皆备于我"，那么充分利用"身心思互系不分"，我们从各自的独特视角观察、思考宇宙，并以自己的生活来勾勒完整的宇宙轮廓。如此一来，我们就能与周围世界进行更加有意义的互动。

---

① 《孟子·尽心上》："孟子曰：万物皆备于我矣。反身而诚，乐莫大焉。强恕而行，求仁莫近焉。"

九、皮尔斯与溯因推理：解答的第一步

我们如何才能达到人类智慧生活所需的强大心智和丰富经验？若真如李约瑟所言："智慧的合力在于：在互系不分关系的源泉中建立直观类比相应联系的数量相加。"那么，我们如何获得更多智慧？

在试图解释推理的过程中，皮尔斯认为有必要将"溯因""解释"或"假定"推理的概念作为对更加常见的演绎和归纳推理模式的必要补充。皮尔斯希望从推理中获得创造新思想的能力——超越已经在前提中陈述的内容，产生新的信息和内容。而演绎不可能做到这一点，列举式归纳固然较为完备——通过将样本推广到人群中来增加内容，但增加的内容并不是新内容，而只是对现有内容的进一步强化。因此，对皮尔斯而言，演绎推理和归纳推理只是用于证明假设的有效性，并作为我们思考的可靠来源。另外，溯因推理不仅是扩张性的（如归纳法那样扩展内容），而且是独特而有生机的（即产生新思想）。溯因推理至少是一个调查事实，并提出一个理论来解释这些事实的过程，它也常常被称为"通向最佳解释的推理"。

溯因并非完全正确，而是一种尝试性的探究，在这一过程中，理论被优先构建。更保守的解释是，这是一种调查或评估的形式，据此衍生一种言之有据的推断，以最佳解释来进行下一步的验证。溯因推理在不得不依赖演绎或归纳推理来证实其结论时并不十分可靠，但它是高效的：也就是说，它是富有成果的，是众多判断的来源。然而，溯因的优势也是其漏洞。在这篇文章中，溯因通过推理产生新的信息与观点，但它仍然是发现的逻辑，而不是真正的创造性进步。"新发现"是关于现有世界的信息，并非事物本身的从无到有。

对皮尔斯"溯因推理"的另一种开明且更有趣的解读是，它是一个无限的过程，可以创造出富有成效的关联性与生成新的意义，从而突破我们往昔想象力的极限。康思藤（Steve Coutinho）将这种思维方式描述为：

　　成功的溯因推理需要充足的知识、丰富的经验和活跃的想象力。我们的溯因推理从一个谜题、一种感知、一份文本开始，它们提供了由少量线索或痕迹组成的"证据"。然后运用我们的想象力，根据丰富的经验与知识来建立一种合理的解释。①

这种辨证的思维模式试图从关系决定行为的不确定性中寻找无限可能，从而创造出新的意义与解读。

十、情境化艺术：解答的第二步

　　情景化艺术的视角使我们超越了对于皮尔斯溯因推理的第二种更有趣的解读，及其背后可能暗含的任何理论或实践性的二元论，从而明确中国早期宇宙论主张人类不仅仅是被创造的本体性内容。它使我们从对世界进行单纯推理，迈向了主动认识到人类在与天地协同共生过程中的实际责任。正如裴文睿（Peerenboom, R, P.）在反对道家哲学的自然主义解释时所主张的那样：

　　　　道——无论是作为具体的道路，还是作为宇宙、环境、社会、人的秩序——都产生具体语境下的选择而非预设。这是一个创造性的、积极的、参与性过程的结果。从我们的伦理和自然环境来看，我们生活的世界在一定程度上取决于我们人类做出的选择。②

　　情景化艺术作为一种注重实际的尝试，是一个描述语境重构之独特艺术的术语，它允许焦点个体将自身与自身构成、并构成自身的语境相结合。在不同的个体当中并不存在某个共通的特点，他们所处的场域是由每个不同焦点个体共同组成

---

① ［美］康思藤：《庄子与早期中国哲学：模糊，转型与悖论》，51页，奥尔德肖特，阿什盖特出版公司，2004。

② ［美］裴文睿：《超越自然主义：道家环境伦理的重建》，收录于J.B. Callicott与J. McRae编《亚洲传统思想中的环境哲学》，163页，奥尔巴尼，纽约州立大学出版社，2014。

的。由于不存在一个能够决定其他语境的"一与多""个体与部分"的模型，世界是一个由无数个体组成的开放性组织，可以从任何不同的角度进行解释。情景化艺术是一个可持续的美学课题，它包括构成世界的无数独特细节创造的、和谐的关联性。

正是通过"不敢为天下先"与完美德性的关联，人们在人际关系中扩展了自我，越来越广泛地扩充了与"德"相关的"存在"与"产生"。在早期儒家文本中，"不敢为天下先"通过一种道德想象，即"恕"与"能近取譬"来表达，并据此在生活中达到"义"的境界。①我们在《中庸》第二十五章中看到，君子在"成己"的过程中也为其所处的世界带来智慧：

> 诚者，非自成已而已也。所以成物也。成己，仁也。成物，知也。性之德也。合外内之道也。故时措之宜也。

在《道德经》中，这样的敬顺是通过我上文提到的"三宝"，即"慈""俭"与"不敢为天下先"而培养的。从"无"的各种形式，如"无为""无欲""无知""无事""无心"中，我们能够得见圣凡之别。通过敬，人的创造力与自我解释的能力显著提高。当具备了"德"，他们也就能够有效地与周围的环境进行良性互动。道与德的区别——焦点与领域、内与外的区别——随着"德"不断从个体化能力转化为融合环境的能力而淡化。也就是说，在圣人的身上，被强化的"德"不断延伸，延展至其语境的边界。"德"既是特定的焦点（圣人），又是焦点的场域（普通人，因为他们与圣人相关）。

"焦点"这一术语最初指"家庭灶台"或"壁炉"，因此它是家庭和谐系学的转喻——中国宇宙论中占主导地位的比喻。"焦点"在"场域"中意味着发散与融合，

---

① 如《孟子·尽心上》："孟子曰：万物皆备于我矣。反身而诚，乐莫大焉。强恕而行，求仁莫近焉。"《论语·雍也》："子曰：何事于仁，必也圣乎！尧、舜其犹病诸！夫仁者，己欲立而立人，己欲达而达人。能近取譬，可谓仁之方也已。"

"场域"一词最初也有家庭方面的含义，但我会将其纳入宇宙学的范围。在任何特定的时刻，任何可用于情景化艺术的物体都可以通过其所处的关系网与具体语境来描述。哲学如何在中国传统中产生？孔子本人就是一个实例，发散与融合的线构成了他的焦点和场域意义，进而构成绵延不绝的中国文化传统。也就是说，在情景化艺术的定义之下，孔子这位往圣先哲，既是一个"焦点"，也是一个"场域"；既构成了中国文化，也被中国文化牵涉其中。

国际儒学联合会副主席、北京大学博古睿讲席教授　〔美〕安乐哲

文字的诗性功能——以汉字为例

我曾经对汉字做过这样的概述，汉字应该是树立第二文字的语言教学论体系的一个重要单位，是中文独有的一个语言教学单位，也是一个拼义单位和组合单位。对汉语二语学习者是一个记忆单位，有必要对学生提供一些记忆依据、助记办法。汉字作为中华文化之根、世界文化的根本，还是一个美学单位。

著名语言学家雅各布森（Roman Jakobson）关于语言功能的理论，论述了日常语言沟通的六个组成因素及六种功能。这六个组成因素分别是说话者（发出信息的一方）、受话者（接触信息的一方）、语境、信息本身、交际和代码，代码是沟通双方共享的编码。言语信息会有多元言语功能，而不止一个，但其中一个会占据主导地位。六种功能有指涉功能、表达功能、意动功能、互动寒暄功能、元语言功能和诗性功能。

第一是指涉功能。指涉功能与外部环境、背景和所指的事物或事实紧密相关。例如，"天气好，不太热，23摄氏度"这句话相对中立，主要目的是传递具体信息和内容，没有太多其他维度或色彩。这句话所体现的言语功能就是指涉功能，它侧重于传递具体内容的详细信息。所以，如果问今天天气如何，回答"天气好，不太热，23摄氏度"，就是在提供具体的信息。

第二个是表达功能。表达功能增加了说话者情感的传递。例如，"哎呀，天气真好啊！"这句话不仅包含具体内容，还通过"哎呀"和"真"等字词及语气表达了说话者的情感。因此，这句话所反映的是表达功能。

　　第三个是意动功能。意动功能与受话者有关，命令、广告和对话等经常反映意动功能。例如，"你看，天气多么好！"这里的"你看"并非指具体观看某物，而是涉及受话者，产生一种互动效果。

　　第四个功能是互动寒暄功能。互动寒暄是用来与对方保持联系的语言手段。例如，"喂？"这个词并没有具体指示功能或内容，也几乎没有表达特定情感的功能。它的主要作用是互动，表示与对方保持联系。在对话中，我们有时会连续说"行行行行"，这并不是指涉功能或其他功能，而是脱离具体意思，用于保持与对方的互动状态。

　　第五个是元语言功能。语言功能将代码本身作为信息的重点。例如，"我跟你们讲一个张老师"，如果只说张老师的观点是什么，那就是指涉功能。但如果说"我说的张老师是张明老师，就是说张明老师，张是弓长张，明是日月明"。这时，代码本身已成为信息的焦点，我已经不再只是讲述张老师的观点，而是对"张明"这个名字本身进行解释。这里的"就是说"体现了元语言功能，因为它是对前面所说内容的进一步说明或解释。

　　第六个是诗性功能。诗性功能并非仅与诗歌相关。更确切地说，诗性功能的"诗"应理解为审美，或者更客观地讲，它关注的是语言形式。例如，在我刚开始主修中文的时候，巴黎大学中文系的老师就让我们练习绕口令"四十不是十四，四十是四十，不是十四"。这个语言现象从功能角度看，并非以指涉功能为主，因为它没有特定的语境或背景，纯粹是一种语言形式的练习。其目的在于帮助我们练习中文特有的发音元素，训练我们的声调，并且辨别出语音的不同，这就是诗性功能。另外文字游戏和幽默也常借助语言形式来产生效果，这同样是诗性功能的一种显著表现。此外，书法显然是中国文字诗性功能独特的表达形式。在湖南长沙的橘子洲公园里有一块石碑，上面刻着毛泽东的《沁园春》（见图1）。走近石碑就能看见上面刻的难以辨识的文字，这是用草书甚至有一些狂草色彩刻的词，它们充分显示和发挥了中国文字的诗性。

图1 《沁园春》碑刻

言语的诗性功能越强，就越偏离使用目的，而指向自身的形式因素，如音韵、词语的色彩、语体等。毛笔字，有的写法很难界定到底是什么。是语言？是文字？还是绘画？例如，陈德宏先生的作品《舟》与《马》（见图2），它们只是水墨画？还是汉字？其实都可以考虑。《舟》的创作理念和构思起点，甚至可以说是唯一的

图2 陈德宏作品《舟》与《马》

起点，就是汉字"舟"。中国文字并非全是象形字，但只要有几十个甚至上百个字能达到这样的艺术效果，就足以引发我们的深思。《马》既是一个字，也是一幅生动的画。通过这两个例子，我想让大家更加直观地意识到中国文字的诗性功能，即文字本身所具有的美感和表现力。

书法是中国文字诗性功能较典型的表现形式，无论是书法的各种字体，还是类似于标志的logo，都反映了某个特定字的诗性功能。还有用剪纸做的寿字、囍字、福字（见图3），不只是简单的指涉功能，也是发挥中国文字所特有的诗性功能。囍字是汉字还是福牌，答案其实应该是多元的。还有中国街头或公园独有的地书，到底如何归类？归属于书法是大家应该会接受的看法，归属于街头艺术的一种，也可以接受。是不是还可以算一种晨练？所以，可以用诗性功能涵盖这种多元性。

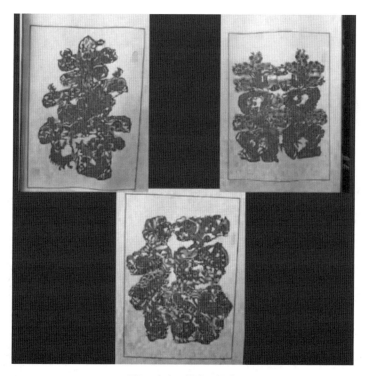

图3　寿字、囍字、福字

　　中国的一些自然事物也可以体现出文字的诗性功能，如赏析奇石（见图4）的传统。中国文化倾向于天人合一，倾向于自然与文化合一。在中国，时常能在自然风景中偶然瞥见几个汉字。对于母语为汉语的人来说，这或许已司空见惯。然而，如果从一个旁观者的角度来审视，这些奇石无疑是一种文化现象，与审美紧密相连。例如，图片中的"天下第一山"五个字，如果我们运用雅各布森的理论来探究，就会提出一系列问题。问题的起点在于：这些汉字在这里到底承载着怎样的功能？在西方国家，比如欧洲，如果自然风景中出现文字，通常是为了传递具体的信息，即指涉功能为主，如标明地名。但在中国文化中，我认为这些汉字的主要功能并非传递具体信息，而是与诗性功能紧密相关。从中国传统美学的角度来看，自然风景中的汉字不仅是一种自然现象，它们的存在甚至使风景更加完美。这引发了我对"天人合一"这一中国古典思想基本原理的思考。在中国，无论是过去还是现

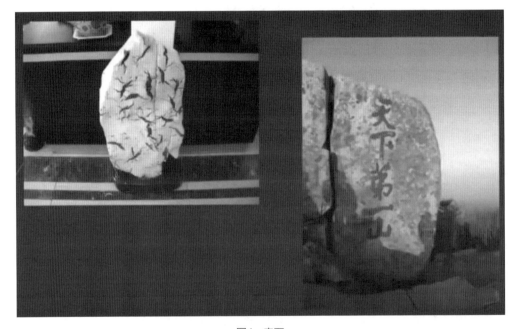

图4　奇石

在，人们都把奇石作为一种特殊的爱好。奇石的材质、造型、色彩及花纹都能满足人们的审美需求，具有很高的观赏价值。

欧洲19世纪的"东方主义"思潮，可以作为一个侧面来反映中国文化国际影响力与美学之间的交汇。回顾过去的几个世纪，法国对东方和伊斯兰文明展现出了深厚的兴趣。这种迷恋在启蒙时代和浪漫时代尤为显著，体现在诸多诗歌、绘画和文学作品中。19世纪20年代中期，许多法国作家，特别是诗人们，都深受其影响。在浪漫主义时期，"东方"成为了一个广泛关注的主题。这里所说的"东方"是广义的，涵盖了北非、中东甚至远东地区。大文豪雨果在年轻时便对这一观点表示赞同，并在他的巴黎沙龙中创作了《东方》这部作品。此外，法国著名诗人夏多布里昂曾游历地中海东部地区，从希腊一直到突尼斯，这些经历都详细记录在他的旅行著作《从巴厘岛到耶路撒冷的行程》中。法国文学大文豪泰奥菲尔·戈蒂耶的女儿朱迪特·戈蒂埃，小时候因为父亲的中国朋友经常来访而对中文产生了浓厚兴趣。长大后，她的中文水平达到了一定高度，翻译并出版了《白玉诗书》（又称《玉书》），这是一部法译中国古体诗选集。这本书在法国和欧洲引起了很大反响，对文学研究、翻译研究及中国传统诗歌在西方世界的传播都产生了深远影响。

由此，我不得不提出一个哲学、语言学和语言哲学方面的问题——语言与文字、思维和思想的关系。从一开始强调的汉字独有的文字诗性功能来看，这个问题显得尤为重要。语言与文字、语言与思维、语言与思想的关系一直以来都是学术辩论的热点。为何这些辩论现在逐渐淡化，这得益于20世纪80年代美国两位语言学家的研究贡献。斯洛宾通过著名的"青蛙你在哪里"语言心理学和认知实验，证明了任何特定的母语都会训练其使用者在讲述事件和经验时，以特定的注意方式去观察事件。泰尔米分析了语言的主要语法如何标识运动事件的核心内容，并根据分析结果将世界语言分为两种类型：卫星框架语和动词框架语。他的研究发现，卫星框架语的使用者相比动词框架语的使用者会运用更多的动词类别，并更关注运动的方式。这个试验不仅证明了语言对思维具有直接影响，甚至存在反作用。语言使用者同时也是文字使用者。不同的文字体系会在我们的大脑中产生不同的烙印。字母文字在大脑中留下的烙印与表意文字留下的烙印应该是有所不同的。

文明的思维渠道可以分出听觉渠道和视觉渠道。欧洲文明优先发展了古典演讲艺术或音乐，文字学反而在中国历史相当悠久。欧洲文明，特别是从古希腊、古罗马时期开始，尤其在政治、司法和隆重仪式等领域，演讲艺术便备受推崇。通过演讲，人们能够充分展现自己的口才和思辨能力，这在当时被视为一种真正的艺术。文字学的历史和诞生在中国可以追溯到汉代。而在欧洲文明中，虽然语言学得到了广泛的研究和发展，但文字学这一概念却迟迟未出现。直到1952年，欧洲语言学家才创造了"grammatologin"这个词来指代文字学。从以上可以看出两种文明的不同发展路径的一些差异主要源于各自的语言和文字。现代语言学之父索绪尔在著作中明确提到了文字体系的两类：表音文字和表意文字。他曾提出一个观点："对汉人来讲，文字是第二语言。"欧洲使用的是表音文字，而中国自古以来一直使用表意文字，并且文字占据重要地位。与口头语言相比，汉字在中国文化中有着相对独特的位置。

法国国立东方语言文化学院教授、法国国民教育部原汉语总督学 ［法］白乐桑

民间文化：中国文化的基石和中国美学的底盘

民间文化是一种基础性、全民性的文化。民间文化是伴随着一国人民民族性格、个性、特质的形成而形成与发展的文化。民间文化来自历史的深处又具有现实的广度，具有时间历时性又具有空间共时性。中国的民间文化由于中国历史地理的相对独立、封闭而具有突出的地域特征，有典型的土生土长的性质。中华文明是目前世界各种文明类型中始终在活态传承、有明确的文献记载和史传传统、文字和语言一贯到底、历史沿革脉络清晰的文明，所以中国的民间文化具有独特的特质和价值。概括起来有以下这些特质：（1）中国民间文化是一种文明体内没有出现过大的断裂、变更、改写的民间文化，具有始终在传承的韧性和延续性，世所罕见；（2）中国民间文化孕育与催生了中国文字和书写文明，但它的口头文学、口头文化传统始终在民间得以传承、传播、生长，有一套与典籍文化和书写文明相媲美、相匹配的民间传统和文化谱系；（3）中国民间文化以不识字的民众为传承主体，同时又具有全民性，使它成为中国文化的底色、根基、源头，要理解中国文化必须理解中国民间文化，要理解中国审美必须理解民间审美。

所以，如果要讨论中国文化的国际影响力，要使中国文化在国际文化交流中获得有效的影响力和传播力，要确定中国人的美学趣味，使美美之间能够各美其美、美人之美，就应该充分认识到中国民间文化是中国文化影响力的丰富资源和魅力基因，就应该充分认识到中国民间审美是中国美学的基本底色，是中国审美的传承基因和赓续机体。

一、中国民间文化概况

（一）中国民间文化的分布

中国人长期以来就对自己的文化有清醒的描述和认识，俗语说：十里不同风，百里不同俗。这里包括两种认识：一是中国民间文化具有多姿多彩、和而不同的丰富性；二是中国民间文化依据中国的地理板块、生态样貌、生产方式、历史传统形成了地域性或区域性特征。

北方的游牧文化：以长城以北的内蒙古草原、东北平原与原始森林、西北高原中的部分高原草原为主，典型的文化样式有岩画、蒙古包、撮罗子、马头琴、牧歌、长调、呼麦、叙事诗、民间长诗、英雄史诗、桦皮文化、鱼皮文化等。

中原农耕文化：以华北平原、黄土高原为核心，扩散到全国的农耕文化地域，主要的文化样式有丝绸与织锦、彩陶与陶瓷、土木与卯榫建筑、窑洞、二十四节气与岁时节令、汉族的民间神祇信仰与祭祀、剪纸、年画、民间口头文学等。

西南山地文化：以云贵高原和中南山区为主，重要的文化形式有刀耕火种、原始文化、自然崇拜、多神崇拜、干栏式民居、多声部民歌、文身绘面佩饰、神话、叙事诗、古歌、祭祀歌、傩戏与面具等。

沿海渔猎文化：在东部沿海从北到南形成的海洋和渔业文化，重要的文化类型有妈祖信仰、隔舱木船、渔歌、铜鼓与羽人竞渡、赛龙舟、精卫填海神话、八仙过海传说、蓬莱仙境、海神庙等。

（二）历史底色

先秦时代形成的文化板块，继续在地域认同中维持文化个性。在几千年的历史沿革中，不断沉积、叠加、新增、演化具有时代性的民俗流变和民间审美风尚，形成贯通性和葫芦串式的历史底色。

比如《诗经》中的十五国风，即西周时期十五个不同地区的乐歌，是从十五个地区采集上来的带有地方色彩的民间歌谣，包括《周南》《召南》《邶风》《鄘风》《卫风》《王风》《郑风》《齐风》《魏风》《唐风》《秦风》《陈风》《桧风》《曹风》《豳风》，共160篇，合称十五国风。《诗经》是中国文学史上第一部诗歌总集，对后代诗歌发展有深远的影响，成为中国文学现实主义传统和诗歌美学、诗学的源头。风者，地方乐调也。这十五国的乐调，称十五国风，内容都是民歌。这十五国是周南（今陕西、河南之间）、召南（今河南、湖北之间）、邶、鄘、卫、王、郑、齐、魏、唐、秦、陈、桧、曹、豳。其中周南、召南产生于汉水和长江中游，其余为黄河中下游。

再如春秋战国以后形成和流传赓续的燕赵文化、秦晋文化、齐鲁文化、吴越文化、湘楚文化、岭南文化、巴蜀文化等。

又如先秦以来的老庄道家文化，秦汉以来的儒家思想，汉唐以来的佛教文化，隋唐间的胡人文化（西域、中亚、西亚风），唐宋以后的西夏文化、辽金文化、契丹文化、渤海国文化、南诏文化、大理国文化、中南土司文化，宋元时的江南文化、回回文化、伊斯兰文化、蒙元文化，明清时期的海洋文化、基督教文化、西学东渐的西方文化等。

二、中国民间文化搜集整理成果

民间文化是一种口头语言文化，将这种文化用文字记录下来，发展和丰富书面文字语言文化，保存和传承口头文化是中国文明的历史传统。

3600多年前的中国文字甲骨文的诞生就是一种民间祭祀的记录，是民间信仰的产物。

西周和春秋战国时期形成的国家"采风"制度，以及孔子对民间诗歌的记录、整理，最终形成了伟大的经典《诗经》。

几千年来，中国文化一直在发挥着独有的文字文献传承的优势，对民间的口头文化进行了文字转化和文献记载，留下了无比丰富和无比珍贵的历史文献和文字作品。如《山海经》《尚书》《墨子》《国语》《左传》《三五历纪》《述异记》《风俗通义》《水经注》《史记》《三国志》《搜神记》等记录了大量的古代神话、传说、故事、风俗；《荆楚岁时记》《乐府诗集》《开元天宝遗事》《酉阳杂俎》《乐府杂录》《太平广记》《梦溪笔谈》《武林旧事》《梦粱录》《夷坚志》《挂枝儿》《山歌》《古今风谣拾遗》《新锓千家诗吴歌》《古今谚》《俗言》《笑府》《古今谭概》《见闻录》《笑笑录》《笑林广记》也记录了历朝历代的民间文学和民俗民风。

近代以来北京大学开展的"歌谣运动"，是中国民间文学系统搜集整理研究的学术史开端。其搜集作品多刊于《歌谣周刊》。五四歌谣运动对白话运动和白话文文学的发展产生了巨大历史作用。

1942年延安文艺运动中的民间文艺调查，形成现当代民间文艺运动的高潮。延安民间文艺调查继承北大歌谣搜集整理研究民间文艺的传统，又在方法的科学性和深入民间方面大大超越五四时期。在说唱艺人、民间曲艺、民间小戏、民间故事、民间美术、民间音乐等方面全面地深入民间，获得了丰硕的文化成果。这些民间资源也极大地促进了作家、艺术家的文艺创作的美学风格大转变。

1950年随着中国民间文艺家协会的成立，开始了全面的民间文学调查，其间有三个高潮。一是1950年至1965年，对各个民族的民间文学进行普查，整理出版了各个民族的民间文学。二是1984年至2001年，开展中国民间故事、民间歌谣、民间谚语的全面普查和搜集整理（简称"三套集成"），共获得歌谣302万首、故事184万篇、谚语748万条，同时出版完成十套中国民族民间文艺集成志书《中国民间歌曲集成》《中国民族民间器乐曲集成》《中国戏曲音乐集成》《中国曲艺音乐集成》《中国民族民间舞蹈集成》《中国戏曲志》《中国曲艺志》《中国歌谣集成》《中国民间故事集成》《中国谚语集成》。三是2001年至今，实施中国民间文化遗产抢救工程，出版《中国木版年画集成》（22卷），以及《中国民间剪纸集成》《中国民间泥彩塑集成》《中国唐卡艺术集成》《中国民间美术图典》《中国经典古村落图典》等。其中，中国口头文学遗产数字化工程计汇总50亿字的资料，正陆续出版大型图书中国民间文学大系。

三、民间文艺之于中国文艺的历史贡献

在整个中国文艺史上，民间文艺不仅以其口头文学、民间样式、底层形态在中国文艺中占据"另一半"的江山地位，而且在主流文艺史上也贯穿着一条"民间"的主线，具有举足轻重的历史地位。

中国著名的文学家、学者郭沫若先生曾为此作出过一个著名的论断。他指出民间文艺是一个无尽的宝藏，"国风"、楚辞、乐府、六朝民歌、元曲、明清小说是中国文学最有价值的历史长廊，也是中国文学发展的一条主线。

著名作家老舍先生指出，中国民间工艺在世界上往往引起惊叹，玉器、瓷器、铜器、银器、佛像、墙纸、年画、剪纸、地毯花样都是工人和无名的民间艺术家所做的。

鲁迅先生有一个重要的文学史判断，他指出："旧文学衰颓时，因为摄取民间文学或因外国文学而起一个新的转变，这例子是常见于文学史上的。不识字的作家虽然不及文人的细腻，但他却刚健、清新。"（《门外文谈》）

以民间工艺美术为例，我们也可以看出一条贯通中国艺术史并且深具影响力的文化路线：远古岩画、商周青铜、秦砖汉瓦、隋唐三彩、宋瓷元瓶、明式家具、清代织锦。

在李泽厚先生《美的历程》中梳理的中国美学史的发展线里，民间美学形态、

范畴、样式、风格占据醒目而重要的地位：龙飞凤舞（包括远古图腾、原始歌舞、红山玉器、良渚玉文化、史前彩陶，为历史民间民俗）、青铜饕餮（商周国家重器和民俗盛典）、先秦理性精神（先秦乐舞、编钟、秦代兵马俑、建筑艺术，后两者为民间造型的美学丰碑）、楚汉浪漫主义（屈骚、汉代百戏、霍去病墓写意雕塑和画像石，此间有民间表演和造像的巅峰状态）、魏晋风骨（文学、书法）、佛陀世容（佛教艺术）、盛唐之音（李杜诗歌）、韵外之致（宋词与苏轼）、宋元山水意境（山水画）、明清文艺思潮（汤显祖、《红楼梦》、中国戏曲、京剧、园林艺术，其间呈现民间文化典雅化的经典历程）。

四、中国民间文化的几个主要数据和十个中国之最

除了上文提到的一些中国民间文化体量性数字统计外，我们还可以看下面这些能够显示民间文化在中国文化中地位的数据。

自2001年联合国教科文组织开展人类非物质文化遗产代表作认定以来，截至2020年12月，中国的人类非物质文化遗产代表作共有42个（含代表作34项，亟须保护的非遗项目7项，非遗优秀实践名册1项），基本都属于本文所述的"民间文化"的范畴。这个数字在各国非物质文化遗产排名中位居第一。

中国认定和公布的国家级非物质文化遗产计有1372项，国家级非物质文化遗产传承人1986人，县级普查登记非物质文化遗产87万项。

自2012年以来，中国连续公布五批国家级传统村落，共计6819个。这个数字后面的背景是：2000年，中国自然村落总数为363万个，至2010年锐减为271万个，10年内减少92万个，平均每天消失80个至100个。在已经消失的村落中，有相当数量的村落为有重要文化价值和建筑历史的传统古村落。由此，促成了由国家住房和城乡建设部、文化和旅游部、国家文物局、财政部联合实施的中国传统村落保护项目。

中国民间文化的十个中国之最：（1）最长的线性文化遗产——丝绸之路（包括陆上与海上，又称陶瓷之路、茶叶之路等）；（2）最长的墙——长城（最大的物质文化遗产，民间建筑，附着有《孟姜女》等中国著名的民间传说）；（3）最大的陶俑群——兵马俑（被誉为世界第八大奇迹，规模宏大的民间陶塑，造型技艺非凡）；（4）最大的雕塑、壁画群——敦煌壁画、云冈龙门麦积山石窟等（集群和单体体量都居中国和世界之最）；（5）最长的史诗——《格萨尔》《江格尔》《玛纳斯》三大史诗（长百万余行，迄今仍在民间传唱）；（6）最丰富的叙事长诗——有1000余部，分别流传于傣族、彝族、苗族、傈僳族、哈萨克族、赫哲族、达斡尔族、壮族、土家族等数十个少数民族中；（7）最大体量的口头文学资料调查记录本——4000余卷县卷本（中国民间文学三套集成的基础资料和最初记录整理本，一县至少三本，除个别地区公开出版过外，绝大多数都是内部印刷，油印、铅印、手稿等，中国民间文艺家协会现存唯一一套完整资料）；（8）最有影响力的传说——叶限（灰姑娘型故事，最早见于文字记录的文本是中国唐代的《酉阳杂俎》，早于欧洲记录800余年）；（9）最大的综合体遗产传统村落6819个（最大的物质文化遗产和非物质文化遗产综合体);（10）最大的非物质文化遗产——春节（自腊八开始至二月二龙抬头，历时两个月，基本全民和全地域覆盖）。

从纵向维度看，中华文明从未中断，体现着举世罕见的传承性。很多历史上的或历代出现的民间文化遗产，都是当时时代的主流或重要的文化形式。许多经典性、代表性民间文化的技艺其实都没有随着历史的过去或终结而烟消云散，它们大多都潜移默化或口传心授地被后世代代相传，成为今天的民间文化。当然，民间文化本身也有两条历史脉络清晰可见：一是它在不同门类的文艺发展中不断发生作用，刺激和改变着文艺样式的更新和嬗变；二是民间性的文化在文化文艺的民间层面自我传承、自成体系，代代相传。也就是说，在今天的民间文化中，许多都有悠久的历史，传承着古老的传统和技艺。在中国文化史和中国文明史中，民间文化的角度是理解其奥秘和真谛的一把重要的钥匙。

从横向维度看，民间文化占据了大半个文化体量和数量。民间文化具有活态性，是活化石，也是活在生活中的文化，它还覆盖了各种活态的文艺门类，如传统音乐、戏剧、戏曲、曲艺、舞蹈、美术、书法、杂技、魔术、游戏等。民间文化具有传承性，是传承的文化，也是传承人的文化。民间文化的传承性，可以体现在师徒传承、家族传承、宗族传承、社区传承、区域传承、群体传承、民族传承、全民传承等若干层面和层次，有些是少数人之间的传承，但也有很多是全民性传承的，如节日民俗就是全民性传承的民间文化。所以，民间文化的问题就会涉及广泛的人群，在中国则尤其如此。如春节，不仅有全域性，也有多民族性和人口的大体量跨阶层性，乃至"全民性"。在中国，民间文化还是我们大一统历史和中华民族多元一体现实的文化丰富性的代表性表征。中国少数民族民间文化也呈现出分布地域辽阔、五彩缤纷、集聚性强、散点众多、星罗棋布的特色。在民间文化层面，中国少数民族贡献了一半以上的中国"人类非物质文化遗产代表作"，其中"史诗"类《格萨尔》《玛纳斯》《赫哲族伊玛堪说唱》进入人类非物质文化遗产代表作，改写了中国文明或中国历史缺少史诗的历史偏见。同时，中国众多无民族文字的少数民族，他们的传统文化和民族文化的主要形式都是民间文化。

五、中国民间文化和民间美学的美学特征

（一）中国之根：集体创作，集体传承

中国文化的个性最突出的特征是它的农耕文明性质，即几千年不断的渔樵耕读、几千年的文官制度、几千年的手工技艺、几千年的文字和书写。总之，它沿着一种可能的方向不断生长和发展，形成自己的极致，而不是某些文明的不断转向、

混合、另起炉灶或改弦更张。不管哪条文化道路都有自己的特色和价值，并且各有所长。只是中国文化带给世界的惊奇和惊喜，就是它一条道走到底的结果，这种走法绝无仅有，不可替代，不可模仿，是独树一帜的。中华文明的"从未中断"具有丰富多样的表现形式，包括王朝历史的代代更替，编年清晰可溯。"二十四史"代代编修，文字从甲骨文时代一直活到今天，古代语言音韵依然可考，经史子集从甲骨、简牍、帛书、碑刻、雕版到线装纸书的文献积累浩如烟海，口头文学代代相传，民俗民风古朴世袭，诗歌传统代有新出。其传承不绝的原因在环境的大体量封闭、地理多样性与生态多样性和思想传统的大一统观下形成的分分合合、合久必分、分久必合以外，还包括文化多元一体，文化统一、文化认同的传续，帝国王朝体制的代代沿革，中医药文化对人口繁衍和人种生殖的保续，文化包容上的海纳百川、儒释道圆融，农耕文明的土地养人、可以靠天吃饭，人民安土重迁、认祖归宗、守望故土，坚守天下中心、华夷观念，文明中心始终不向海外域外转移，孔子及其思想道德观通过教育和"传而习之"产生的深远影响。自给自足的农耕文明成就了文化的封闭，保持了文化的多样性，中华文明为人类文化和文明贡献了自己的个性风格和独特创造。其间民间的力量和民间文化的作用是显而易见和无比突出的。没有坚实的民间文化根基和民间文化传承的韧性，中华文明很难"从未中断"。反过来看，那些世界其他古老文明的中断或失传，重要原因就是它的民间形式的丧失和民间文化的"死去"及不断更替。由此，我们才形成了中国文化的圆柱式模型：自成一体，自树标杆，圆形柱体式生长，在世界文明中独树一帜，达到极致的个性化程度和极致的海拔高度。

如果非要说东西方文明有本质上的区别的话，从文艺和美学上看，最根本的不同就在于西方的写实性和东方的写意性。写实和写意其实都源于原始绘画产生时的两种能力——胡涂乱抹和描写形象，然后从形象到抽象（有意味的形式），从涂抹到写意。希腊雕塑将写实主义推向极致，奠定和规范了西方艺术和绘画的写实传统。中国的写意精神从彩陶纹饰确定雏形，到汉霍去病墓石雕，到魏晋草书，到宋元山水，到明清戏曲和中国水墨，登峰造极。

（二）中国趣味：象征美学，符号偏好

中国民间美学的象征性特征是由于它来自远古的历史时代，而且是从那个时代开始一代一代往下传承的。原始思维就是善于象征的，而象征也起源于原始思维。这就使民间文化由于保留大量的原始文化要素、因素、素材，而充盈象征意蕴与象征符号。另外，从原始时代流传、承续下来的民间文化，因为历史的变迁，一切渐成模糊的影像、含混的形象、复合的意象，都具有了象征性。人类学家特纳说："所谓象征，是将身体的、道德的、政治经济的力量变为现实的手段；这种象征的力量，在部族社会里体现在人生礼仪的临界状态中（如成年仪式中，在仪式中途，仪式的主角既非孩子又非成人的状态），或者在历史性的过渡期社会为危机所环绕之际，最为显著。这一点同时也引起我们注意这样一个事实：象征的存在是有时间限制的，是对应于社会的变化而改变其意义的，一旦时代变了，人们不久便找出已经遗忘的象征，赋予它与以前完全不同的意义。" ①

象征的构成与形成，发生在符号与意义之间。符号可以是一个概念，也可以是一个形象或标志。一个事物或实物，要加以概念地表述，就须有一个指代。所以，象征的形成必是这样的：指代符号与所指代事物或实物之间意义不明，借用他物予以表述，这个他物既是二者之间的意义，也是此一事物或实物的象征。如葫芦、蛙、鱼等古代符号，被用来象征生殖与繁衍，即如此。龙的形象创造和各种图腾动物及图腾徽记，也都是古代的象征思维的表现。指代符号与所指代事物或实物完全等同或写实，但因时代更替，事物或实物消失，留下的符号被赋予新的意义，这个

---

① ［日］绫部恒雄：《文化人类学的十五种理论》，中国社会科学院日本研究所社会文化室译，136页，北京，国际文化出版公司，1988。

符号与意义之间从此形成象征。如4000年前我国古代就有了阴阳鱼的"太极图形"，这些图当然没有"太极"的意义，相反它们是远古时代的陶纺轮，无论在造型和图形上都与纺轮的功能十分吻合相配。但是，今天这个图形早已超越和脱离了纺织活动，成为纯粹抽象的哲学观念和信仰的象征。在外国也是如此，心理学家卡尔·容格在他的《人类及其象征》一书中提道："所谓象征，是指术语、名称，甚至是人们日常生活中常见的景象。但是，除了传统的明显的意义之外，象征还有着特殊的内涵。它意味着某种对我们来说是模糊、未知和遮蔽的东西。例如，我们大家都知道，在希腊克利特岛上的许多纪念碑都有用双手斧砍下的图案，可是我们却不了解它的象征意义。再如，一个去过英国的印度人回国后对朋友们说，英国人崇拜动物，因为他在英国的一些古老教堂中发现有鹰、狮子和公牛的图像。他不知道（许多基督教徒也不知道），这些动物是四福音的象征，源于《圣经》中的《以希书》，而这又与埃及太阳神贺拉斯与他的四个儿子的神话类似。"①民间文化的象征与书面作家艺术家的象征有很大的区别。最重要的区别是，前者是不自觉的、无意识的、集体潜意识的象征，后者是自觉的、有意的、个性化的象征。

民间美学的象征表现形式具有多样化、多手段化的特点。诸如语言、形象、仪式、演示，均可表达象征功能。在民间文化中，这些象征现象随处可见。比如男子成丁礼，通过此仪式，男子即可进入成年，这个礼仪就象征着男子的成熟。一些民族的女子成年，或换衣饰，或改头饰，或凿齿、染齿，也是她们性成熟和可行婚礼的象征。婚礼、葬礼、节庆、祭祀等几乎是无一行为、无一动作、无一表述没有象征。在民间文化中象征可以说是无处不在。民间美学象征的具体形态也可概括为以下五种：（1）符号性象征。文化就是一种符号化。符号的核心就是象征，在民间文化中尤其如此。象征符号主要有语言、行为、仪式、视觉图形、特定的听觉音响

---

① 刘锡诚：《象征》，7页，北京，学苑出版社，2002。

等。（2）变形性象征。变形思维源于万物有灵观。事物之间一经变形，即具有将两种事物勾连、关联起来的功能，二者之间也随即产生象征意蕴。如中国神话中的伏羲、女娲，被表现为人首蛇身，则蛇的图腾祖先和生殖繁衍的象征意义便附着其中。变形思维对象征最突出的影响，是使象征意义与象征指代、象征事物之间可以完全没有内在联系，即风马牛不相及的事物可以成为象征对象。这是原始思维的极大特点，也是后代考证远古器物时对一些内容找不到任何线索和参照的原因。（3）比喻性象征。以比喻为手段而实现的文化象征。比喻性象征在运用中通常以相近、相似、相关事物为喻体或被喻体，因而比较能为人理喻。如中国民间以石榴比喻进而象征多子，以蝙蝠（谐音）象征幸福。（4）模拟性象征。基本上可以说是从模拟巫术演化而来的象征。例如：在狩猎前模拟一场狩猎的胜利，来象征狩猎的胜利；以岩画的绘写狩猎来象征狩猎的成果；以模拟性的舞蹈来象征田地及其种植采集的丰收；等等。（5）装扮性象征。这种形式突出地表现在绘身、文面、面具等文化中。装扮成老虎、青蛙、神、鬼，这个装扮者就象征着他所装扮的对象。这也是原始戏剧的起源。也就是说原始戏剧的表演性装扮，所欲实现的不外是一种象征功能而已。

中国民间美学形态特别是民间美术的象征体系最为完善和复杂，下面略举一二，以见象征世界一斑。

象征性植物：梅、兰、竹、菊、松、柏、桃、莲、芝、柿、杏、萱草、石榴、桂花、忍冬、牡丹、葫芦、茱萸、麦穗等。

象征性动物：龙、凤、虎、麒麟、龟、蛇、狮、象、鹿、马、牛、猴、羊、鼠、鹤、獬豸、兔、莺、鱼、鹊、鸽、蝠、蝶、猫、鸳鸯、蟾蜍、蜈蚣、蜥蜴、蝎子等。

象征性器物与符号：如意、方胜、八吉、卍字纹、双喜、八卦、太极、七宝、花瓶、画戟、元宝、古钱、笙箫、聚宝盆、金鱼缸等。

此外，常见的象征题材的形象与造型有：瓜瓞绵延（象征子孙繁衍），麒麟送子（象征添丁之喜），三阳开泰（象征吉祥昌顺），龙凤呈祥，大吉（鸡）大利，莲（连）年有鱼（余），喜（鹊）上眉（梅）梢，马上封（蜂）侯（猴），吉（戟）庆（磬）如意，五福（蝠）拱寿，六（鹿）合（鹤）同春。

（三）中国农耕文明的美学图式

作为一个农业大国、农耕古国，中国民间美学的农耕特色代表着农耕文明的美学理想。以牛郎织女传说为核心的七夕节是我国传统节日中具有独特文化范式的节日与传说，是一个经典的案例。牛郎织女传说在中国民间文学中具有传承时间悠久、传播范围广泛的特征，是我国最具影响力的民间四大传说之一。四大传说分别表征着中国民间对人与动物的关系（《白蛇传》）、人与人的社会关系（《孟姜女》）、人与人的性别关系（《梁山伯与祝英台》）、人与天（神）的关系（《牛郎织女》）的集体记忆。牛郎织女传说是早期中国仰望星空时留下的美好想象和美丽传说。七夕节是我国古代天文历法的文化结晶，是我国农历岁时的一个重要节点，也是传统节令"正月正、二月二、三月三、五月五、六月六、七月七、九月九"月数、日数吉祥双重的序列之一。吉祥的岁时节点逐渐演变为吉庆的节日。这是一年之中为数不多的节日，因而也是一年之中最为重要的时日之一。

中国的农业起源时间早，传承时间长。从河姆渡文化发现有稻作采集栽培的遗物看，迄今已有7000年以上的历史。秦汉以降，我国历史步入封建社会，标志着农耕文明的全面发育、普及和成熟，从此以后，稳定发展两千多年。七夕节和牛郎织女传说正是在这个历史进程中形成、发展和传承的。可以说，七夕文化伴随着中华民族农耕文明发育、发生、发展的全过程。牛郎与织女，日出而作、日落而息，男耕田、女织布，夫妻恩爱、男孝女顺，儿女绕膝、心灵手巧，农耕桑麻、天人合一。牛郎织女传说及其美满的婚姻家庭生活，呈现的是中国农耕文明的理想，标示着一幅农耕文明的美学图式。

牛郎、织女的称谓，始见于《诗经》，自此以后，典籍记载不绝如缕。由天上星辰，变为人间故事，由河汉象形，演为人间七夕，传说故事在传承中代代相传，不断丰富完善；民间习俗在传承中日益丰富、定型，不断强化传承主体和民俗母题。农耕文明的美学图式在传承中日益典型化。七夕文化作为我国农耕文明美学图式的主要要素包括：（1）男耕女织的日常生活模式及其美学理想。我国农业起源历史悠久，比之历史更悠久的是我国妇女的针织史和桑蚕史。早在数万年前的山顶洞人遗址中，就有骨针遗物的发现，这是震惊世界的发现，骨针是震惊人类的发明。山顶洞人不仅佩戴骨、贝、石制的首饰、身饰，其骨针制作也巧夺天工，无比精美与精巧。针织的发明是一切桑麻、纺织、编织、裁缝、刺绣、丝绸的先声。中国丝绸闻名于世，享誉世界，正是中国妇女最伟大的贡献和最醒目的文化身份。而由中国男性从女性采集劳动中继承发明创造实践的农耕文明和土地耕作种植，使我们的生存从此获得了永久的保障。男耕女织，衣食无忧，这就是几千年来中国人的生存模式，也是中国人的生存理想及其美学理想。这也是牛郎织女传说产生的文化土壤。（2）天人合一的人与自然的世界观及其美学理想。早在整理记录了最早的牛郎织女称谓的《诗经》时代，整理者孔子就形成了他的"天人合一"的思想。"天人之际，合而为一"就是人与自然（天）的统一的思想，即人与自然的关系是交融的、相关的、一体的。子曰："天何言哉？四时行焉，百物生焉，天何言哉？""巍巍乎，唯天为大。""君子有三畏：畏天命，畏大人，畏圣人之言。"所以，孔子的思想也包括了"不违农时"，按四时节气的自然规律安排农业生产的生态智慧，即"使民以时"（《论语·学而》）。这也就是天文与人文的统一。牛郎织女的传说盛行和传讲于七夕之际。七夕之时，人们要细心体味天上（宇宙）的声响，要遥想天上的人神相会，要祈求上天的庇佑和赐予。这些节俗的仪式和过程就是对自然的敬畏，对天地、人神、男女的沟通，是这三种关系的和谐、协调、统一、融合。在这一天，人们要感悟、感想、感怀、感动、感生于人与自然、天与人的合一和一体。这正是不违农时、靠天吃饭的农耕文明的美学思维模式。（3）男孝女巧的理想化的人格模式及其美学理想。由牛郎织女传说衍生和变异出的董永与七仙女传说，使此传说更趋理想化。两则传说使牛郎、织女原型更加人格化、理想化。牛郎和董永的性格定型为忠厚、持家、耕作、孝道、诚实、善良、勤劳、忠贞、勇敢等，织女、七仙女则塑造定型为机智、聪颖、善良、温顺、心灵、手巧、坚贞、朴实等。这两种男女人格的统一和结合，是幸福生活的典型和光辉范式。这也是农耕文明的田园风景和家园模范，是生活美学的中国类型。

由于七夕节在漫长的历史长河中不绝地传承，七夕文化的农耕文明图式在中国文化文明中像一座丰碑一样矗立在一代又一代中国人民的美学景象中。七夕传说的反复讲说，七夕民俗的家家作为、全民共度，使七夕成为中国节日的经典。晚到明代，七夕讲牛郎织女传说的节日仪式景象还广见于民间。明代田汝成的《西湖游览志余》记载："七夕，人家设花果酒肴于庭心或楼台之上，谈牛女渡河。"也就是说，七夕是要讲牛郎织女故事的。河北省民国时期的《新河县志》记载："星夜，村中老妪于月下说牛郎配织女故事。"至于七夕习俗记载，更是广泛见于史籍。宋吴自牧《梦粱录》（卷四）载："七月七日，谓之七夕节，其日晚晡时，倾城儿童女子，不论贫富，皆著新衣。富贵之家，于高楼危榭，安排宴会，以赏节序。又于广庭中设香案及酒果，遂令女郎望月，瞻斗列拜，次乞巧于女、牛。"这是七夕的全民性、仪式性记载，此中隐藏着七夕传承不绝的文化奥秘。唐代以来的七巧、七夕诗词多如牛毛，此中也可见七夕盛况之一斑。例如："七夕今宵看碧霄，牵牛织女渡河桥。家家乞巧望秋月，穿尽红丝几百条。"（唐·林杰《乞巧》）"长安城中月如练，家家此夜持针线。"（唐·崔颢《七夕》）"七夕针楼看水痕，家家小妇拜天孙。"（明·王世贞《都门竹枝词》）从唐代到明代，时间和日历翻过去了几个朝代一千余年时间，但他们的诗中还是写到了七夕之时一成不变的"家家乞巧""家家此夜""家家小妇"的全民文化传承景象。这就是说,只要农耕文明的样式不变,这种文明的美学图式就必然代代相传,沿袭不绝。

在七夕节和牛郎织女传说中,农耕的图式还集聚着众多的文化意象,共同营造出浓郁的农耕文明的丰富的图像。例如:甘肃西和县七夕民俗中的生动丰富的遗存中有完整的祭祀仪式,有丰富多样的民间歌谣,有女性的民俗和女性的歌谣;广东东莞市等地的七夕民俗突出地强调供案制作、手工技艺、公仔(泥偶)制售,把女性手工、女红和织女祭祀加以"特化"发展,形成独特的七夕风俗;山西和顺县的七夕强化了当地风土、风物、风情的山水传说,把自然景观依附七夕传说,形成一系列与牛郎织女故事相吻合的风物传说和美学景观,构建起独特的七夕文化的田园和生态美学样式。

六、民间审美的美学范式

民间文化虽然广阔无边,门类种类纷繁复杂,似乎打乱了我们所有的既定的文化分类及其分类原则,但是它仍然有一些基本的形态原则可以把握。如民间文化的非物质性、活态性、传人与传承性、身体性、技艺性、动态性、行为性、演示性或表演性等,几乎每种民间文化,不管它在传统分类上是属于文学、艺术、民俗、医药、工艺、纺织或别的什么,作为民间文化,就必然有上述种种特征可以让其获得新的阐释、新的定义、新的描述。从这些新的特性出发,我们才能重新统一和统摄民间文化共有的独特的美学价值和美学特色,从而重新发现它们作为民间美学独特的审美魅力和美学意义。

(一)民间美学是一种人类学诗学

任何一种民间文化都是基于一种独特的语言和语言艺术(口头文化)。任何一种语言，无论其使用的人群多寡或历史的长短，都包含着无比丰富的历史文化信息，有一套自己独特的语言艺术乃至艺术语言。语言及其口头文学、民间文学是一个民族的文化底层和文化基因，它规定并长久地影响着民族文化的风格、特征、面貌。如各民族无不具有的神话、传说、故事、谚语、歌谣、史诗等，无论在内容上还是在形式上都有鲜明的民族特色。口头文学的美学特征在于它的语法、词汇、音韵、发声、修辞、比喻、想象的独在与吟诵、说唱、唱诵、讲述、复沓、重叠、诗意、叙事、抒情的独特的套路、结构和体系。人类学诗学在这里就是口头诗学。口头诗学是人类艺术思维生长的辽阔原野，是节奏、音律、声韵这些美学个性形成的基石，是一个民族想象与联想的边界与抵达这个边界的手段与工具。对任何一种艺术语言的审美领悟、把握，如果不能抵达它的语言的深处，不能会心于它全部的语言艺术的奥妙与奥秘，就不可能真正认识一种艺术伟大的品质与品性。

（二）民间美学是一种活形象美学

人类的形象意识来自人类的符号创作、图形化造型和形象化造物。这是人类视觉能力发展与发达的产物。从旧石器时代的石器打制到岩画涂抹雕凿，这种图形化造型能力的养成，培养了形象审美。图腾是人类形象审美的第一个划时代的审美高峰。图腾不仅延续了图形、造型形象审美能力，它还汇聚了人类的表演形象、音乐形象、口头文学形象。图腾的泛化、强化，就是形象的神圣化、模式化、审美化。民间文化似乎近于一种无形文化遗产，然而这里的无形主要是指物理特质材料的无形，是指形象的演示性、即时性，即不在一定的空间里演示，它就是不可见的，是无形的。也就是说，一定意义上形象的表演，表演的现场、临场、在场才是民间审美的核心表达。所以，在民间美学形态当中，有大量的从原始民族到古老民族的图腾艺术或来自图腾艺术的艺术。这种形象美学完全是一种动态的活形象，是原生意义上的"活形象美学"（这有别于学者对席勒美学作的"活形象美学"指认）。活形象美学是直观、外观的，也是现场的、在场的；是生机盎然、生命勃然的，也是生生不息、世代传承的；是具有造型模式和色彩继承的，也是充满个性创造和个性张力的；是感性化感染力的审美，也是可体验和可经验的；是由形象引发联想、想象，也是由形象导致移情、替代、象征的。活形象美学，活在生命生活生存；形象则诉诸视觉，诉诸造型，诉诸偶像，诉诸符号，诉诸色彩，诉诸扮相，诉诸装饰，诉诸动态，诉诸姿态，诉诸面貌，等等。民间美学的重要美学价值就在于此种审美是民族文化个性、美学范式和审美趣味的突出表征，是文化多样性的根基，是永远的文化的"这一个"。活形象美学是民间美学"这一个"的形式与形象的外观。它为文化差异、文化区别而生，也为文化多样而存。它必须以自己的一目了然、标新立异区别于他者审美。形象的生成、美丑的区别在不同形象美学体系中，有自己的历史、自己的原则、自己的文化基因。众多的活形象构成了人类文明缤纷的美，带来了万紫千红的、百花齐放的美学群像。

（三）民间美学是一种感性美学

在众多的民间文化中，与人的感官（肤觉、触觉、听觉、视觉、味觉、嗅觉等）相关的形态比比皆是。民间文化遗产在传承、传递、传播、传达中产生的美感和审美愉悦，来自激情迸发的快感，来自肤觉的舒适，来自触觉的圆润，来自听觉的和谐，来自视觉的悦目，来自手舞足蹈之激情，来自身心亢奋，来自芬芳怡人的香气，来自口舌之味道，来自手技手艺的超乎寻常，来自身体的极限的突破与变形。总之，它是美学作为感性学的原生地带，是美学的经验世界和感性层级，是由感觉感官触及与体味的美学。它培养、强化、保持感官对美的创造力和感悟力，坚持器官体察美的敏锐性，塑造器官表达和塑造美的能力与能量。感觉感性的丰富与敏锐，美的动态姿态，准确地把握与触及美的特性与本质，直接传达与表达美的技能技术，这些是民间美学原生态之美和美的原生态。这当然也成为一片全新的美学地带。正因为如此，民间美学才是真正的生活美学、实用美学、生态美学。它的感性化、感官化都因为它来自生活，置身于生活之中。饮食之美，美食之味，味道之妙，妙在烹饪技艺。生老病死婚丧嫁娶，生有赞颂，老有寿贺，病有医疗，死有祭奠，婚嫁有喜庆礼仪，无不要用口、耳、鼻、舌、眼、喉、皮肤、肢体去感知，去鉴赏，去生成，去铭记民族的审美趣味与审美标准。在点滴处培育美的情感，在日常中建构起美的细节与美的举手投足，在民俗仪轨中统一美的共识与共通原则，在生活的一切场景与器物中让美与感官亲密接触并化为生命的文化本能。民间美学的感性之美和感官美学也可因此表述为特定形态的日常生活的审美化或审美的日常生活化。民间美学一般还被置身于特定的空间和时间之中，因而它的感性之美还表现为特定的空间美学与时间美学，是一种具有人文地理性质的特色的美学形态。民间美学具有高度的生态依赖性，具有深刻的历史性，具有独特的民族迁徙民族战争民族起源特色，它是一种文化场所或文化空间，因而有其别具一格的空间美学。民间美学往往还表现为一种历史的活化石性质，历经了千百年来的传承，这种时间性的传承之美也即时间美学，也是它的感性品质之一。时间美学让我们回溯历史，让我们感知历史的演进和时间空间的统一，感知历时性和共时性的奇妙并置与共置。

（四）民间美学是一种身体美学

民间文化本质上就是一种身体遗产。作为身体遗产，它主要表现在两个方面：（1）是一种传人传承的文化遗产，人是其传承的主体；（2）是以身体为载体的文化遗产，人体是它的对象、客体，也是它的主体，身体及其器官感觉都是有历史与文化渗透其间的。作为身体美学，民间文化不仅借身体传达知识、经验、审美、智慧、历史、文化、伦理等，使生命生活生存更加具有保障，它还通过身体的感官强化和器官强壮、身体健康、身心和谐、身体美观、身姿健美，使身体及其所处的生活更加幸福美满，更加具有荣誉和荣耀。作为民间美学的身体美学的具体形态可以分为四个层级：（1）直接由身体承载的身体美学；（2）服饰与体饰，为保护和美化身体并以身体表现、展示和呈现的民间审美；（3）以身体为象征或者象征身体的民间审美；（4）以身体演唱、表演、创作并成为被欣赏、可欣赏乃至自我欣赏的身体美学。身体美学的价值在于为我们打开了民间审美的身体维度，这个身体维度又从全新的视角重新审视和解读人类的各种文化，使我们耳熟能详的文学、艺术、民俗等有了新的价值观，解放了我们的思想，也释放了我们的感觉。文学中有诵读、气息、音韵、喉咙、声音元素，音乐中有耳朵、舌头、手臂、手指、身势、表情，也使音乐成为身体的一部分，舞蹈更是一种全身体运动的艺术，戏剧等表演艺术以其情节化、故事化、人物化再现"生活"。身体性直指美学的丰富性与敏锐性，身体性还决定和规定着美学的活态性、在场性、当下性、即时性。民间审美的身体美学以身体作为对象，将使一般的身体美学获得无比丰富的美学资源，在"身体哲学"兴起和转向的文化思潮中，民间身体美学将提供极有价值和意义的学术贡献。

作为人类学诗学、活形象美学、感性美学、身体美学的民间美学，它必然与古典和经典美学具有完全相异的范式和范畴。民间美学是美学的处女地和新生地，将为美学开辟全新的天地和崭新的阵地。民间美学是大众的、集体的、民间的美学，这种大众性、集体性、民间性来自约定俗成，来自口耳相传，来自代代传承。口头、形象、感性、身体是对应于和相反于文字书面、理性抽象、思辨知性、心智个性的。所以，这样的美学必然要求材料占有的丰富，要求充分地了解所有个体个性中的共同点和共性，要广泛辨析各种各样的美学样态形式，要充分认识与研究民间文化的历史与传承规律。没有广泛且深入的田野调查，这样的工作几乎是无以展开的。在这里，美学必须从哲学象牙塔中走出来，到民间的田野去，方能有所作为。事实上，列维-斯特劳斯的结构主义美学正是来自他的田野作业，弗洛伊德的无意识美学是对集体美学的最具启发性的成果，杜威的实用主义美学来自对生活的观察与关注，巴赫金的狂欢化理论来自对民间文化的深刻省察，理查德·舒斯特曼的身体美学来自他对东方身体技术的钻研与体悟。尼采、福柯、梅洛–庞蒂、威廉·詹姆斯、德勒兹、萨特、海德格尔、德里达、巴塔耶、利奥塔等众多哲学家美学家都曾涉足此类研究，显示了此领域所具有的强大的思想学术魅力。

七、民间文化成为中国文化影响力的三种路径

民间文化特别是民间文艺在民间的流布，呈现出庞杂繁复的现象，有一些作品在长期的流传中获得了经典的形态，达到极其成熟的状态；有些作品始终处于流变之中，异文迭出，形态驳杂；有些则表现得较为零碎、片断、多样。根据过往的经验，民间文艺作品成为经典作品被广为称诵，有三种途径。

一是原汁原味的记录。这种记录是口头文学调查记录的科学要求。既可用于科学研究，也可用于经典作品的传世。对于那些已经在民间高度成熟化、精致化、经典化的作品，原始记录就是最高文本，其民间趣味甚至不可模仿，像神话还是不可逾越的"范本"。

二是加以整理使之完善完美。对于异文繁复的民间文艺作品，小心适度地整合、连缀、编辑，也是获得杰出文本或作品的重要方法。同样的作品从一种体裁转换为另一种体裁（比如由口头文学转换为说唱或戏曲），其间在民间也会发生许多"再加工"现象。中国的四大民间传说（《梁山伯与祝英台》《白蛇传》《孟姜女》《牛郎织女》）都出现过这种"加工整理"，并产生巨大影响。

三是以民间文化为素材的文艺改编创作或再创作。这样的文艺现象在中外文艺史上不绝于书，不胜枚举，如民间音乐与音乐史上的名曲创作就是如此。中国文学

的四大名著都有民间创作的底版或影子。舞剧《天鹅湖》《胡桃夹子》、电影《白雪公主》《灰姑娘》《刘三姐》《阿诗玛》等都取材于民间传说。

北京师范大学京师特聘教授、中国文艺评论家协会副主席　向云驹

坚守民族文化本性
创造不可替代的"第三极文化"

——关于中国文化国际传播力

关于中国文化国际传播的思考，大体上有三个问题。第一，为什么要开展中国文化国际传播？因为传统文化缺乏传承与当代国人"精神缺钙"。第二，向世界传播什么？要了解"第三极文化"的内涵与特征。第三，如何向世界传播中国文化？即介绍"第三极文化"目标实现的路径与实践。

一、为什么要开展中国文化国际传播

中国的文化现在面临着一个严峻的时刻，或者说是质的发展的关键点。目前存在一个很大的问题，就是传统文化缺乏传承和当代国人的"精神缺钙"。这个问题阻碍着当代中国文化的提升。

2011年10月，在党的十七届六中全会上，第一次把整个会议的重点集中在文化上。这个集中点凝练成四个字就是"文化强国"。2011年11月又召开了第九届全国文代会，在会上胡锦涛同志作了主题报告，在报告中又强调了六中全会提出的精神。总书记的报告明确地提出了中国文化当时的处境，呈现了两个"大"：大发展、大繁荣。这两个"大"确实有大量的数据可以证明。但是，还存在什么问题和

矛盾呢？文件里有大段的论述讲到了八个方面的问题：第一，一些地方和单位对于文化建设的必要性、重要性认识不到位的问题，对文化的作用认识不够的问题；第二，在一些领域道德失范、诚信缺失的问题，就是价值观的问题；第三，舆论引导能力的问题，舆论引导能力需要提高，网络建设管理亟待加强；第四，精品力作不够多；第五，公共文化服务体系不健全；第六，文化产业规模、结构，束缚生产力发展的问题；第七，文化走出去的工作还很薄弱，中国文化国际影响力需要进一步增强；第八，文化人才队伍建设急需加强。在思索这些问题的过程中，我提出两个"缺"：传统文化的缺乏传承和当代国人的"精神缺钙"问题。

拥有5000年历史的中华民族创造了光辉灿烂的中华文化，并曾经为世界文化和整个人类的文明与进步，做出了其他文化无法替代的卓越贡献。这种无可替代的贡献，可以简单举两个例子。

第一个例子是公元前4世纪（距今25个世纪），汉字相继传入了朝鲜、越南、日本等国，而且成为通行于这些国度的唯一公用文字及国际交往的通用文字。而随着汉字的流传，中国的典章制度和中国的哲学、宗教、科技、文学艺术也传播于我们周边国家，或者更远一些的地方。事实上，中国文化对于这些国家文化的影响至今依然可以看出来。

第二个例子是中国的哲学思想、科学技术曾经对欧洲文化产生过深远的影响。美国一位传教士丁韪良，曾指出法国笛卡尔的"以太漩涡"学说与宋明关于气的学说惊人地相似，他推测笛卡尔曾受到宋明理学的影响。德国古典哲学的先驱莱布尼茨，高度评价了中国文化和中国哲学，他的"单子论"在相当程度上吸收了中国哲学尤其是宋明理学的思想。法国启蒙主义思想家伏尔泰认为中国人"是在所有的人中最有理性的人"，他称赞孔子"卓然不以先知自诩，绝不认为自己受神的启示，他根本不传播新的宗教，不求助于魔力"。伏尔泰还仿照元曲《赵氏孤儿》编写了诗剧《中国孤儿》。德国的歌德曾拟改编此剧未成，在晚年，完成《中德四季晨昏杂咏》14首。

另外，中国古代的四大发明对欧洲社会历史的发展也起到了革命性的推动作用。正如马克思所说："火药、指南针、印刷术——这是预告资产阶级社会到来的三大发明。火药把骑士阶层炸得粉碎，指南针打开了世界市场并建立了殖民地，而印刷术则变成新教的工具，总的来说变成科学复兴的手段，变成对精神发展创造必要前提的最强大的杠杆。"这些例子都可以证明中国文化在很早之前对欧洲就有了重要的影响。

很遗憾的是，如今中国文化在全世界的影响力日渐式微。

20世纪90年代以来，中国经济高速发展，政治地位显著攀升，国际影响力不断扩大，中国在世界政治、经济舞台上扮演着越来越重要的角色。但是我们不得不承认，中国文化对外传播与中国经济的发展极不相称，中外文化的传播是很不对等的，这是当前的一个现实。

随着经济的发展和全球化的影响，我国社会文化格局发生了深刻的变化，这种格局变化的凸显，是以欧洲文化、美国文化为代表的外来文化的大量涌入。再加上报纸、广播、电影、电视、互联网等大众传媒推波助澜，我们的文化界、艺术界、学术界及社会各界，甚至到普通民众，在行为方式、生活方式、价值观念、语言习惯等方方面面受外来文化的影响已经到了前所未有的程度。在对光怪陆离、眼花缭乱的外来文化的追捧中，人们与中国传统文化的核心价值渐行渐远。

有学者指出："我们的社会的确创造了经济奇迹，人们的生活水平的确有了大幅度的提高，文化、娱乐、消遣方式的确丰富多彩极了。但是，在这些物质的背后心灵深处却是虚无的。这种虚无蔓延到人们精神的各个层面：个人的信仰，个体的私德与公德、怜悯之心，公民精神等都受到了浸染。人们找不到心灵的归宿，因精神空虚而焦虑，因焦虑而精神越发空虚。人的精神无所依托，心灵无所慰藉。"

由于缺少了文化自信，导致了民族精神不振。而一个缺少文化自信的民族，必然是精神乏力的民族。一个精神乏力的民族，注定是没有希望的民族。

如今，具有5000年悠久历史和深厚积淀的中国文化，正在遭遇外来文化的强烈冲击。我们应该保持自己的文化定力，坚守清醒的民族意识，坚守本土的文化自信，在外来文化铺天盖地涌入的时候，从容不迫、沉着应对，以丰厚的历史感和鲜明的文化底蕴，展示中国文明无可替代的文化魅力，争取文化交流的话语权。这种话语权的争取是非常重要的，有了这种话语权才能赢得世界的尊重和认可。

二、向世界传播什么

我曾经在2009年北京文艺论坛上提出一个概念，即"第三极文化"。

提出"第三极文化"是对于中国文化的一种思考。"第三极文化"是针对当今世界文化格局提出的学术概念和理论设想。当今世界的文化绚丽多彩，百花争艳，而其格局可以概括为两个字——"多元"。地理学用南极、北极、第三极（青藏高原）的概念指代地理位置在全球最具特点的三个地方，分别是最南、最北和最高。"极"具有"顶""端"之意。在这里，"极"有两层含义，第一层含义是指在某一个范畴内部最为突出，最为典型，最有代表性，如南极在"南"这个范畴中最为突出，"南"的特点也到达了极致。

"极"的第二层含义是指在更宽阔的视域与背景下，与其他范畴相比具有非常鲜明和独立的个性、品质和特点。南极、北极、第三极是各自范畴内的"极"，每一极自身最突出的特点（最南、最北、最高）都是其他"极"所不具备。也就是说，和其他"极"相比较，每一"极"都有其独立鲜明的个性、品质和特点。这些特点使得"三极"并行不悖、相映成趣，一起成为丰富多样的地理环境的组成部分。我们正是在这两层含义上借用"第三极"的概念，提出"第三极文化"的理论设想。认为从世界的文化格局来看，最主流的、影响力最大的可以有三个极，这是因应当今的世界文化格局提出来的。

这里穿插一个很有意思的故事，与我们合作创办研究院的美国IDG集团，他们做了1500年至2015年GDP路线图，选择了全球GDP有突出表现的六个经济体（六个国家和地区），其中包括了中国、印度、美国、欧洲、日本和苏联（独联体）。路线图显示，1500年最高端的两条线，一条是中国，一条是印度。也就是说，16世纪时，世界经济产值最高的是中国和印度。当时中国的瓷器、中国的四大发明、中国的茶叶和中国的丝绸都走向了世界。在世界市场里，中国的产值是最高的。从1500年一路下来，六条曲线一直在变动，大体上在17世纪到19世纪，因为欧洲的生产力发展，产生了工业革命，有了文艺复兴，欧洲经济有了大的发展。特别是19世纪，欧洲的GDP线在最上面，那时候美国还没有上去，中国、印度都下来了。到了1945年，也就是20世纪中期，美国的曲线突发上升到最高。整体来说，20世纪美国GDP在世界领先。接着往下走，到21世纪，也就是2015年，这条线的流动当中最高点有三条，一条是美国，一条是欧洲，一条是中国。中国线的走势是向上，那两条线走势是向下。这个GDP路线图和我们提出的"第三极文化"不谋而合。

19世纪欧洲文化覆盖世界，靠的是殖民主义，当时英国曾被称为日不落国家。当时处于资本主义的上升时期，伴随着生产力的大解放，欧洲各国大量对外输出资本，占领了众多殖民地，在这个态势中，一方面贩卖黑奴，贩卖鸦片，发动殖民战争，带来了人类的灾难；另一方面出现了很多弘扬人道主义、给人温暖的优秀文艺作品，留下了不朽的文化经典。在这个时期欧洲文化走向了世界，可以称为世界文化的一极。

到了20世纪，特别是在第二次世界大战以后，世界中心转移到了美国。在美国资本主义经济迅速发展的过程中，伴随着垄断资本主义的生产方式，逐步形成了以个人主义为核心的美国文化，并且由于国力的高度发达而走向极致。在高度发展的过程中，美国的影响力从政治、经济、军事、文化多方面覆盖全球，但也引发了全球性的金融危机、经济危机。美国的文化形态也形成了和资本主义上升时期完全不同的超越欧洲的另外一极。

应该说，这两种文化都有推动人类文明发展的一面，但也都有造成人类灾难的另一面。从梳理当中，联想到中国文化，我们提出了"第三极文化"——就是中国当代现代化文化的想法。我们觉得中国文化不能以模仿、克隆作为目标，中国文化应该要树立自己的坐标，要有自己追求的制高点，以此发展壮大。再回过头来看中国文化，它是可以担当重任的。它有独立的传统，它有强大的根基，它还有绵长的生命力。所以中国文化应该是一种持久的存在。

我们常说的三个数据，第一个数据是5000。中国是世界文明古国，世界各大文明从产生到今天，没有中断的只有中国。中华文明绵延数千年，是全球文明中唯一的特例。在世界上，"中国制度""中国经济""中国文化"从古至今一直占有一席之地。现在海外使用汉语的华裔，加上中国人就有15亿人之多，说明我们的文化具有一种力量。

第二个数据是180（1840—2020年）。从鸦片战争算起，至今已有180余年。鸦片战争以后近200年历史，是中国积贫积弱经浴血奋战由弱变强的漫长过程，考验着中华民族的文化定力和文化创造力。中华民族在屡战屡败、屡败屡战的艰苦征战中创造着新的文化，成为经得起考验的世界文化之一极。新的文化就是我们的爱国主义，我们的民族自强，我们的民族精神。

第三个数据是70（1949年至今）。70余年新中国艰难发展，现今走出了一条中国道路。属于中国的独特文化，成为世界文化当中另外一极。它既由于中国传统文化力量的推动，也由于中国现实文化的积累。我们要为中国文化确定坐标，要成为"第三极文化"。

"第三极文化"的第一层含义，首先从中国文化自身系统里进行梳理、总结可以被我们发扬的一些内容。这些内容是最突出、最具特点、最有特色、最有代表性的内容，这些内容成为中国文化自身范畴的"极"。

"第三极文化"的第二层含义，是指在梳理、总结、继承和发扬中国文化中最为突出、最具特色、最有代表性的内容基础上，把中国文化放在世界文化的背景下加以观照。具有数千年传统的中国文化在其独特性、影响力和对世界文明的贡献上，亦可成为欧洲文化、美国文化之外的"第三极文化"，它与美国文化、欧洲文化及世界其他优秀文化并驾齐驱、相互吸收、相互借鉴，共同构成丰富多彩的人类文化格局。正是在第二层含义基础上提出"第三极文化"的理论设想。

"第三极文化"的内涵：是中华民族几千年生息繁衍过程中逐步创造、积累并传承下来的文化复合体。其中最重要的是，作为主导文化的儒家文化在与其他文化派别（道家、墨家、法家等）、少数民族文化及外来文化相互影响、相互作用、相互融合、相互借鉴、共存共生、共同发展的过程中，逐步形成、确立、巩固并为人们普遍认同、自觉遵守、代代相传的核心价值，以及基于这些核心价值所生成的民族精神。"第三极文化"的内涵主要体现在以下三个层面。

第一层面是中国文化传承至今富有生命力的四个特征。

其一，充分尊重和维护人的价值之人文精神。

欧洲文艺复兴时期倡导的人文精神对世界文化产生了深远的影响，实际上，早在两千多年前，中国古代思想家的论述中就已经闪烁着人文精神的光芒。如《孝经》中"天地之性，人为贵"，就是说天地之间人是最重要的。古籍告诉我们人的尊严是高于生命的，这种价值取向在今天依然有它存在的理由和价值。在《孝经》、汉代的《说文解字》，还有孔子、孟子等经典著作中，都提出"人为贵"这样的观点，像孔子说的"三军可夺帅也，匹夫不可夺志也"、孟子说的"民贵君轻"都是这样的思想存在。

其二，标举"君子为上"的道德品格、精神气节，指向人的道德情感和道德意识。

中国传统文化所强调的、至今依然具有生命力的道德情感和道德意识，首先强调个人的道德品格、精神气节。如《易经》中的"天行健，君子以自强不息"（《周易·乾·象》），"地势坤，君子以厚德载物"（《周易·坤·象》）。再如《论语》所记"己所不欲，勿施于人"（《论语·颜渊》）；孟子所说"富贵不能淫，贫贱不能移，威武不能屈"（《孟子·滕文公下》）等格言，深刻地揭示出中国人自古以来的精神追求。另外，人的道德情感和道德意识，也包括按照伦理准则为人处世。如《论语》中所说"君子敬而无失，与人恭而有礼。四海之内，皆兄弟也"（《论语·颜渊》）。孟子所说"恻隐之心，人皆有之；羞恶之心，人皆有之；恭敬之心，人皆有之；是非之心，人皆有之"（《孟子·告子上》）。以上等等，在当今纷乱的世界中具有人生准则的现实意义。

其三，强调个人对世界、国家、民族的道义担当，即家国情怀。

个人仅仅是个人吗？和国家是什么关系？和民族是什么关系？和社会是什么关系？有没有担当？无国则无家，无家则无人，这是我们中国特有的文化理念。中国传统文化强调，作为社会、国家、民族的一分子，人不能只考虑一己私利，要心系他人、心怀社稷，"人不独亲其亲，不独子其子"（《礼记·礼运》），"老吾老，以及人之老；幼吾幼，以及人之幼"（《孟子·梁惠王上》），"禹思天下有溺者，由己溺之也；稷思天下有饥者，由己饥之也"（《孟子·离娄下》。中国传统文化提倡，个人要志存高远，以生民安康、社稷太平、家国昌盛为己任。正如孔子所言："志士仁人，无求生以害仁，有杀身以成仁。"（《论语·卫灵公》）曾子所言："士不可以不弘毅，任重而道远。仁以为己任，不亦重乎？死而后已，不亦远乎？"（《论语·泰伯》）孟子所说："生，亦我所欲也，义，亦我所欲也。二者不可得兼，舍生而取义者也。"（《孟子·告子上》）再如"先天下之忧而忧，后天下之乐而乐"（范仲淹《岳阳楼记》），"为天地立心，为生民立命，为往圣继绝学，为万世开太平"（《张子全集·近思录》）。在物欲横流的现代社会中，源远流长的家国情怀，当可作为每个社会人理应葆有的文化精神。

其四，崇尚"和合"的世界观、人生观、宇宙观。

"和"包含和谐、和顺、和气、和平等意。"和"有利于人伦关系、道德弘扬及社会发展。正如古训所言："礼之用，和为贵。"（《论语·学而》）"天时不如地利，地利不如人和。"（《孟子·公孙丑下》）"合"主要指中国传统文化中"天人合一"思想，是把人与社会、自然乃至整个宇宙看作统一整体加以观照的世界观和宇宙观。庄子曰："天地者，万物之父母也。"（《庄子·达生》）董仲舒提出："天人之际，合而为一。"（《春秋繁露·深察名号》）都在强调人与自然、与宇宙的整体性、统一性和不可分割性。另外，"天人合一"也表现为中国传统文化中崇尚自然、尊重自然规律、人与自然和谐相处的思想。老子云："人法地，地法天，天法道，道法自然。"（《老子·二十五章》）强调人要尊重自然规律。概言之，"和"是"合"的前提和基础，"合"是"和"的目的和旨归。以"天人合一""天人和谐""人人和谐"为主要内容的"和合"世界观，正是中国文化中极具特色的内涵之一，它充分体现了中国传统文化中处理人与人、人与自然、人与社会之间关系的重要准则，即包容天下的胸怀和海纳百川的气度。

第二个层面包括对马克思主义等世界文化精华的借鉴与吸收，博取"他山之石"，萃取文明精华以丰富和发展自己。

毛泽东同志说："十月革命一声炮响，给我们送来了马克思列宁主义。"习近平总书记在纪念马克思诞辰200周年的讲话中指出：马克思至今依然被公认为"千年第一思想家"。从1848年《共产党宣言》发表到1917年俄国"十月革命"，从1949年社会主义新中国成立到当下进入新时代的中国，马克思主义基本原理同中国具体实际相结合，中国人民在近代以来革命经验的基础上，积累和发展了新中国建设理论，成功地走上了全面建设社会主义现代化强国的康庄大道，使中国这个古老的东方大国创造了人类历史上前所未有的发展奇迹。所以，马克思主义不仅深刻改变了世界，也深刻改变了中国，并将深刻改变整个人类的命运。

第三个层面强调总结中国共产党诞生以来的红色革命文化经验，以及新中国发展至今的国家建设经验。这些内容和马克思主义既有深刻的内在关联，又有中国传统文化的独特魅力。百年来中国革命经验的历史总结和新中国发展模式的成功经验与世界其他文化共同构成丰富多彩的人类文化图景。

获得中国政府在庆祝新中国成立70周年隆重颁发的共和国友谊勋章的法国前总理拉法兰先生，在他的著作《中国的启示》中说："中国思想是人类经验的另一极，它让我们着迷。西方思想和中国思想就像阴和阳的关系，形成了创造性的互补。我们的差异表现在许多方面，这让我们互相思考，也激发了我们对彼此的兴趣、好奇和尊敬。"可谓殊途同归地使用和解释了"极"的概念。

"第三极文化"的宗旨是把民族文化中符合历史发展趋势、有利于推动人类文明进步的成果进一步继承、发扬，同时结合时代发展需要，吸收、借鉴其他文化的一切优秀成果，进一步丰富和发展"第三极文化"的内涵，使"第三极文化"与欧洲文化、美国文化及各种文化一道，为构建和谐的世界文化、推动整个人类的文明与进步做出应有的贡献。

具体来说，"第三极文化"可以从以下四个方面理解与阐释其主要特质。

第一，传承性："第三极文化"植根于数千年的文化传统。

中央提出"文化软实力"，习近平总书记提出的"中国梦"是文化软实力的形象化表述。文化软实力的核心是中国文化精神。传统文化中"仁者爱人""知行合一""道法自然"等价值观构建了中国文化之魂，以强烈的文化色彩、底版、主调展现出民族的心理、个性、品格特色，在当今社会依然闪烁着灿烂的智慧之光。这些传统价值观对世界的和平与发展产生了不可估量的作用，为解决好人与人、人与自然、民族与民族、国家与国家、地域与地域之间的关系，提供了很多有价值的资源。

　　我们需要守住民族文化的本性，寻找源头，"不断创造自己独特而不可替代的"第三极文化"，包括"第三极艺术文化""第三极电影文化"等。

　　从中国文化的源头梳理下来，5000年来老祖宗留下的宝贵文化遗产：如女娲补天、夸父逐日、精卫填海、夏禹治水、愚公移山等神话故事的绝妙千古；如万里长城、千里运河的雄浑传奇；如汉唐文化的绚丽缤纷；如"赵氏孤儿"的大义凛然、文天祥的慷慨就义等。蕴含在民族文化之中的民族理想人格，如献身精神、牺牲精神、奋斗精神等不朽的精神，正是中国文化的底版色彩，在中国人的心里保存着永久的记忆。而千百年来中国人不畏强暴、前赴后继之无数可歌可泣的英雄人物和故事，同样雄辩地印证着从古至今的民族精神。

　　美国哈佛大学神学院教授大卫·查普曼面对近千名学生解读中国关于信仰问题。他说："我们的神话里，火是上帝赐予；希腊神话里，火是普罗米修斯偷来的；而在中国的神话里，火是他们钻木取火坚韧不拔摩擦出来的！这就是区别，他们用这样的故事告诫后代，与自然作斗争！"（钻木取火）"面对末日洪水，我们在诺亚方舟躲避，但中国人的神话里，他们的祖先战胜了洪水，仍然是斗争，与灾难作斗争！"（大禹治水）"如果你们去读一下中国神话，你会觉得他们的故事很不可思议，抛开故事情节，找到神话里表现的文化核心，你就会发现，只有两个字：抗争！假如有一座山挡在你的门前，你是选择搬家还是挖隧道？显而易见，搬家是最好的选择。然而在中国的故事里，他们却把山搬开了！（愚公移山）可惜，这样的精神内核，我们的神话里却不存在，我们的神话是听从神的安排。""每个国家都有太阳神的传说，在部落时代，太阳神有着绝对的权威，纵览所有太阳神的神话，你会发现，只有中国人的神话里有敢于挑战太阳神的故事：有一个人因为太阳太热，就去追太阳，想要把太阳摘下来（夸父逐日）。当然，最后他累死了——我听到很多人在笑，这太遗憾了，因为你们笑这个人不自量力，正是证明了你们没有挑战困难的意识。但是中国的神话里，人们把他当作英雄来传颂，因为他敢于和看起来难以战胜的力量作斗争。在另一个故事里，他们终于把太阳射下来了（后羿射日）。中国人的祖先用这样的故事告诉后代：可以输，但不能屈服。中国人听着这样的神话故事长大，勇于抗争的精神已经成为遗传基因，他们自己意识不到，但会像祖先一样坚强。因此你们现在再想到中国人倔强的不服输精神，就容易理解了，这是他们屹立至今的原因。"大卫讲座视频被传到社交网站上，引起网友热烈讨论："一个女孩被大海淹死了，她化作一只鸟，想要把海填平——这就是抗争！"（精卫填海）"一个人因为挑战天帝的神威被砍下了头，可他没死，而是挥舞着斧子继续斗争！"（陶渊明诗：刑天舞干戚，猛志固常在）

不得不说，大卫教授解读中国神话的角度很新颖，十分到位。我们经常说：中华民族几千年来是靠着不断地与自然、灾难、环境作斗争才延续至今。中国人这种延续了几千年的斗争精神是如何保持下来的？每个民族的神话都有自己的烙印，但见过哪个民族的神话里有我们这么多战天斗地的抗争故事？老子的"天地不仁，以万物为刍狗"，说的就是要生存就得靠自己，不能靠苍天。这比"神爱世人"听起来残酷，但非常现实。我们从小听到大，并口口相传给下一代的这些神话故事，体现的绝不仅是故事那么简单。每个文明在初期都是有神论，但唯独中国的文明不畏惧神，也许正因为中国人深刻理解老子的那句话，所以中国的祖先从不把生存的希望寄托于神的眷顾，也因此，很多人说中国人没有信仰。没信仰的民族能存续5000年吗？实际上，勇于抗争，不怕输，更不会服，是中国的民族精神，也是中国人的信仰。

在中国创造经济奇迹的背后，有很多值得总结的文化精神，皆应属于"第三极文化"范畴。例如，美国人挣钱主要给自己花，甚至提前花未来的钱；而大多数中国人挣钱却不是为了自己使用，却是为了赡养父母和抚养孩子。这不是简单的消费观和家庭观的差异，能够从中看到中国文化所蕴含的崇高精神。为什么我们的民族总能够创造奇迹，我相信亦能从文化中找到部分答案。中国经济腾飞，不是一些西方人所认为的"经济怪胎"，而是中国人民用汗水和智慧换来的必然成果。

中国文化的底版，中国文化的色彩，中国文化智慧的光芒，应该在我们文化建设中发挥应有的作用。希望能够把我们祖宗传下来的民族精神财富，让我们的孩子、我们的大学生坚定不移地作为信仰去追求，作为目标去攀登，作为理想去构建，我们的文化才会越来越好。

第二，开拓性："第三极文化"是与时俱进的文化。

我们的文化不主张重返闭关自守、夜郎自大的老路，我们主张对传统有扬有弃，不断吐故纳新，从传统中吸取力量，同时要积极地学习、借鉴人类其他优秀的文明成果，来开创自己民族文化的新内涵。建设"第三极文化"，需要探究中国文化的源流和它的理论内涵；需要深入丰富的现实生活，重新阐释文化，造就历史。以中国人智慧的眼光去看中国，看世界，深刻揭示现代人的思想和灵魂，追求艺术的极致。这样艺术才能有发展，才能出大师。我上课讲授的鲁迅、郭沫若、茅盾、巴金、老舍、曹禺，他们的确是大师，我们需要这样的大师。出大师意味着登顶第三极，就像地理学的第三极是最高之珠穆朗玛峰。我们能不能出大师？肯定能，但是需要每一个文化人沉下心来，面对历史，面对当前，面对未来。大师辈出是完全有可能的。应该作为一种使命、一种担当，中国文化正在攀登第三极的过程中，这是第二个特质。

第三，和谐性："第三极文化"以倡导文化多元为前提。

"第三极文化"不排斥其他文化，它尊重文化的多元和差异。同时也承认文化有主流和支流之分，它不主张文化中心主义，反对文化殖民、文化霸权。当今世界经济全球化日甚一日，科技发展迅猛，尤其是信息传播技术，把世界连成一片，形成一种多元共存的局面。中国式的"第三极文化"，是以和谐为理念，主张"和而不同"的。早在西周末年，史伯就提出了著名的"和同"之辩："夫和实生物，同则不继。以他平他谓之和，故能丰长而物归之；若以同裨同，尽乃弃矣。"(《国语·郑语》）不同的事物只有和谐相处、以他平他，才能不断发展变化，进而产生新的事物；相反，盲目排斥不同事物，则将导致无变化、无发展，"尽乃弃矣"。此外，"和"一方面与"同"相对，一方面与"争"相对。与"同"相对的"和"，指向多样性的统一，亦即内容丰富而协调一致，这是发展的规律、是创新的原则；与"争"相对的"和"，则指向不同事物的相容相济、相辅相成。

在这里我想给大家引用毛泽东同志的诗词《念奴娇·昆仑》的后半阕："而今我谓昆仑，不要这高，不要这多雪。安得倚天抽宝剑，把汝裁为三截？一截遗欧，一截赠美，一截还东国。"这是毛主席在长征路上所写的，大约是在1935年10月，那时候中国革命到了最困难的时候，中国工农红军从8万人开始长征，到陕北后只剩下不到3万人，那么多人在途中为了祖国献出了生命。在这样的时刻，毛主席看到昆仑山以后发出了这样的声音："一截遗欧，一截赠美，一截还东国。"最后还有两句话："太平世界，环球同此凉热。"登上昆仑不是独占独享，而是世界分享、全球共享。所以才有了"太平世界，环球同此凉热"，我觉得特别温暖。

"第三极文化"要攀登世界屋脊喜马拉雅山，绝不为独占，而是为了拥抱全世界，三极在此分享而用之也。我们要充分估计一种强势文化艺术（如电影）的力量。如果经过奋斗，出现强大的"第三极文化"，不仅能得到丰厚的经济回报，而且能让中国的特色制度、特色文化、特色生活方式扩展到世界，以不断增强的影响力展开交流，从而对世界的和平、发展、繁荣尽到一份民族的责任，达到一种民族的贡献。

第四，实践性：坚持"知行合一"方法论。

"致良知"和"知行合一"是明代先贤王阳明"心学"理论的核心。我用"知行合一"表示"第三极文化"理论的学理和实践是合一的。"第三极文化"理论以推动中国文化国际传播，促进人类文明发展为目标，中国文化国际传播的"知"与"行"应当是合一的。简单地说，出国举办中国音乐演奏会，或者中国电影展映及其他形式的文化交流，的确可以促进中国文化国际传播，但是这些形式只是中国文化国际传播的一部分。中国文化国际传播最重要的载体，不仅是艺术形式本身，而且重要的是中国人。每一个与外国人接触的中国人，都是中国文化国际传播的主体。这个特定的人，不仅具有中国文化知识，而且以他的行为直接表现中国文化的传承。我们的研究和创作归根到底是影响和引导人们，帮助他们认识中国文化、热爱中国文化，并最终影响周围的人。网络时代，这种自觉的文化意识，很容易通过网络社区传达到地理上遥不可及的国家，形成新的"汉语文化圈"。我们以为，"第三极文化"不是空洞的理论和口号，而是"修身齐家治国平天下"的大学之道。

"第三极文化"有坚实的生成基础和现实条件，有可以期待的发展前景与潜力，并非空中楼阁的臆想，也不是狭隘的民族主义想象，而是顺应当前世界文化格局提出的一种具有独立性、包容性、开放性的理论构想，它是一种文化立场和理论姿态。

它珍视自身文化传统，返本寻根，固守本土，但是并不排斥外来文化，并对一味回归民族文化传统、对其他文化置若罔闻的部落主义保持警惕。"第三极文化"主张多元文化的互动与对话，不认为中国文化是可以包治百病的灵丹妙药，而努力在多元文化的世界里确立自身位置，自主适应时代变化，与其他文化取长补短，共建一套共同认可的秩序和守则，期待多种文化和平共处，各取所长，联手发展，和谐共生，一起为推动人类社会发展做出应有贡献。费孝通先生逝世之前反复强调了四个字"文化自觉"，在他讲这四个字的时候，我们国家还没有强调文化自觉。他把文化自觉的意识浓缩为四句话十六个字："各美其美、美人之美，美美与共、天下大同。"

"各美其美"，首先要美自己，我们天天去模仿美国、日本、韩国，又如何做好自己呢？首先每个人的责任是做好自己，美自己。各美其美的前提是以自己为美。

这么多传统文化的精华我们不要忘掉，还有今天非常宝贵的一些精神和文化，我们不要忽略。各美其美，这个美是一个大写的"我"，大写的"中国人"。

"美人之美"，如果只有各美其美还是狭隘的，必须还有"美人之美"。要把别人的美当成美，吸收别人的美。我们既不可以学东施效颦亦步亦趋，也不能忽视其他文化中的精华部分。应该自觉地去分解，自觉地吸收、借鉴，为我所用，要美人之美才有胸襟，才有怀抱。

然后才有"美美与共"，要把别人的美和自己的美融合起来，只有"会通"了才能"超胜"，"超胜"不只是超别人，而是要超自己，然后和别人一起实现全世界文化的整体超越。

最后是"天下大同"了，人与人的和谐，人和自然的和谐。

三、如何向世界传播中国文化

研究并推动"第三极文化"的发展，把中国文化更有力地推向世界，进一步提高中国文化在世界文化中的影响力，应该提升到国家战略高度，是政府、业界和学界肩负的共同使命。具体而言，包括以下四个层面的策略和路径。

第一，学术研究，强调实践性。

学术研究既包括基础研究，又包括应用研究。"第三极文化"的研究命题具有鲜明的当下性，研究者应当结合时代要求，直面社会现实，带着问题意识去研究，关注当前社会发展、文化建设存在的问题，可能出现哪些问题，必须解决哪些问题，这是文化自觉的一种体现。例如，经济全球化背景下中国文化如何定位？文化与经济究竟是什么关系？"第三极文化"的内涵和外延何在？如何甄别传统文化的糟粕与精华？怎样同其他文化和谐共生？学校教育、艺术创作和科学研究中如何体现"第三极文化"？这些都是亟待研究的问题。

第二，艺术创作，强调原创性。

"第三极文化"既是基于实践的理论总结，也应当反过来指导和影响创作实践。如果说旨在进一步明确和丰富"第三极文化"内涵的学术研究，为发展"第三极文化"奠定理论基础，那么，下大力气创作大量原创性的，具有深厚"第三极文化"底蕴，充分体现"第三极文化"特色，具有中国精神、中国气派、中国风格的作品（包括诗歌、小说、散文、戏剧等文学作品，也包括影视、音乐、舞蹈、绘画、书法等艺术作品），则是推动"第三极文化"战略实施的重要实践手段。这种创作要在植根传统的基础上充分体现时代精神，表现创作者真实的生活感受，重原创，不媚俗、戒模仿。

第三，文化传播，强调现代性。

我们不能止于书斋，要有行动。酒香也怕巷子深，中国文化再好，也需要传播才能实现其价值。我们有足够的文化自信，但我们更应注意到"物竞天择，适者生存"的丛林法则，同样在支配着世界文化格局。

我们需要设计打造一些易于被识别、易于传播、具有丰富内涵和时代精神的中国文化符号，努力建设一批具有国际影响力的文化品牌，尤其要注重现代科技手段的应用，积极运用互联网、手机、平板电脑等新媒体传播中国文化。新技术的出现有时让人望而却步，甚至产生恐慌和焦虑，但是事实上科技并不是设置障碍，而是为大家服务的，乃至老年人也未被新科技排除在外，老年人也在不断学习手机和网络的各项新功能。中国传统文化同样不会被新科技排除，相反必定能够借助新的科技手段，绽放新的花朵，散发新的芳香。

第四，资源整合，强调社会性。

研究、创作和传播，任何一个环节都需要投入大量人力物力，需要国家和社会提供诸多资源。发展"第三极文化"需要吸收和团结社会多方面力量，需要资源整合，学界、业界、政府、高校、企业共同行动，如募集发展基金、沿用新机制创立文化发展机构、组织项目课题、培养专业人才等。这些都与中华民族的未来密切相关，也与我们每个人的工作和生活密切相关。

2010年11月19日，北京师范大学与美国国际数据集团（IDG）共同组建了中国文化国际传播研究院，旨在有效整合北京师范大学、美国国际数据集团、政府相关部门、企事业单位及社会各界的优势资源，通过开展扎实、深入的学术研究和富有中国文化特色的艺术创作，把中国文化更有力地推向世界，为构建和谐的世界文化贡献力量。

研究院主要工作可概括为七个字，即"看""问""论""研""刊""创""会"。

"看"指"看中国·外国青年影像计划"，这是北京师范大学、中国文化国际传播研究院的一个品牌项目。最早是"看北京"，2013年升级为"看中国"。2011年，我们邀请了来自美国的九位年轻电影人到北京，用他们的眼睛看中国，拍摄十分钟的纪录短片，我们提供一切费用。飞机降落后，这些从未到过北京的外国青年面对第三航站楼不走了，惊异地表示："中国怎么可以有这么好的航站楼呢？怎么比美国肯尼迪的机场还好呢？"他们原来认为中国是很落后的，很没有文化的，是个不毛之地。可见文化的误解有多深！

但是，他们拍摄出的片子很有特点，九部作品先在中国展映，后在美国展映。影片中是美国青年人眼里的北京，是他们亲自看到的、亲身体验到的。拍摄题材是这些孩子自己选择的，这是他们眼里和心中的北京。例如，《骑行者》记录了一个运动员沿着北京的地标行走。还有一部片子叫《侠》，讲述了盲童学太极的故事，美国青年生发了独特的体悟，说原来太极不仅是功夫，更是一种有仁有义的侠义精神。"侠"的繁体字就是一个大的"人"保护着两个小的"人"，强势的人帮助弱势的人，就是一种仁义精神，他把片子命名为《侠》，说这就是中国人的精神。

中国国家主席习近平2015年11月在新加坡国立大学发表重要演讲时专门讲到"看中国"活动，对该项活动给予将近90字重要肯定，引起新华社、《人民日报》、

《人民日报》（海外版）、《光明日报》、*China Daily*等多家中外主流媒体广泛关注和大篇幅的持续报道。

我们每年在项目实践的基础上出版一本"看中国"图书，目前共出版九册。另外还专门组织出版系列书籍《印象·改革开放——"看中国·外国青年影像计划"》《民心相通——"一带一路"看中国·外国青年影像计划》《民心相通——"金砖国家"看中国·外国青年影像计划》《体验中国——看中国·外国青年影像计划》，作为上合组织青岛峰会、"一带一路"高峰论坛、"金砖国家"峰会、"金砖国家青年外交官论坛""金砖国家"治国理政研讨会、亚洲文明大会等国家重要外交会议用书。

"看中国"宣传片在"砥砺奋进"五年大型成就展第四展区、第八单元"国际传播能力显著提升"展区，作为重要影像滚动播出。

典型案例1：《新中国之歌》是2021年"看中国·外国青年影像计划（上海行）"推出的优秀作品，在新中国成立72周年之际，由中宣部对外推广局指导，北师大中国文化国际传播研究院、中国对外书刊出版发行中心（国际传播发展中心）、上海大学温哥华电影学院及新闻学院、深圳雅文公司共同推出此短片。数据统计：短片宣推活动在国内外全网启动，上线15天，国内超过181家媒体及社交账号宣传报道，总浏览量8400万次，用户互动总量30万。海外超过300家媒体及社交账号刊发，覆盖英美加澳等全球121个国家，累计覆盖海外人群超过6亿，曝光8000万次，触达人次1500万。国内外全网用户浏览量1.64亿次，覆盖人群超过9亿。

典型案例2：2019年12月起，"看中国·外国青年影像计划"正式登陆北美，在覆盖全球3500万受众的美国城市卫视及下属多媒体平台进行展播，包括美国最大主流新闻台CBS News Radio KCFJ570AM加盟台、多媒体官网KCFJ570.com等。至2022年3月15日共播放272部作品，播出4002次，网络点击量突破1000万，收获了观众热烈反响和良好口碑。

"看中国"已经顺利举办12届。截至2022年，共招募了来自101个国家的895名外国青年，在中国的26个省市拍摄完成了854部看中国纪录短片，斩获160余个国际性奖项。

"问"指"中国电影文化的国际传播研究"数据调研，是以外国观众为对象的有关中国电影国际影响力的年度调研项目。自2011年启动以来，已连续进行了10届，在数据调研的基础上，已经形成了20多万字的调研报告，在电影研究者和电影从业者中间的影响力不断扩大，为中国电影国际传播理论研究提供了数据基础和创新依据，得到了国家广播电视电影出版总局相关领导的高度赞赏。在调研数据的基础上，研究院每年出版一部《中国电影国际传播研究报告银皮书》（目前已出版9部，第10部正在出版），《银皮书》撰稿人集结了国内电影专业人士，他们在调研数据的基础上系统地梳理、提炼出中国电影国际传播的问题和对策。每年都有海内外30多家主流媒体对调研成果进行大篇幅报道。国家新闻出版广电总局与北京市新闻出版广电局分别出文给予了高度评价。

"论"指研究院一年两次关于"第三极文化"走向世界的国际学术研讨会，一次"请进来"，一次"走出去"。

"请进来"：每年11月的最后一个星期五，研究院邀请海内外专家相聚国内，围绕中国文化国际传播展开主题演讲和分论坛讨论，现已连续主办多届。出席的重量级嘉宾来自不同领域、不同学科，有百余位，专家们就中国文化的国际传播主题进行热烈讨论，从历史与未来、经济与文化、政治与文化、东方与西方、中国与世界、传统与当代等不同角度立体地审视文化，用历史学、哲学、政治学、文学、心理学、艺术学、传播学等跨学科视角全面地解读文化，最终形成200余篇重量级的学术论文。2011年11月，美国前总统卡特先生出席了我们的研讨会，卡特总统在会上作了友好发言，他说中国是一个伟大的国家，中国人民是伟大的人民，美国如果不和中国友好是没有前景的。

"走出去"：自2012年以来，陆续赴美国、法国、俄罗斯、英国、瑞典、希腊、意大利等国，与美国南加州大学、美国洛杉矶大学南加州分校、法国巴黎第八大学、俄罗斯研究院远东战略研究所、英国牛津大学、瑞典乌普萨拉大学、美国夏威夷大学、俄罗斯莫斯科大学、希腊雅典大学、斯洛文尼亚卢布尔雅那大学、意大利马切拉塔大学等诸多世界知名大学与研究机构主办多届"走出去"国际论坛。围绕中国文化和中国电影如何有效地进行国际传播，与权威专家进行文化沟通与思想碰撞。

海外专家称许，"走出去"论坛是近年来少有的中国学者"豪华阵容"，是在海外举办的高水平、高规格的中国文化与中国电影学术论坛。

每年"走出去"和"请进来"论坛结束后，研究院会在此基础上编辑出版一部《"第三极文化"论丛》（9部已经出版发行，第10部即将出版），"第三极文化"理论已经引起社会各界的高度重视。

"研"，指的是基础研究"立项目"，社会服务"建平台"，知行合一"出成果"。注重基础研究，不断探索"第三极文化"的学术落实，提高中国文化国际传播的理论研究与实践应用能力是研究院始终坚持的目标。

立项目：研究院自2010年建院至今，在短时间内以很少人力实现了包括国家社科重大项目在内各类课题立项。目前在研国家社科重大项目"当代中国文化国际影响力的生成研究"，作为现阶段国家社科基金中层次最高、资助力度最大、权威性最强的项目类别，彰显了我院学术积淀。

建平台：2016年，研究院与文学院联合申报"中华文化学术体系与传播话语体系的战略建构及多元实践"，成为北京师范大学学科交叉建设重点项目，联合开展了多项重要学术活动，努力将之建设成为面向学科前沿和政府决策的复合型交叉平台。

出成果：研究院以现有课题和平台为基础，不断形成高水平阶段性学术成果和政府咨询报告，以"知行合一"的精神，在理论研究和实践应用两个方面推出优秀成果。《第三极文化》一书入选国家"丝路书香工程"，将以阿拉伯文出版发行。

"刊"是指英文学术期刊《中国文化国际传播》(*International Communication of Chinese Culture*，ICCC)，2013年6月，研究院和德国Springer科技传媒集团就联合出版ICCC签署了合作协议。根据检索，ICCC是目前国际唯一关于中国文化国际传播的英文学术期刊。研究院负责ICCC的编辑工作，每年出版4期，黄会林担任主编，编委来自中国、美国、英国、法国、加拿大、德国、澳大利亚、西班牙、南非、新加坡、丹麦、瑞典、瑞士、比利时、日本及中国等国家，对稿件进行盲审，至今共出版36期，被ESCI等国际9项检索指标收录。

"创"是指研究院的创作项目。研究院创作项目多元，包括长篇小说、电影、电视剧、纪录片、诗词吟诵及VR体验项目等。

绍武和黄会林完成了一部80万字的长篇小说《红军家族（前传）》，这部作品凝结了10年的心血，2012年出版，向党的十八大献礼，希望可以给当代中国一个精神坐标，希望把作品中的革命精神和创造精神，进一步传递给青年人。由该小说改编长篇电视剧已完成内容策划、剧本改编、团队组建，已经投入拍摄。完成《仲叔其人》中篇小说一部。

电视纪录片《九天——1979年邓小平访美》，由北京师范大学和中央新闻纪录电影制片厂联合摄制，被国家新闻出版广电总局评为优秀纪录片，向全国推广。

中华古典诗文咏诵系列《唐诗咏诵本》《宋词咏诵本》《辞赋咏诵本》由北京师范大学中国文化国际传播研究院执行院长高峰编著，在2019年刊印推出。

《眼睛是身体的乌托邦——向云驹诗选》《东西方文明交流互鉴论要》向云驹专著，2023年1月出版。

唐诗VR项目，对唐诗意境进行VR化重现，立体、多维展示传统文化魅力。电影剧本《司徒雷登》（田卉群编剧），获得国家广电总局夏衍杯创意电影剧本奖二等奖，电影项目正在策划开发中。

此外，大型人物传记类纪录片《一带一路文化巡礼》，由中国文化国际传播研究院、中央新闻纪录电影制片厂、中央电视台联合制作，展现"一带一路"灿若星河的大师群像。

"会"，是指黄会林"第三极文化"基金（简称"会林基金会"）。

以北京师范大学资深教授、中国文化国际传播研究院院长、"第三极文化"创立者黄会林先生命名的公益基金。宗旨是推动以"第三极文化"为理论基础的中国文化的国际传播。着重于把"会林基金会"打造成整合各种文化资源的重要窗口、引领公益文化教育事业发展的重要引擎、推动中国文化国际传播的重要平台，为中华文化的复兴做出应有的贡献！

基金会设立的"会林文化奖"旨在表彰为中国文化国际传播做出突出贡献的中外人士，每人奖金30万元人民币（税前）。2015年度奖项颁予瑞典斯德哥尔摩大学罗多弼教授和中国艺术家韩美林先生。2016年度奖项颁予美国夏威夷大学安乐哲教授与北京大学乐黛云教授。2017年度奖项颁予法国国民教育部原汉语总督学白乐桑先生和清华大学李学勤教授。2018年度奖项颁予加拿大汉学家贝淡宁教授和清华大学陈来教授。2019年度奖项颁予法国汉学家汪德迈教授与中国雕塑家吴为山先生。2020年度颁予法国汉学家顾彬教授和北京大学哲学系楼宇烈教授。2021年度奖项颁予故宫博物院第六任院长单霁翔先生。2022年度奖项颁予中国外文出版社荣誉英文主编、政府友谊奖获得者大卫·弗格森先生和北京师范大学资深教授、心理学权威专家林崇德先生。

自2010年年底建院以来，研究院目前已经发表关于"第三极文化"理论的学术论文200余篇，创作长篇小说、中篇小说各1部，电影剧本3部，电视纪录片1部，拍摄短片900余部，出版学术书籍近30部。

总之，中国的"第三极文化"可以成为我们追求的目标与方向，经过努力建设将逐渐成熟。文化建设不可过于浮躁，不可随意抛掉传统文化的精华，不可自觉或不自觉地被西方文化全面覆盖而丢弃了自己。

中国的"第三极文化"是一个需要当代知识分子共同建构的文化蓝图，是一种文化发展战略思想。从学术层面看，也是试图建立一套话语表达体系，努力寻求一种独立的声音、一套独立的认知方式和表达方式。这种精神和努力显现之底蕴与力量，终会有所收获。

相信在文化界、学术界、创作界、企事业单位和社会各界共同努力下，"第三极文化"目标一定能够实现，中华文明之花一定会在世界文化百花园中绽放得更加多姿多彩。

北京师范大学资深教授　黄会林

后记

本书为北京师范大学艺术与传媒学院博士生一年级课程"中国文化与传统美学"的实录。

课程已开设10年10届，是学院每年30余位入学博士生的必修课。课程旨在加强博士生的中国文化素养，提供文化基础与学术视野，树立文化自觉与文化自信意识。有鉴于来自戏剧影视、音乐舞蹈、美术书法、数字媒体、艺术设计、艺术学等不同学科的学生，对于传统文化的积累不够，传统美学的功底尤显薄弱，需要加强这方面的系统知识和基本训练。课程内容包括易学、儒学、道学、佛学，再到唐诗、宋词、元明戏曲、宋明理学等国学经典，以及中国的民间文化；同时邀请美国、法国等权威专家讲授关于中国文化的独特体悟；以期让学生们对中国文化与传统美学进行体系性的系统学习，学生普遍反映收获很大，评曰："教学严谨，逻辑性强，课程具有思辨性，对学生启发极大，对博士阶段的论文写作亦帮助非常大，是一门非常好的课程。一学期的课程非常扎实，从诸子百家、古代文论等中国传统文化入手，结合中外分析视角，收获颇多，一定意义上，这一门课能学到甚至三年课程的丰富内容。"

在此，谨向十年来讲授本课程的权威专家：张涛、过常宝、刘成纪、李山、张培锋、康震、杜晓勤、马东瑶、郭英德、李春青、李瑞卿、杨耕、于雪棠、杜桂萍、姜海军、周桂钿、向云驹、安乐哲、白乐桑、陈赟源、弗格森等表达最诚挚的感谢与致敬！

此外还要提出的是：在成书的过程中，策划编辑王则灵自始至终参与其事，尽职尽责，发挥了很大作用；博士后黄昕亚作为课代表，参与资料收集、文稿协调等事项，做了大量细致的工作；藉此一并深深致谢。

限于水平，本书编纂定有诸多不足之处，敬请方家批评指正。

黄会林

2024年3月

附录

杏坛和声,鸣奏不已——北京师范大学艺术博士生必修课纪实

2021年秋季开学之初,在疫情笼罩下,教室内三十余名博士生面带口罩,与权威教授共同探讨中国文化与传统美学,气氛热烈非凡,杏坛和声,鸣奏不已。在这里,学生们在老师的带领下,沉下心来感知先贤的智慧,在中华优秀传统文化的浸润中感受人格的平等、道德的完善、精神的力量,深切领悟美的本质。这门由北京师范大学资深教授、中国高校第一位电影学博士生导师、艺术与传媒学院首创院长、中国文化国际传播研究院院长黄会林先生规划主持的《中国文化与传统美学》课程,自2014年开课至今已走过8个年头。在"北京师范大学2021—2022学年第一学期教学质量评价结果"中,有学生为这门课打出了1500分,并在匿名评价表中解释道因为每节课在学生心里都是100分甚至更多。

研有所思 学有所获

"中国文化与传统美学"这门课程面向北京师范大学艺术类全部博士生开设,他们精专于影视、音乐、美术、舞蹈、书法等不同艺术门类,但是对于中国文化与传统美学进行成体系、成系统、成章法的集中性学习,还是第一次。"中国文化与传统美学"课程内容涵盖易、儒、释、道、唐诗、宋词、宋明理学、古代戏曲等国

学经典，以美学为隐线，深入浅出的课程勾勒出中国文化与传统美学的宏阔气象。博士生们感到，这样的课程设置为其在头脑中打开了一扇扇中国文化与传统美学不同面向的研学之窗。而随着越来越多的"窗户"被打开，学生们看到了不一样的东西、听到了不一样的声音、呼吸到了不一样的新鲜空气。授人以鱼不如授人以渔，有学生在评价中写道："学习是终身的事情，在这门课上，我不仅学到了知识，更通过各位老师的讲解，掌握了多种学习方法，找到了通往知识海洋的不同路径。"还有学生写道："通过这门课我深刻认识到攻读博士学位的价值和意义，为探寻真理找到了方法，增强了自身从事文艺工作的责任与自信。"

在拥有百余年历史积淀的北京师范大学，每周五下午，艺术与传媒学院的一年级博士生们都会准时来到教室，凝神静气"坐集千古之智"。正所谓"知之者不如好之者，好之者不如乐之者"，这门课敦厚雅致的品格与健全的知识体系，也引得不少外专业学生慕名前来学习。课堂上，没有心灵鸡汤式的多重演绎，而是最"原汁原味"的回归原典，这种近乎"弱水三千，只取一瓢饮"的学习方式，贵在去粗取精，去伪存真。有学生评价："该课不仅廓清了中国文化经典的主流，使我清楚掌握了传统美学的发展脉络，升华了自己的世界观、人生观、价值观，还通过课后手写作业的方式，及时汇报所学，强化了文字书写能力。"

对于当下很多博士生而言，"手写"的机会越来越少了。年轻人更习惯于键盘输入，光标点到哪里便可以随意改写、插入、删除，而这种便捷也带来了一些问题，如书写能力的极速下滑、缺乏完整而严密的构思、对中国传统文化理解欠深，甚至割裂了字、文、人之间的关系，也在无形中疏远了人与人之间的情感距离。多年来，"中国文化与传统美学"这门课程的手写作业各具特色：有些博士生的作业堪称艺术品，特别是书法作业，有的蝇头小楷清新秀丽，有的慢写草书狂放于心，令人赏心悦目。作业涂抹处能看到学生对某些问题处理态度的游移，字里行间也反映出学生彼时的心情与心境，一份作业也就不再是冷冰冰的作答，从而有了记忆、生命与温度。有的作业虽非书法作品，写字不讲结构章法，却工工整整，几乎没有涂改，这类学生往往花费更多时间进行二遍誊抄，这种誊抄自然不是形式主义的变体，必然也有一份精神愉悦在其中。《荀子·劝学篇》有云，"不积跬步无以至千里"，走路与行文，行文与做人，都有着相同的规律和道理。有学生在教学质量评价反馈中坦言："起初，每堂课后手写作业这件事虽然让人有些痛苦，但坚持下来后发现，不仅字写得越来越好看了，心也静了许多，横平竖直堂堂正正做人也像它。"

在学生眼中，"中国文化与传统美学"课无疑提供了一次宝贵的"对内"修行的过程。凡有所学，皆成性格。学生们感受到，这门课倡导了"仁者爱人""厚德载物""民胞物与"等品性情怀，涵养了"万物并育而不相害，道并行而不相悖"的气度修养，主张"为天地立心，为生民立命，为往圣继绝学，为万世开太平"的责任担当，中国优秀传统文化中所含纳的对理想人格的塑造、社会秩序的建设、礼仪道德的构建、国政民风的形塑等，共同构筑了学生的精神家园，并在潜移默化中强调了修身立德、锤炼品性的重要意义。

名师云集　手写详批

"中国文化与传统美学"师资阵容强大。由黄会林教授领衔的该课教师队伍"主力军"皆由在本专业造诣深厚、有突出建树的专家学者担任。课堂上不仅有北京师范大学本校名师倾囊相授，如周易研究院院长张涛、美学研究所所长刘成纪、中国文化国际传播研究院执行院长向云驹，文学院教授过常宝、康震、李山、马东瑶、郭英德、于雪棠、杜桂萍、李春青等，更得到了来自全国乃至世界范围内权威专家的鼎力支持，如南开大学教授张培锋，北京语言大学教授李瑞卿，世界儒学文化研究联合会会长、2020年度"中国政府友谊奖"获得者安乐哲，法国国民教育部汉语总督学、"中国语言文化友谊奖"获得者白乐桑等。在"中国文化与传统美学"的课程中，还包括为期一天的中国文化国际传播研究院年会（2021）暨"路径与方法：提升中华文化影响力"国际论坛，来自中国、美国、法国、英国、德国等近百位专家学者共同参与了此次会议。教育部长江学者特聘教授、国家社科基金重大项目首席专家、教育部人文社科跨世纪优秀人才、"中国政府友谊奖"获得者……有学生戏称，这门课的师资团队堪称弘扬中华优秀传统文化的学术"天花板"。那么，跟着这些老师学习，又是一种怎样的体验呢？

老师们有心或无心地在学生心中播撒的种子，渐渐发了芽、开了花。在"中国文化与传统美学"每节课的最后，都会留有一定的师生交流时间。在这一环节，学生们往往能够摆脱现有研究的束缚，转而根据自身专长、兴趣、经历，联系个人听课体悟，结合当代审美追求，敞开心扉，提出问题，真挚交流。例如，在民间文艺一节课中，一名来自影视专业的博士生开诚布公地谈到自己曾经在做中国偶动画的民族化研究时遭受质疑，有人问："我们已经在做数字动画研究了，做偶动画研究又有什么意义呢？"通过老师的解答，这位博士生更加明确了这一研究的价值，坚定了信心与力量，并通过与授课教师的交流，进一步扩展了研究思路。

更令人羡慕的是，学生们不仅在这堂课上获得了向名师大家寻经问道、近距离交流的机会，还会在学期末，陆续拿到15份带有他们得分与批语的作业。批语中既有对作业的客观点评及对学生的启发与鼓励，也有针对某个观点的深入与扩展，从而将学生在课堂上习得的知识延伸至课外。在这些批语中，有的老师手写批语能占到一张信纸的一半，如果按照300字计算，30余份作业看下来，授课老师要书写近万字。学生们在手写批语中得到了莫大的启发、支持与鼓励，而他们中的绝大部分人也将在未来走上教书育人的岗位，纸笔间寄托着师德师风的代代相传。

天朗气清，惠风和畅；群贤毕至，少长咸集。在不少老师眼中，这同样也是一次宝贵的教学相长的经历。课程结束后，康震教授看过同学们的课堂评教意见深情回馈说："在黄会林先生的带领下，我和其他老师，能够跟同学们分享一些自己的学习心得体会，这是一件挺幸福的事儿。事实证明，学生们对这样的授课方式与各位老师的评价都非常高，我们打心底里都以能够跟黄先生同上一堂课而感到荣幸。由衷希望这门课越来越精彩，学生们能够百尺竿头更进一步！"李瑞卿教授看过同学们的评价，感到自己作为"中国文化与传统美学"授课教师中的一员与有荣焉："我深知责任重大，在学术上不敢懈怠，也将进一步充实提高，我期待着和同学们做更多交流。"向云驹教授表示："从同学们的反馈来看，他们不仅对这门课感到十分满意，于其个人而言也是大有收获的。黄会林先生的身体力行与总体设计功不可没！"

战地黄花　不改初心

作为"中国文化与传统美学"课程的发起人与主持者，每年暑假，黄会林先生都要为这门课的顺利开展，亲自打电话联系、约请老师前来上课。每位授课教师手上几乎都有繁重的教学、科研任务与社会事务，能够组建这样一支浩大的"顶配"师资团队，绝非易事。课程时间的变动、协调往往牵一发而动全身，牵涉入校申请、教室安排、设备调试、学生通知等诸多环节。千头万绪一根针，未雨绸缪一路行，黄会林先生凭借责任担当之勇、科学防控之智、统筹兼顾之谋、组织实施之能，克服重重困难，最终为学生们带来了"中国文化与传统美学"这门精彩课程。

16岁参军，之后跟随高炮团上朝鲜战场打仗、亲身经历炸弹在距离她十余米的地方爆炸的黄会林先生深深懂得人的生命价值所在。她认识到，和平年代，全球文化战争早已打响，它势必会深刻地改变我们的未来。

当前世界文化格局就其影响力、覆盖性而言，大体可以划分为欧洲文化、美国文化和中国文化三极，其中欧洲文化是建立于大量对外输出资本、占领殖民地基础之上的殖民文化，美国文化是伴随资本主义高度发达而形成的霸权文化。黄会林先生深深感到，传统文化缺乏传承，当代国人精神缺钙，这两个"缺"直接影响着中国文化走向世界的进程。"中国文化与传统美学"课程的开设正是要补上这两块短板，让学生们在文化自觉中树立文化自信。

初心易得，始终难守。从千里沙场到三尺讲台，黄会林先生用实际点滴行动感染着周围每一个人。她为这门课立下了规矩：学生课前本人签到，不得代签，请假需凭假条；上课内容回归文化原典；每节课都设有提问交流环节；每位老师要出题目给学生留作业，并亲自批改作业，给出得分与评语；学生必须手写完成作业……一套烦琐的流程走下来，黄先生给自己带来了许多麻烦，但最后的结果是学生们大有收获，口碑自在人心。

一次，某位首次前来讲课的教授不清楚作业批改要求，只是打了分数。黄会林先生考虑到学生们一定特别想看到这位老师对其作业的点评与指导，最终几经辗转，将作业重新返还，请求补写了批语。对于"批作业"这件小事背后的各种周折，学生们后来从这位老师的朋友圈那里得知：

"2021年9月24日受黄先生之约，给艺传学院的博士同学讲了一次'道家传统与中国艺术'，按事先约定要求大家课后在《庄子·内篇》中选一文写读书报告，而且一概手写不得电脑打字。10月9日报告全部收齐，一共三十余份，我批改打分然后托课代表转交给黄先生，22日后便安卧于昌平家中过起了自我隔离的防疫生活。10月25日，突然接黄先生来电，说作业只打了分数，没有写批语，建议要补上，可以让课代表把作业重新快递到住处。不幸的是，当时市内拒绝接收寄往昌平的快递，所以这项补评语的工作只好延宕下来。近日终于返校了，今晨抽出时间，重读了学生的作业，然后补上了批语，这项工作终于顺利完成。我之所以要记下这个事情，是因为它给我带来了震撼。自从业以来，我也惯常要求学生写读书报告，但从来没有要求必须手写，至于打分写批语之类，好像对自己孩子的小学作业也没有这样认真过，遑论博士。黄先生年迄米寿，工作精神让人敬畏，也自此知道了巍巍师大百二十年，它的基业实厚植于每位教师细密到让人感叹的职业精神。除了期末试卷，好多年没有给学生批改过作业了。聊记以为纪念，并为学校添福，为长者添寿。"

这条朋友圈引发了160余个点赞，很多人发表了感慨与回忆。来自内蒙古大学的李欢喜忆昔当年读书时的可永雪老师，同样毕业于北京师范大学，他详批学生作业、给予热忱鼓励的过往，温暖了很多学生的成长之路，印证了北京师范大学作为教师培养的摇篮，在优秀教学传统方面的传承与发展。

在"中国文化与传统美学"2021学年的最后一节课上，不少同学流下了感动与不舍的泪水。黄会林先生翻开自己泛黄的笔记本，里面密密麻麻记录了本学期这门课上每位学生的课堂表现与作业情况，任课教师评价、授课要点等一应俱全。事实上，这项工作黄会林先生坚持了8年，她用实际行动回答了"什么是教育"这一根本问题：是一棵树摇动另一棵树，一朵云推动另一朵云，一个灵魂唤醒另一个灵魂……

身处百年未有之大变局，国际局势持续发生变化，疫情为经济社会发展带来巨大影响。在这种情况下，"中国文化与传统美学"课程内容及其本身，亦给人们带来战胜千难万险的定力与信心。

韩愈曰："师者，所以传道受业解惑也。"这门课在顶层设计之初，就明确了要传社会主义之道、授为人民服务之业、解欧风美雨之惑的主旨。因这门课受益的学生们，必将入则进德修业，出则弘毅笃行。

疫情肆虐，和风劲吹。谨借伟人哲言：

"不管风吹浪打，胜似闲庭信步，今日得宽馀。子在川上曰：逝者如斯夫！"

北京市习近平新时代中国特色社会主义思想研究中心特约研究员

《文艺报》艺术评论部编辑

许 莹

图书在版编目（CIP）数据

中国文化与传统美学/黄会林主编. —北京：北
京师范大学出版社，2024.8
ISBN 978-7-303-28943-1

Ⅰ. ①中… Ⅱ. ①黄… Ⅲ. ①中华文化－通俗读物
Ⅳ. ①K203-49

中国国家版本馆CIP数据核字（2023）第030450号

教 材 意 见 反 馈　　gaozhifk@bnupg.com　010-58805079

ZHONGGUO WENHUA YU CHUANTONG MEIXUE

出版发行：北京师范大学出版社　www.bnupg.com
　　　　　北京市西城区新街口外大街12-3号
　　　　　邮政编码：100088
印　　刷：北京盛通印刷股份有限公司
经　　销：全国新华书店
开　　本：710 mm×1000 mm　1/16
印　　张：17.25
字　　数：280千字
版　　次：2024年8月第1版
印　　次：2024年8月第1次印刷
定　　价：88.00元

策划编辑：王则灵　　　　　责任编辑：薛　萌
美术编辑：焦　丽　李向昕　装帧设计：锋尚设计
责任校对：张亚丽　　　　　责任印制：马　洁